KB262276

[일제말 조선어 작품선]

춘추(春秋) ① 저항

편자 김 재 용

원광대학교 국어국문학과 교수
한국근대문학 전공

식민주의와 문화 총서 15

[일제말 조선어 작품선]

춘추(春秋) ① 저항

초판 인쇄 2011년 9월 1일
초판 발행 2011년 9월 8일

엮은이 김재용
펴낸이 이대현
편　집 이소희
펴낸곳 도서출판 역락
　　　　 서울 서초구 반포4동 577-25 문창빌딩 2층
　　　　 전화 02-3409-2058(영업부), 2060(편집부)
　　　　 팩시밀리 02-3409-2059
　　　　 이메일 youkrack@hanmail.net
　　　　 등록 1999년 4월 19일 제303-2002-000014호

ISBN　978-89-5556-940-7 93810
정　가　16,000원

* 잘못된 책은 교환해 드립니다.

식민주의와 문화 총서 15

[일제말 조선어 작품선]

춘추(春秋) ① 저항

김재용 편

역락

머리말

　일본 제국이 식민지 조선에서 조선어를 말살하려고 하였던 것은 너무나 잘 알려져 있다. 1938년에 지원병 제도에 부응하기 위하여 조선어 과목을 필수에서 선택으로 바꾼 것이라든가, 1942년에 징병제도에 맞추기 위하여 ‘국어전해운동’을 펼친 것 등은 이러한 억압의 대표적인 것들이다. 국어로서 일본어만을 남겨두고 조선어를 없애려고 하였던 이러한 기도는 강점 직후부터 있었던 것이지만 일제말에 이르러서는 이전과는 비교가 되지 않을 정도로 폭력적으로 진행되었다. 전쟁동원이라는 다급한 목표 앞에서 조선어를 지키려고 하였던 조선인들의 지속적인 저항을 무시하고 일방적으로 강요하였다. 문학어로서 조선어를 취하고 있던 조선의 작가들에게 이러한 강압은 글쓰기 자체를 포기하게 만드는 것처럼 보였다.

　하지만 일제말의 문학을 보면 조선어로 창작된 작품이 해방 직전까지 줄곧 나왔다. 물론 일부의 작가들이 일본어로 창작하였지만 대부분의 작가들은 조선어로 창작을 하였다. 개중에는 일본어와 조선어를 함께 사용하는 작가들도 있었고 조선어만으로 창작한 작가도 있었다. 조선어만으로 창작한 작가들 중에도 일본어로 창작하는 것을 의식적으로 기피한 이도 있었고 일본어 글쓰기가 불가능하기 때문에 조선어만

을 쓴 경우도 있었다. 1939년부터 일본이 패망하는 날까지 조선어로 된 작품들은 줄곧 발표되었던 것이다. 그러면 조선어로 창작한 작품들은 전적으로 조선인 작가들의 반식민주의적 의식에서 나온 것일까? 상당한 부분은 분명 이러한 자의식에서 나온 것임에 틀림없다. 하지만 조선인들을 전쟁에 동원하기 위하여 일부러 조선어로 창작한 경우도 있다. 조선어를 말살하려고 하면서 일련의 정책을 구사하였던 일본 제국이 겪은 예기치 난관이 바로 조선인들의 낮은 일본어 해독률이었다. 당시 일본 제국의 식민지였던 대만에 비해서도 현저하게 낮았던 조선인들의 일본어 해독률은 전쟁동원에 큰 장애물이었다. 일본어를 모르는 이러한 조선의 대다수 민중들에게 국가의 동원 정책을 전하기 위해서는 불가피하게 조선어를 유지할 수밖에 없었다. 따라서 지식인만을 상대로 한 잡지 등에서는 일본어만을 사용할 것을 강요하였지만 농민 등 대중들이 읽는 잡지에서는 조선어를 사용하는 것을 묵인할 수밖에 없다. 그렇기 때문에 일제말 대중 잡지였던 '春秋'와 '半島の光' 등은 조선어로 된 작품을 실을 수 있었던 것이다.

　이들 잡지에는 두 가지의 다른 성격의 조선어 작품들이 혼재되어 실렸다. 일본 제국의 전쟁 동원 정책을 일본어를 모르는 일반 대중에

게 널리 계몽하기 위한 것이 실리는가 하면, 다른 한편에서는 일본의 식민주의적 전쟁 동원 정책을 피해 우회적으로 자신의 뜻을 드러내려고 하였던 것들도 실렸다. 동상이몽의 공간에서 나온 이들 작품에 대해서 새롭게 주목을 할 필요가 있다. 일제말에 일본어로 창작된 작품이 모두 일본 식민주의에 협력한 것이 아닌 것처럼, 조선어로 창작된 작품이 모두 일본 식민주의에 저항한 것도 아니었다. 그 동안 일제말 문학에 대한 연구가 주로 일본어로 된 작품에 치중되어 있던 현실을 감안할 때 조선어로 쓴 작품에 대한 검토가 절실하다. 이런 뜻에서 우선 '春秋'와 '半島の光'에 실린 작품들을 우선 추려 선집을 낸다. 작품 입력에 도움을 준 민족문학연구소 연구원들에게 감사한다.

2011년 8월 편자

차 례

맥(麥)

··· 김남천

1

삼층 이십이 호실에 들어 있던 젊은 회사원이 오늘 방을 내어놓았다. 얼마 전에 결혼을 하였는데 그동안 마땅한 집이 없어서 아내는 친정에, 그리고 남편인 자기는 그전에 들어 있던 이 아파트에 그대로 갈라져서 신혼 생활답지 않게 지내오다가 이번에 돈암정 어디다 집을 사고 신접 살림을 차려놓기로 되었다 한다. 오후 여섯시가 가까운 시각, 아마도 회사의 퇴근 시간을 이용하여 양주가 어디서 만난 것인지 해가 그물그물해서야 회사원은 색시 티가 나는 아내와 함께 짐을 가지러 트럭과 인부를 데리고 왔다. 인부가 한 사람 있다고는 하지만 삼층에서 밑바닥까지 세간을 나르고 그것을 다시 트럭에 싣고 하기에는 이럭저럭 한 시간이 걸렸다. 최무경이는 아파트의 사무원일 뿐 아니라 회사원이 있던 방이 바로 제가 들어 있는 옆방이어서 여자의 몸으로 별로 손을 걷고 거들어줄 것은 없다고 하여도 짐이 다 실리는 동안 아래층 사무실에 남아 있어서 그들의 이사하는 모양을 바라보고 있었다. 사무실에서 일을 보는 강 영감이 제법 위아래로 오르내리며 짐을 챙겨도 주고 양복장이며 책상이며 탁자며 하는 육중한 것을 한 귀를 맞들어서 인부와 회사원과 함께 운반에 힘을 돕기도 하였다.

짐을 대충 실어놓고 회사원은 아내와 함께 사무실로 들어왔다.

"부금(敷金) 일백오 원 중에서 이번 달 치가 오늘까지 이십팔 원, 그것을 제하고 칠십칠 원이올시다."

미리 준비해두었던 지폐를 손금고에서 꺼내어 최무경이는 그것을 회사원에게로 건네었다. 회사원은 한 손으로 받아서 약간 치켜들듯 하여 사의를 표하고 그것을 그대로 주머니에 넣으려고 한다.

"세어보세요."

그러한 말에 회사원은, 무어 세어보나마나 하는 표정을 지어보였으나 다시 어떻게 생각하였는지 넣으려던 지폐를 꺼내서 불빛에다 대고 손가락에 침도 묻히지 않으면서 한 장 두 장 세어보고 있다.

"꼭 맞습니다."

하고 낯을 들었을 때 무경이는 펜과 영수증을 놓으면서,

"영수증이올시다. 사인하고 도장 쳐주십시오. 수입 인지는 아파트 쪽에서 한턱내었습니다."

하고는 회사원의 아내를 바라보며 웃었다. 젊은 아내는 무경이의 웃음에 따라서 흰 이를 내놓고 웃었다.

"고맙습니다."

영수증을 받아서 서류와 함께 금고에 챙긴 뒤에 무경이는 두 신혼 부부의 낯을 새삼스레 쳐다보았다. 행복에 넘친 듯한 얼굴들이다. 진부한 형용사지만 역시 행복에 넘쳐 있는 표정이라는 말이 제일 적절할 것처럼 무경이는 생각하는 것이다.

"저어 돈암정 바로 삼선평이올시다. 거기서 바른쪽으로 향해서 들어가면 새로 분할한 주택지가 있습니다. 큰 골목으로 접어들어서 다시 셋째 번 골목 둘째 집이 저희들 집이올시다. 사백오십 번지의 십칠 호. 한 번 교외에 산보 나오시는 일이 계시건 찾아주시기 바랍니다."

아무리 총명한 사람일지라도 이러한 지도의 설명을 잊지 않을 사람이 없을 것이건만 사람들은 노상에서 만난 친구들게 곧잘 이러한 방식으로 저희 집의 주소를 가르쳐준다. 그러나 듣는 사람도 또 지금 말하는 설명을 모두 머릿속에 챙겨넣기나 한 듯이,

"네 네. 한 번 나가면 꼭 들르겠습니다."

하고 대답하는 것이었다. 무경이가 들르겠다는 말을 진심으로 믿는 것인지 아마 그들 자신도 딱히 그러한 것을 의식하면서 건네는 인사는 아닐 것이나 두 부부는,

"고맙습니다."

하고 가지런히 인사를 하였고 다시 회사원은 문밖으로 아내가 나가버린 뒤에도 문턱 안에 남아서,

"덕택에 참 내 집이나 진배없는 생활을 할 수 있었습니다."

하고 사례를 말하였다. 두 사람은 어둠의 장막이 내려 드리우려는 길 위로 가벼운 발걸음을 옮겨 놓으며 무어라 나직이 소곤거리고 있었다.

그것을 최무경이는 한참 동안 바라보고 서 있었다.

강 영감은 빈방의 뒷설거지를 마치고 비와 쓰레기통과 바께쓰를 들고 위층에서 내려왔다. 물을 담았던 바께쓰에는 버리고 간 찻그릇, 곱푸 등속, 낡은 모자 같은 것이 그득히 들어 있었다. 신접살림이라 무어든간 새로 준비했을 것이니 홀아비 살림 때에 쓰던 것으로 소용이 없을 것은 공연히 짐이나 된다고 이렇게 내버려두고 가는 것이리라. 강 영감은 그것을 모아다가 넝마 장수에게 팔기도 하고 저희 집에 가져다 쓰기도 하는 것이었다. 장부를 정리하고 저녁이 늦어서 손수 지을 수도 없으므로 무경이는 식당으로 갔다. 돔부리를 거의 다 먹었는데 전화가 왔다고 강 영감이 부른다.

"방이 있냐구 물어서 한 방 비었다고 했는데……"

하고 식탁에까지 와서 강 영감은 여사무원에게 말한다.

"어떤 사람입니까?"

차를 마시면서 무경이는 묻는다.

"글쎄, 그건 물어보지 못했는데 하여간 나가서 전화 받아보시지. 여자 목소리던데."

"여자요? 또 여급이나 그런 사람이 아닌가요? 그런 사람들이건 애초에 방이 없다고 거절허실 걸 갖다."

무경이는 앞서서 식당을 나왔다. 사무실로 와서 책상 위에 내려놓은 수화기를 들면서,

"여보세요, 오래 기다리게 하여서 미안합니다. 네 야마토 아파틉니다. 거기 어디신지요? 내? 명치정 청의 양장점이오? 네에 네. 그럼 방

을 쓰실 분은 바로 양장점에 계신 선생님이신가요?”

잠시 저편의 설명에 귀를 기울인다.

“대학의 강사 선생님이시라구요? 네 그럼 친히 오셔서 방을 보시지요. 방세는 삼십오 원. 정지 가격이올시다. 부금을 석 달 치 전불하기로 되었습니다. 그럼 들러주십시오. 네에 네, 고맙습니다.”

대학 강사로 논문 쓸 것이 있어서 임시로 몇 달 동안 방을 구한다고 한다. 전화를 건 분은 대학 강사의 무엇이 되는 여자인가. 그러나 그런 것을 오래 생각하지는 않고,

“지금 찾아오마 했는데 방 구경 시키구 마음에 든다면 저에게 알려주세요. 전 그럼 방에 올라가 있겠습니다.”

하고 사무실을 나왔다. 강 영감은 지금서야 벤또를 먹고 있었다.

무경이는 제가 쓰고 있는 삼층 이십삼 호실로 올라왔다. 대학 선생이 책이나 읽고 글이나 쓰고 있으면 뒤숭숭하지 않아서 좋을 것이라고 생각해보면서 그는 회사원이 조금 전에 나가버린 옆방의 앞을 지났다. 잠갔던 문을 열고 스위치를 넣어서 제 방에 불을 켰다.

방 안에 들어와서는 언제나 하는 버릇으로 손을 씻었다. 슈트의 웃저고리를 벗고 알따란 스웨터로 바꾸고는 가볍게 화장을 고친다. 오래지 않아 삼월이라지만 밤은 역시 추웠다. 스팀의 마개를 조절해서 방 안의 온도를 맞추고는 잠시 침대에 걸터앉아본다. 아까 아파트를 나간 회사원의 두 부부가 생각히었다. 그들은 행복에 취하여 있는 듯이 보이었다. 남의 눈에 그렇게 보였을 뿐 아니라 당자들도 그렇게 생각하고 있을 것이다. 트럭을 먼저 앞세워놓고 나란히 서서 문밖으로 나가

던 두 사람의 뒷그림자…… 그러나 그는 문득 생각해보는 것이다.

'그들은 끝끝내 행복할 수 있을 것인가. 젊은 회사원은 그의 아름다운 아내를 끝끝내 사랑할 수 있을 것인가. 그들의 사랑과 신뢰는 언제나 무슨 일을 당하여서나 변함이 없이 굳건한 것으로 지니어나가고 지탱해나갈 수 있을 것인가?'

쓸데없는 군걱정이었으나 최무경이는 역시 그것을 믿을 수가 없는 것이라고 생각해보는 것이었다.

누가 그것을 증명할 수 있으랴! 저 회사원이 앳되고 어린 꽃 같은 색시를 언제나 변함없이 사랑하리리고 누가 감히 증명할 수 있을 것이랴!

이렇게 해서 최무경이는 조금 아까 행복된 낯으로 아파트를 하직하고 돈암정의 새집으로 총총히 마음을 달리던 젊은 부부의 앞날에 불길한 예언을 던져보고 앉았는 것이다.

'안온한 일생을 평정하게 보내는 부부가 이 세상에는 얼마든지 있는 것을 나는 안다. 그러나 누가 아내의 마음을 보증할 수 있으랴! 누가 남편의 사랑을 보증할 수 있으랴! 아니 누가 감히 저 자신의 마음을 보증할 수 있으랴!'

그는 떠오르는 흥분을 고즈넉이 맛보면서 머리를 털고 침대에서 일어났다.

'나는 혼자서 산다. 혼자서 살아갈 수 있다.'

바람벽에 걸린 어머니의 사진을 쳐다본다. 무경이와 함께, 어머니가 시집가던 작년 가을에 박은 사진이었다. 둘이 다 뭉틀 하고 서서 어딘가 쓸쓸해 보인다. 어머니는 흰옷으로 몸을 단장하였다. 무경이도 금박이 자주 고름에 치렁치렁하는 남치마를 입고 나들이 옷으로 몸을 가꾸었다. 스물에서 마흔두 살까지의 이십여 년을 혼자서 딸 하나만을 데리고 살아오던 어머니도 정일수 씨에게 시집을 갔다. 생각해보면 혼자서 살겠다는 자기의 마음도 또한 보증할 수는 없으리라고 되새겨진다. 그러나 인제 다시 누구를 사랑하고 누구와 함께 그는 새로운 생활을 설계해볼 수 있을 것인가. 상처가 너무도 컸다. 아직도 완전히 끝이 났다고는 보아지지 않는 만큼 보증할 수 없는 저의 마을을 채찍질하면서라도 그는 지금 '혼자서 사는' 것을 다시금 또 다시금 결심하지 않으면 안 되는 것이었다.

지난 여름의 일이다. 이 년 가까이 입감해 있던 오시형이를 그는 백방으로 서둘러서 보석을 시켰다. 오시형이와 무경이의 관계는 양쪽 편 집이 모두 반대하였다. 어머니는 오랜 장로교인으로서 오시형이가 '믿지 않는 사람'이라고 꺼려 하다가 그가 사건에 걸려서 입감한 뒤에는 더욱더 완강히 그와의 결혼에 반대하였다. 한편 오시형이네 집에서는 그의 아버지가 극력으로 반대하였다. 물론 평양서 부회 의원을 지내면서 상업회의소에도 얕지 않은 지위를 가지고 있는 그의 부친이 반대하는 것은 아들이 선택한 최 무엇이라는 여자뿐만이 아니었다. 대학을 졸업하고 서울서 증권회사 조사부 같은 데 취직해 있는 아들의 태도에 반대였고 사상이나 생활 태도 전체에 대해서 그는 아들의 생각과 뜻이 맞지 않았다. 그는 우선 아들이 평양으로 내려와서 자기 앞에서 친히 일을 보기를 희망하였고 자기가 생각하고 있는 도지사를 지냈다는 저명 인사의 총명한 규수와 약혼을 할 것을 바라고 있었다. 그는 그의 생각하는 길이 아들을 출세시키는 최단 거리라고 믿는 것이었다. 그래서 부자가 서로 옥신각신하던 통에 뜻밖에 아들이 그만 온당하지 못한 사건에 걸려서 입감을 하게 되었다. 이것은 아들의 장래를 자기의 연장으로서 설계해오던 아버지에게 있어 놀라운 일이었을 뿐 아니라 그의 명예와 지위를 위해서는 치명적인 사건이 아닐 수 없었다. 아버지는 세상을 향해서 당황하였다. 그는 노하였다. 그는 드디어 아들과의 관계를 통히 끊어버리듯 하였다. 나이라도 많으면 늙은 마음이 자식을 생각하는 정의에 이겨나가질 못할 것이나 그는 오십 전후의 정정한 장년이어서 아들의 고생 같은 것은 보고 못 본 척할 수 있었다.

이렇게 해서 이 년이 흘렀는데 이 이 년 동안 무경이는 오시형이를 위하여 직업에 나섰고 어머니의 마음을 움직여서 오시형이와의 관계를 인정하게 하였을 뿐 아니라 보석 운동이 주효해서 그에게 다시금 태양의 빛을 쐬게 만들었다. 지금 무경이가 쓰고 있는 야마토 아파트의 삼층 이십삼 호실은 보석으로 출감하는 오시형이를 위하여 무경이가 준비해두었던 방이었다.

그러나 오시형이가 출감하면서 동시에 연달아서 뜻하지 않았던 사건이 튀어나왔다. 우선 오시형이는 그전에 포회했던 사상으로부터 전향을 하였다. 그의 전향의 이론을 그 자신의 설명으로 들어보면 경제학으로부터 철학에의 전향이요, 일원 사관으로부터 다원 사관에의 그것이라 한다. 이러한 결과로 하여 학문상으로 도달한 것이 동양학의 건설이었고 사상적으로도 세계사의 전환에 처하여 시시각각으로 변하는 국제 정국에 대처해서 하나의 동양인으로서의 자각이 있어야 한다는 것이다. 그러나 사상이나 학문태도가 변하였다든가 전향하였다고 하여서 그들의 사이에 어떠한 틈이 생길 리는 없는 것이었다. 본시 최무경이는 오시형이가 어떠한 사상을 품게 되든 그런 것에는 깊이 천착(穿鑿)하고 추궁할만한 준비나 여유가 없다고 생각해왔다. 그러므로 오시형이의 이러한 전향이란 것이 어떠한 정신적인 내용을 가지고 있는 것인지 또 그러한 내면적인 정신상의 문제가 자기와의 관계나 혹은 생활태도 같은 것에 어떠한 영향을 줄 것인지에 대해서는 아무러한 생각도 가지지 못하였다. 그는 불요불굴한 행동에서 오는 자긍과 도취로 해서 통히 그런 것에 생각이 미치지도 못하였다. 그러나 오시형이의 내면 생활은 무경이가 생각하는 것보다는 좀더 복잡한 과정을 경험하고 있었다. 이 년 동안 독방 안에서 경험하는 내면 생활에 대해서 밖의 사람은 단순한 해석밖에는 가지지 못한다. 아버지, 여태껏 무슨 큰 원수나 되듯이 생각하여오던 오시형이의 아버지가 아들의 출감을 듣고 상경하여 아파트를 찾아왔을 때에 시형이의 내부 생활의 복잡한 면모는 하나의 표현을 보였다. 그는 당장에 아버지와 타협한 것이다. 인정과 격리되어서 애정에 주린 생활을 영위하던 사람이 죽일 놈 살릴 놈 하던 아버지의 돌변한 태도에 부딪쳐서 감격과 흥분을 맞이한 때문만은 아니었다. 아들과 아버지의 사이란 하나의 혈통이니까 커다란 불화가 있었다 해도 칼로 물을 벤 것과 진배없어서 그들은 언제나 다시 화합해야 할 핏줄을 가졌다고만 해석하는 데도 다소간의 불충분은 없지 않을 것이다. 그런 것과 관련을 가지면서도 결정적인 원인을 지은

것은 오시형이의 가슴에 아버지까지를 포함시켜 그가 여태껏 상대해
오던 일체의 '대립물'을 받아들일 만한 준비가 되어 있었다는 점일 것
이다. 여하튼 그는 아버지를 따라서 평양으로 내려갔다. 그러나 그것
뿐만은 아니었다. 오시형이의 출감과 전후해서 무경이는 또 하나의 돌
발 사건을 맞이하게 되었다. 그것은 어머니의 결혼이었다. 어머니가
어떤 남자와 교제를 가지고 있다는 것을 눈치 챘을 때 무경이는 커다
란 실망과 함께 여자다운 질투와 어머니의 육체적인 체취에 대해서 늑
지한 구역을 느꼈다. 그리고 어머니를 잃어버리는 데 대해서 누를 수
없는 서러움을 경험하였다.

단 하나의 어머니도 잃어버리고 단 하나의 애인도 잃어버렸다. 직업
에는 오시형이의 차입을 위하여 나섰던 것이요, 아파트의 방은 보석으
로 나오는 그를 맞이하기 위하여 얻었던 것이었다. 의지하였던 것도
믿었던 것도 사랑하던 것도 희망하는 것도 일시에 없어져버린 것이다.
산다는 것의 의미와 생존의 목표를 어디서 찾아볼 수 있을까 하여 그
는 잠시 동안 멍청하니 공허해진 제 가슴을 처치해볼 길이 없었다.

그러나 그는 희망을 잃지 않고 살아 나아가겠다는 하나의 높은 생
활력 같은 것을 천품으로서 가지고 있었다. 그러한 생활력은 제 앞에
부딪쳐오는 어떤 어려운 문제라도 꿰뚫고 나아가야 한다는 강력한 의
지력으로 나타날 때가 있었다. 사람은 제 앞에 다닥쳐오는 어려운 문
제를 회피하지 않고 그것을 맞받아서 해결하고 꿰뚫고 전진하는 가운
데서 힘을 얻고 굳세지고 위대해진다고 생각해본다. 어떻게도 할 수
없는 난관에 부딪치고 함정에 빠져서 그가 생각해본 것은 모든 운명의

쓴 술잔을 피하지 않고 마셔버리자 하는 일종의 '능동적인 체관(諦觀)' 이었다. 그는 우선 어머니와 오시형이를 공연히 비난하고 시기하고 질투하지 않으리라 명심해본다. 자기 자신을 그들의 입장 위에 세워보리라 생각했다.

오시형이는 이 년 동안 옥중에서 충분한 사색과 반성을 가질 수 있었을 것이다. 그의 생각은 섬세해지기도 하였고 치밀해지기도 하였고 풍부해지기도 하였을 것이다. 그는 자기의 정신상 갱생을 사상과 학문상의 전향에서 찾으려 하였고 그의 육체와 생명은 다시금 빛 없는 생활에 얽매이지 않기를 본능적으로 갈망하고 있을 것이다. 아버지와의 관계에 있어서도 좀더 원만하고 원숙해지리라 명심하고 있을 것이다. 사실 그는 가정이 있는 평양으로 내려가는 것이 건강에나 또는 당국 관계에 있어서도 편리할 것이라고 믿지 않을 수가 없었을 것이다. 오시형이가 아버지를 따라 평양으로 가는 것, 그것은 그의 금후 생활을 영위하기 위해서 반드시 필요한 일이라고도 생각되어진다. 그렇다면 이까짓 방 같은 것이 합체 무엇이며 무경이의 마음이 다소 섭섭해지는 것 같은 것이 하상 무엇이냐고도 생각되어진다.

어머니의 입장도 이와 마찬가지였다. 어머니는 이십 전에 홀몸이 되어서 자기 하나만을 믿고 살아왔다. 자기가 어떤 사내와 결혼하면 어머니는 누가 모시며 어머니가 마음을 의지할 사람은 장차 누구일 것이냐? 어머니의 신뢰와 애정을 거역하고 나선 것은 딸이었다. 딸의 문제를 허락하였을 때 어머니가 그를 믿고 팽팽하게 당길 수 있었던 닻줄을 팽개쳐버리면서 갑자기 독신 생활에 대해서 신념을 잃어버렸다는 것도 넉넉히 이해할 수 있지 아니한가. 그렇다면 딸의 마음이 서운해질 것을 염려치 않고 어머니가 장래의 생애에서 행복된 설계를 가지려 하였다고 그것을 탓할 수는 없는 노릇이었다. 오시형이는 그의 앞날을 위하여 영위함이 있어 마땅한 일이며 어머니는 어머니의 남은 생애를 위하여 설계함이 있어 마땅한 일이 아니냐. 그러면 뒤에 남아 있는 최무경이 자기 자신은? 그는 생각해본다.

'나는 나 자신을 위하여 생활을 가져보자!'

이것이 그를 구렁텅이에서 구하여낸 결론이었다.

시형이를 위하여 얻었던 방에는 제가 들기로 하였다. 어머니가 결혼하여 정일수 씨와 동거하게 되었을 때 어머니와 무경이가 살던 집은 팔아버렸다. 마침 가옥 시세가 가장 댓음이던 때라 그리 새집은 아닌 것인데 한 칸에 칠백 원씩 받아서 일만오천 원의 거액이 무경이의 저금 통장에 기입되었다. 살림도 간단히 추려서 대부분은 어머니한테 맡겨두고 신변에 필요한 몇 가지와 취사 도구의 간단한 것만 아파트로 옮겨왔다. 아직도 아버지의 명의대로 남아 있는 칠십 석 남짓한 땅은 으레 무경이에게 상속이 되었으나 정일수 씨한테 관리시키고 일 년에 이천 원씩을 받아다가 저금 통장에 기입시키기로 작정하였다. 한집 안에 살기를 권하다가 그들의 뜻을 이루지 못한 정일수 씨와 어머니는 될수록 무경이에게 편의를 도와주려 힘썼고 딸에 대한 그들의 애정을 극진히 표시하려고 애썼다. 무경이는 전과 다름없는 여사무원의 직업을 그대로 가지고 있었다.

그러나 이러한 조치를 대어놓고도 오시형이와의 애정에 대한 신뢰만은 덜지 않으려고 생각하였다. 하기는 시형이가 아버지와 타협하고 평양으로 내려간다는 고백을 들었을 때에 이 사건을 통해서 맨 먼저 느낀 것은 여자다운 직관력만이 날카롭게 간파할 수 있는 애정의 동요였다. 평양에는 진척시켜오던 약혼설이 있다. 도지사를 지낸 저명인사의 영양이 있다. 무경이는 고백 뒤에 어물거리는 그림자로서 그것을 눈앞에 그려보았던 것이다. 그러면서도 그들은 한 가지로 그 문제에 대하여는 아무러한 이야기도 나누려 하지 않았다. 무슨 일이 있어도 오시형이의 마음만은 변하지 않으리라고 믿었던 것일까. 또는 아무리 따져놓고 약속을 굳게 하여두어도 흐르는 수세는 당해낼 재주가 없는 것이라고 단념해버렸던 것일까. 어떤 날 어머니는 딸에게 이런 말을 물었다.

　“시형이 아버지가 그 무슨 도지사의 딸이라든가 허구 약혼하라던 건 그 뒤 무슨 이야기가 없다든?”

　이 날카로운 질문을 받고 무경이는 잠시 당황했으나,

　“무슨 별 이야기 없던데요.”

하고 대답하였다. 그러나 어머니는 마음을 놓을 수가 없다는 듯이 또다시 무어라고 입을 나불거리다가 여러 번 주저하던 끝에,

　“글쎄, 그렇다면 좋거니와. 손수 올라와서 데리구 가는 바엔 그런 이야기두 있었을 법헌데. 그럼 무어 너허구 결혼에 대해서두 안즉 이렇다 할 의사 표시는 없은 셈이로구나.”

하고 나직이 말하였다. 무경이의 가슴속에서는 꿍 하고 물러앉는 것이 있었다. 당황해지는 제 마음을 부둥켜 세우며,

"마음대루 허라지요. 도지사 딸한테 장갈 들려건 들구 귀족의 딸한테 장갈 들려건 들구……."

어머니는 이러한 딸의 언행에서 적지 않은 경악을 맛보았으나 그 이상 이야기를 이어나가지는 못하였던 것이다.

서울을 떠난 오시형이한테서는 내려간 지 일주일이 지나서 한 장의 편지가 왔다. 윤택이 있는 다정스런 문구는 하나도 없고 적지 않이 고민이 섞인 생경한 문구로 적혀 있었다.

지금 내가 생각하고 있는 것은 나의 장래에 대한 것이오. 내가 어떻게 하면 정신적으로 재생하여 자기를 강하게 하고 자기를 신장시킬 수 있을까 하는 문제입니다. 일찍이 나는 비판의 정신을 배웠습니다. 그러나 이러한 자기 자신에 대한 비판만 되풀이하고 있으면 그것은 곧 자학이 되기 쉽겠습니다. 나는 자학에 빠져버리고 싶지는 않습니다. 뿐만 아니라 외부 세계에 대한 준열한 비판만 있으면 모든 것이 그대로 이루어지리라는 요즘의 지식인들의 통폐에 대해서는 나는 벌써부터 좌단(左袒)을 표명할 수가 없었습니다. 비판해버리기만 하는 가운데서는 창조는 생겨나지 않을 것이기 때문입니다. 그러므로 설령 그러한 결과 도달하는 것이 하나의 자애(自愛)에 그치고 외부 환경에 대한 순응에 떨어지는 한이 있다고 하여도 나는 지금 나의 가슴속에 자라나고 있는 새로운 맹아에 대해서 극진한 사랑을 갖지 않을 수는 없겠습니다. 새로운 정세 속에 나의 미래를 세워놓기 위해서 지금까지 도달하였던 일체의 과거와 그것에 부수되었던 모든 사물이 희생을 당하고 유린을 당하여도 그것은 또한 어떻게도 할 수 없는 일일까 합니다.

물론 결혼에 대한 문구는 아무 데서도 찾아볼 수 없었다. 무경이는 애정에 대한 것만은 변치 않았고 또 앞으로도 변치 않으리라고 생각하여보았다. 그러나 무경이는 어떤 급처를 마치 보자기로 송곳을 싸들고 있는 것 같은 위태로운 심리로 가만히 덮어놓고 있는 것도 희미하게 느끼지 않을 수는 없었다. 보자기를 조금만 힘을 주어서 잡아당기면 날카로운 송곳이 보자기를 뚫고 벌처럼 폐부를 찌르기를 사양치 않을 것이다. 그것을 잘 알고 있기 때문에 보자기를 어름어름 가만히 덮어놓아보는 것이다. 그러나 이러한 상태는 오래 지속될 수 없었고 또 무경이의 성격이 그러한 상태에 어물어물 박혀 있도록 철부지도 아니었다. 드디어 오시형이의 편지 내용이 결코 추상적인 문구만이 아니고 실상은 생생한 구체적 사실의 진행을 그러한 추상적인 문구로 표현하여놓은 데 불과하다는 것이 명백히 밝혀질 시기가 왔다.

그 뒤 무경이의 몇 장의 편지에 대해서 오시형이에게선 도무지 회답이 없었다. 그러다가 어느 날 짤막한 편지가 한 장 왔는데 그것은 정양하러 어느 온천으로 간다, 통신 관계가 빈번한 것은 여러 가지로 재미롭지 않아서 아무에게나 여행한 곳은 알리지 않기로 되었으니 양해하라는 내용의 글이었다.

오시형이가 자기의 사상을 정비하고 정신을 통일시키는 데 방해가 되고 장애가 될 만한 이야기는 될수록 삼가서 편지를 쓰던 무경이었다. 그의 문제를 그 자신이 처리하고 있는 데에 다른 사람의 수작이

하상 무슨 관계냐고 무경이도 생각해보았던 것이다. 그로 하여금 그의 문제를 처리케 하라! 새로운 사상의 체계를 세워서 생명의 구원을 받게 하라! 그것이 무경이의 진심이었다. 그러나 이 편지가 내용하는 것은 무엇인가. 그런 것과는 관계없이 최무경이라는 석 자의 이름과 그 이름으로부터 오는 기억 속에서 해방되겠다고 하는 하나의 전혀 별개의 사상이 아닌가.

무경이는 보자기를 뚫고 올라온 송곳 끝이 제 심장을 쓰라리게 찌르고 있는 것을 느끼며 얼마를 보내었다. 가을이 왔다. 겨울이 왔다. 새해가 왔다. 봄이 닥쳐왔다. 물론 오시형이의 소식은 그대로 끊어진 채로. 그러나 이러한 가운데서 그가 가진 것은 '혼자서 산다'는 억지에 가까운 결심과 자기도 누구에게나 지지 않을 정신적인 발전을 가져보겠다는 양심이었다. 나도 나의 생활을 갖자! 나의 생각을 나의 입으로 표현할 만한 자립성을 가져보자! 오시형의 영향으로 경제학을 배우던 무경이는 또 그의 가는 방향을 따라 '철학을 배우리라'는 방침을 정하는 것이다. '너를 따르고 너를 넘는다!' 이러한 표어 속에 질투와 울분과 실망과 슬픔과 쓸쓸함과 마음의 일체의 복잡한 감정을 묻어버리려 애쓰는 것이었다.

무경이는 어머니의 사진 앞에서 머리를 털어버리고 이내 테이블로 왔다. 그는 몇 달 전부터 암파의 『철학강좌』를 읽어내려오고 있었다. 알 듯한 곳도 모르는 대목도 많은 것을 이를 악물고 시험 공부 하듯이 대들었으나 날이 거듭될수록 어쩐지 제가 점점 어른처럼 되어가는 것 같은 느낌을 금할 수 없었다. 그것이 무한히 반가웠다. 책을 접고 침대에 누우면서 또는 아침에 침대에서 일어나서 책을 들면서 그는 언제나 '나는 어른이 되어간다'는 생각을 되풀이하면서 빙그레 웃고 하였다.

아홉시를 친 지 한참을 지나서 강 영감의 발자취 소리와 하이힐이 복도를 울리는 소리가 들리더니 옆의 방문을 열고 무어라고 중얼거리는 말소리가 희미하게 들려왔다. 방을 보러 온 것이라고 생각하면서도 무경이는 그대로 책상 앞에 걸터앉아 있었다.

논문을 쓰는 동안이라면 무슨 논문인지는 모르나 길대야 삼사 개월의 기간이 아닐까. 삼사 개월밖에 들어 있지 않을 사람에게 순순히 방이 비었다고 말한 것은 제 입으로 한 말이었으나 되새겨보면 이상한 일이 아닐 수 없었다. 주택난이 우심한 요즘에 일이 년의 장기간 동안 떠나지 않고 눌러 있을 손님을 골라서 두기도 그다지 어려운 일은 아닐 터인데…… 하고 역시 제가 한 대답이 경솔하였던 것을 느끼지 않을 수 없는 것이다. 지금 거절하여도 결코 늦지는 않는다고 생각해보면서도 사람을 오래놓고서 어떻게 점잖은 사이에 무책임하게 신의 없는 소리를 뱉어놓을 수 있을까고 망설여보는 무경이었다. 실인즉 그는 철학 공부를 시작하면서 은근히 대학이라는 존재에 대해서 마음이 움직이었고 읽은 책 가운데 모를 대문이 많으면 많을수록 학자라는 존재에 대해서 어떤 흠모의 마음이 은근히 동하게 되어 있었던 것이다. 이랬거나 저랬거나 주판 알처럼 사무에 밝은 그가 특별한 천착도 없이 방을 허락한 데는 이러한 요즘의 그의 심경이 은연히 움직인 데 까닭이 있다고 보지 않을 수 없을 것이다.

무경이의 방문에서 노크 소리가 난다. 뜨적뜨적이 두 번씩 두들기는 건 강 영감의 노크다. 그는 책상 앞에서 떠나서 문께로 갔다.

"방 보시구 마음에 든다는데……."

하고 나직이 귀띔하듯이 말하였다. 무경이가 신을 신고 복도로 나가니까 양장한 여자는 앞서서 층계를 내려가고 있었다. 그의 뒤를 따라 강 영감과 무경이도 아래층으로 내려왔다.

"이리로 들어오시지요."

하고 무경이는 복도로부터 사무실 안으로 안내하였다. 삼십이 넘었을 짙은 화장을 한 아름다운 중년 부인이었다. 양장점을 경영하는 여자이니만큼 옷도 기품이 있게 몸에 붙도록 지어 입었다. 화장이 좀 지나치게 야단스러워서 무경이와 같은 여자의 눈에는 마치 여배우자 여급과 같은 직업의 여자와 얼른 분간을 세우기 힘든 인상을 주었다.

"아파트에서 일 보는 사람입니다. 최무경이라고 여쭙니다."

하고 인사를 드리니까,

"문란주(文蘭珠)올시다. 밤늦게 소란스레 굴어서 미안합니다."

그러나 열시 전이니까 그다지 늦은 밤도 아니란 듯이 맞은 바람벽에 걸린 시계를 힐끗 쳐다보고는,

"방이 마음에 듭니다. 오늘 밤으루 이사해두 괜찮겠지요?"

한다.

"그러시지요. 원체는 한두 달 계실 손님에겐 방을 거절하라는 것이 아파트의 정칙인데……"

하고 열적은 소리기는 하지만 한마디 끼어보지 않고는 태평할 수가 없었다.

“논문 쓰는 동안이라군 하지만 또 오랫동안 빌려놓구 이용하실는지 두 모르지 않어요. 동경 같은 데선 소설 쓰는 사람들이 자기 주택 외에 모두 아파트 한 칸씩을 빌려갖구 있다던데요.”

그리고는 익숙한 매무시로 호호호 하고 웃어넘긴다. 웃음을 알맞추 끊고는,

“그럼 곧 이사하겠습니다. 시키킨 같은 건 내일 아침에 치르기루 헐까요?”

“그렇게 하시지요. 아침은 될수록 이른 편이 좋겠어요. 그럼.”
하고 강 영감을 향하여선,

“영감님 좀 늦으셔두 이사하시는 것 보아드리구 방문 잠그십시오. 그리구……”

다시 문란주 편을 향하여 낯을 돌리고는,

“특별히 규칙이랄 건 없지만 여러 사람이 단체 생활을 한다구 무어 이런 걸 만들어둔 게 있습니다. 참고삼아 틈 있거든 보아주십시오. 또 그리군 오시는 선생님의 성함자도……”
하고 인쇄물과 카드 조각을 내놓았다. 문란주는 연필을 들어 종이에 이관형(李觀亨)의 석 자를 써주고 인쇄물을 받아서 들고는 사무실을 나갔다.

“그럼 또 뵈옵겠습니다.”

“안녕히 가세요.”

한 여자는 밖으로 나가고 또 한 여자는 위층으로 올라갔다. 그때에 연회에서 늦게야 돌아오는 회사원의 한 패가 밖으로부터 몰려 들어오

며 강 영감에게,

"곰방와."

"아아 늦어서 미안합니다"

하고 중얼거리는 소리가 들려왔으나 이내 또 아파트 안은 조용해졌다.
무경이는 다시 제 방에 들어와서 문을 잠그고 책상 앞으로 갔다.

2

테이블과 양복장 같은 것은 방에 붙은 것이 있으니까 새로이 끌어
들일 턱이 없다면 그럴 수도 있는 노릇이지만 참고 서적도 많을 것이
요 침구라든가 신변 도구 같은 것의 운반으로 하여 적지않이 시간을
잡아먹을 이사일 줄 예상하였고 어련히들 주의야 하겠지만 동숙인들
이 잠든 시간에 혹시 안면 방해가 되는 일이나 없을까고도 생각해보았
던 만큼 자정도 되기 전에 발자국 소리 외엔 별반 요란스러운 음향도
없이 아주 쉽사리 간단하니 반이나 끝난 듯싶어졌을 때엔 무경이는 일
변 안도하면서도 다소 실망을 느꼈다.

하기는 집이 서울 안에 있으니까 간단한 가방깨나 날라오고 뒷날
차차 소용되는 대로 짐을 날라들일는지도 모를 것이므로 무경이는 그
런 것을 오래 생각지는 않았다. 이관형이와 문란주의 관계가 어떻게
되는 것인가를 상상할 수가 없어서 다소 궁금하다면 궁금하였으나 이
사 오는 사람이나 동숙인의 가정 관계를 소상히 알고 싶다는 필요하지
않은 악취미에서 벗어난 지도 이미 오래인 그이므로 이사가 끝나고 한

참 있다가 하이힐이 복도를 지나 층계를 내려가버리는 것을 듣고는 그
런 것에도 별반 오래 머리를 쓰지는 않았다.

하룻밤이 지나고 아침이 되어도 물론 새로운 일이 생겨날 리 만무
였고 여느 때보다 출근하는 사람이 많은 이 집안은 아침이 가장 뒤숭
숭한 시간이라 문소리 발자국 소리 말소리 같은 것이 어느 방 어느 사
람의 것인지를 분간할 수도 없는 것이었다. 무경이는 어느 날이나 진
배없이 일찌감치 일어나서 물을 끓여 세수를 하고 간단히 아침을 지어
먹었다. 아홉시가 출근 시간이므로 그때가 되기까지는 방 안에서 책을
읽었다. 아홉시 치는 것을 듣고야 사무실로 나갔다. 무경이가 나가는
것과 교대해서 사무실을 치워놓고 스팀에 석탄을 지피는 일을 끝막은
강 영감이 일단 집으로 돌아간다. 열시가 되어 점심 벤또를 끼고 강
영감이 나타나고 조금 있다가 주인이 나타났다. 무경이에게 이 년 동
안이나 일을 맡겨준 주인은 오전 중에 아무 때나 잠시 얼굴을 내놓고
장부나 검사해보고는 다시 나가버리는 것이었다. 그래도 무경이는 그
가 들어올 때를 기다려서 장부를 정비해두었다가 하루 동안의 일을 소
상히 보고하였다.

“어제 삼층 이십이 호에 있던 회사원이 나가고 밤 안으로 이관형이
라고 하는 대학 강사가 새로 들어왔습니다. 나간 사람의 보증금 중에
서 이번 달 치를 제하고 지출한 것이 이게고⋯⋯”
하면서 그는 전표를 가리킨다.

“새로 들어온 사람의 회계는 아직 보지 않았으나 오전 중에 계약이
끝날 것입니다. 오늘 들어온 걸루 헐라구요. 그리구 이건 가각 이번 달

치 방세들하고 또 지출은 전등료.”

주인은 가느다란 도장을 들고 하나하나 장부와 전표 위에 인장을 눌러 치우고는 아무 말 없이 입금 중에서 얼마를 남겨놓고 사무실을 나갔다. 식당을 한번 돌고 복도를 삥 시찰하듯 하고는,

“그럼 난 나가우.”

하구 뚱뚱한 몸을 길 위로 옮겨놓았다. 주인이 나간 뒤 얼마가 지나서 보일러를 돌아보고 온 강 영감이,

“어젯밤 새루 들어온 양반 회계 끝났었나?”

하고 물었다.

“글쎄 여태 아무 소식두 없구먼요.”

강 영감은 숙직실 앞으로 가다가 멈칫하고 서면서,

“그 양반의 직업이 무엇이라구 허셨지?”

하고 돌아본다.

“대학 강사랍디다. 왜요?”

“대학 강사.”

그렇게 다시 나직이 뇌기만 하고는 그 이상 이야기를 잇지 않았으나,

“그 한번 채근해보시지.”

하고 무경이 앞으로 걸어왔다.

“글세, 오늘 일찍이 회계를 보기루 일러두었는데 세상 물정에 어두운 학자님이시라 그런 건 통히 잊어버린 게로구먼요. 그럼 영감님 수고스럽더래두 한번 올라가보시구료.”

강 영감은 잠시 눈을 꿈뻑꿈뻑하고 서 잇었다. 오래지 않아 봄이라

는데 그는 여태 털 떨어진 방한모를 귀밑에까지 푹 눌러쓰고 보일러 칸으로 드나든다. 바지 위에 작업복이 낡아서 푸르둥둥한 놈을 껴입고 웃저고리 위에도 털 떨어진 체부 옷을 단추가 두 개나 떨어진 대로 껴 입고 있었다. 신발만은 아파트의 손님이 신다가 내버린 틀어진 깃도 단화였다.

"그럼 내 올라가보지."

모자를 벗어서 놓고 맹숭맹숭하게 갓 깎은 머리를 갈구리 같은 손으로 한번 써억 젖혔다. 그리고는 슬근슬근 복도를 걸어나갔다.

무경이는 강 영감의 태도에서 마땅치 않아 하는 눈치를 느낄 수 있었으나 제 비위에 맞지 않을 때엔 가끔 있는 일이므로 공연한 오해일 것이라고 생각해본다. 연세가 연세인지라 자기가 못마땅히 생각하여도 남의 앞에서 그런 것을 경솔히 지껄이지는 않는 성미였다. 그저 꿈뻑 꿈뻑 눈을 감았다 떴다 하는 것이 그러할 때의 표정이었다. 어젯밤 찾아왔던 양장한 여자를 물끄러미 쳐다보면서도 강 영감은 그런 표정을 지어보였었다. 역시 그런 것이 원인이 되어서 일종의 오해까지도 품어보게 된 것일 게라고 생각은 해보는 것이나 아침 일찍이 회계를 보자고 언약해놓고서 일언반구의 이렇다 할 말이 없는 것도 심상치 않은 일이거니와 열한시가 되어오는데 식당에도 내려오는 기척이 없으니 어느새 취사 도구루를 정비해놓고 아침을 손수 지어 먹은 것인가 도무지 어인 일인지 감감 동정을 알 수가 없었다. 양장한 여자가 그런 사연을 통히 전달하지 않았다고 생각할 수도 없고 그랬었다면 그 양장한 여자라도 이르게 얼굴을 보이어야 하는 게 아니냐고도 노상히 생각되어지지 않는 바는 아니었다.

그리고 있는데 한참 만에 강 영감이 적이 뚜우한 낯짝을 하고 어슬렁어슬렁 위층으로부터 내려왔다. 하회가 궁금한데도 이내 입을 열지 않았다. 대단 불유쾌한 표정이었다. 잠시 책상 언저리를 빙빙 돌다가 혼잣말로,

"고오연 친구여 젊은 사람이!"

하고 한마디 툭 뱉었다. 무경이는 종시 말썽이 생기나보다고 내심 걱정이 되면서도,

"왜요?"

하고 입술 위엔 웃음을 그려본다.

"흥, 그 사람이 대학교 선생이라구? 온 참!"

또 한번 그렇게 뇌더니 무경이의 앞으로 와서 이야기를 털어놓기 시작하였다.

"당최 어떻게 된 사람인 걸 알 도리가 있어야지. 자아 이거 보겠나. 늘 하는 본새로 떵떵떵떵 그 노크라는 걸 허지 않았나. 대여섯 번 겹쳐 해두 도무지 하회가 없겠다. 그래서 또 한번 커다랗게 뚜들겼더니 그제야 누구인지 들어오시오. 점잖다면 잖고 또 거만하다면 거만하달 대답이 들리길래 문을 비틀어보았더니 참말 문을 잠그지는 안었어. 그래서 낯을 문틈으로 들여보내려구 허는데 방 안에 자욱한 연기 그대루 곰을 잡을 작정인지 그냥 담배 연기가 눈을 뜰 수 없게시리 가득히 찼더란 말이여. 그러나 나야 또 무어 글이래두 쓰면서 딴 정신이 없어서 담뱃내 찬 것두 모르는 줄 알었지. 침대에 번뜻이 자빠 누었는 줄이야

알었을 도리가 있나. 그 입은 것허며 그 머리라 낮짝이라……”

차마 입에다 옮길 수 없다는 듯이 주름살 진 표정을 잠시 쭈그려뜨려보이고 말을 끊었다가,

“내 벌써 어젯밤부터 꼬락서니를 보고서 콧집이 찌그러진 줄 알었었지만. 자아 어젯밤 최선생 올라간 뒤에 그 양반들 이사 오던 꼬락서니 좀 보았나. 그저 가방 하나만을 들고 차에서 내려서 껑충껑충 들어오는데 그 야단스런 부인네는 조꼬만 보꾸레미를 하나 들고서 앞서서 뛰어 들어가고 이 대학 선생이란 양반은 모자를 썼겠다. 무어 벤벤한 양복깨미나 허긴 낡아빠진 외투는 꺼칠허게 뒤집어썼으면서두…… 어쨌든 벌써 콧집이 틀려먹은걸…… 그런데 이 사람이 오늘은 번뜻이 침대에 누워설랑은 그저 담배만 죽여대인 모양이지. 그래서…… 저 여기 규칙대루다 보증금 석 달 치허구 한 달 치 선금일랑을 치르셔야 허겠는뎁쇼 하고 말했을 것 아니여. 그랬더니 그저 암말 않고 나가 있어 한마디뿐이라. …… 아니올세다, 규칙대루 헌다면 보증금과 선금 치른 뒤에야 이사하는 건뎁쇼. 선생님껜 특별히 규칙 위반으루다 대접해드린 것이올세다. 이렇게 또 한번 공순히 설명해드렸는데두 그게 잔말 말구 내려가 있으라는군그래. 부애가 나서 견뎌 배길 도리가 잇나. 아니올세다. 규칙대루 이행허시기 싫은 분은 부득불 방을 내기루 되어 있는뎁쇼. 허구서 한번 을러놓았드니 허허어거 참! 영감은 소용없으니 주인을 보내래눈! 돈은 사무실에 내려오셔서 치르게 되었는뎁쇼. 허구서 또 한번 빈정거렸더니 벌떡 일어나면서 잔말 말고 나가서 주인을 보내! 허구 호령이겠지. 난 당최 그 입은 것 허며 낯바대기가 무서워

수작을 걸기두 싫여서 엥이 문을 찌끈 닫고 내려와버렸지. 거 참! 그 무슨 오라질 대학교 선생이람! 대체 어저께 왔던 그 여편네가 잡년이야, 그게 바루 여급 아냐, 술집에서 술 따르는 그렇잖으면 활동 사진 박히는 광대 년이든지……”

“양장점 경영하는 부인네랍니다.”

별로 변호해준다는 의식은 없었으나 좀 과장하는 버릇이 있는 강 영감인지라 무경이는 나직이 그렇게 설명해주었다.

“양장점?”

“네 부인네들 양복 짓는.”

그랬더니 강 영감은 기가 좀 사그라지는지,

“양장점을 허는지 무얼 허는지 모르지만……”

하고 숙직하는 방으로 갔다.

“수고하셨습니다. 내 그럼 올라가 만나보지요. 허긴 나도 주인은 아닌데.”

무경이는 농담을 지껄여서 가볍게 취급해버리며 사무실을 나왔으나 물론 강 영감의 보고는 그를 적지 않게 불쾌하게 만들었다. 이십이 호실 앞에 서니까 제법 마음이 긴장되었다. 노크를 하니까 강 영감의 이야기처럼 참말 ‘누구신지 들어오시오’하는 느린 목소리가 들려왔다. 남자가 혼자 들어 있는 방이라 주저도 되었지만 가만히 핸들을 비틀고 얼굴보다 스커트 자락과 구두를 먼저 안으로 들여보냈다. 찾아온 사람이 여자라는 것을 알고 그에 합당한 예의를 갖추라는 예고로서 하는 것이다. 잠시 동안을 두고 밖에서 기다리는데 연기에 참 방 안의 공기가 문틈으로 새어나왔다. 이윽고 그는 얼굴을 나타내고 열어젖힌 문으로 몸을 완전히 방 안에 들여세웠다. 그러나 침대 위에 누워 있는 사내는 그대로 번뜻이 천장을 바라보며 담배만 피우고 있을 뿐 이편 쪽으로 눈길도 보내지 않았고 그러니 무경이가 구두나 스커트를 먼저 들여 놓았다든가 하는 세밀한 기교도 알아줄 턱이 만무하여 통히 들어온 사람이 젊은 여자라는 것에도 생각이 미치지 않는 모양이었다. 얄따란 차렵이불을 배퉁이께로부터 발치 위에 덮었고 상반신은 여자의 것이기 확실한 화려하고 화사한 가운을 두르고 있었다.

"아이 연기."

나직이 그렇게 말하면서 사내의 귀에 들리도록 인기척을 만들었다. 사내는 뻐끔이 머리를 들어보았다. 여태껏 여자인 줄은 몰랐었던지 이윽고 벌떡 자리에서 상반신을 일으킨다. 머리가 뒤설커서 구숭숭한데 면도를 넣은 지 오래된 얼굴 전체에는 지저분한 반찬 가시 같은 수염이 쭉 깔렸다. 얼굴은 해사했으나 몹시 창백한 것 같았다. 옆구리에 놓았던 것인지 빵 조각이 침대에서 굴러 떨어진다.

사내는 자기의 모양 하며 옷주제 하며가 여자의 앞이라 다소 부끄러웠었던지 잠시 당황하는 듯한 표정을 지어보았으나,

"아파트의 주인은 안 계시고 제가 그 대를 맡아보는 사람입니다."
하는 침착한 젊은 여자의 목소리를 듣고는 다시 무뚝뚝한 낯색으로 표정을 고치고,

"당신네 집에선 어째 손님에 대한 예의가 그렇습니까"
하고 외면을 한 채 항의 비슷한 트집을 쏟아놓기 시작하였다.

"글쎄올시다. 여러 분을 대하게 되는 관계상 소홀하게 되는 수도 많으리라고 믿습니다마는 지금 올라왔던 영감님께서 어떤 실수를 하셨던가요?"

무경이도 지지 않고 따질 것을 따져놓자는 뱃심이었다. 사내는 잠시 말을 끊었으나,

"집세고 보증금이고 치르면 될 거 아닙니까. 손님에게 무례한 짓을 하지 않고도 받을 돈은 받을 수 있지 않아요?"

"그야 그렇겠습지요. 그러나 말씀하셨던 언약이 잘 지켜지지 않고 또 어젯밤에 하신 말씀과는 잘 부합되지 않는 곳도 있으니까 아마 영감님의 욱된 생각에 그만 실수가 된 것 같습니다."

"언약이 잘 지켜지지 않았다든가 어젯밤에 하던 말과 부합되지 않는 곳도 있다니 대체 내가 당신네들과 무슨 굳은 맹서를 하였단 말이오?"

무경이는 잠시 말을 끊었다. 사내는 침대에 다리를 뻗고 앉은 채 자기는 문지방에 선 채 이런 다툼을 서로 건네고 있는 것이 우습기도 하였지만 아파트를 대표해서 이야기하는 이상 따질 대로는 따져본다고 다시 생각한다.

"선생님과는 지금이 초면이니까 그런 약속이 있었을 리 만무하지만 어저께 오셨던 부인네의 말씀을 신용하고 방을 빌려준 것이지 본시부터 선생님을 친히 뵈옵고 언약이 된 것은 아니었습니다."

사내의 자부심을 다소 건드려주는 말투였다. 사내는 침대에서 내려섰다. 양복 위에 여자의 가운을 입은 품이 어쩐지 우스웠다.

"대체 어떤 내용의 언약입니까. 손님에게 아무런 무례한 짓을 하여

도 움찍달싹 않겠다는 약속이라도 했었던가요?”

사내는 면바로 무경이를 쳐다보았다.

“어제 부인네의 말씀에는 손님의 직업은 제국대학의 강사요. 방을 빌리는 목적은 논문을 쓰시는 데 있다 하였고 방세와 보증금은 오늘 새벽에 치르기로 되어 있었습니다.”

사내는 갑자기 말문이 막혀버렸다. 말문이 막혀버렸을 뿐 아니라 몸 자세에서도 기운이 쑥 빠져버리는 것이 옆의 사람의 눈에도 현저하게 보이었다.

그는 가만히 외면하고 침대 옆으로 가 섰다.

“대학 강사.”

하고 나직하니 외우듯 하는 것이 들려왔다. 그러나 그는 이내 다시 몸을 돌리어 이편 쪽을 보면서,

“내 직업이 대학 강사라든가 내가 이 방 안에서 논문을 쓴다고 말했다면 그건 거짓이었으니까 내 입으로 취소하겠습니다. 그러나 중요한 건 결국 보증금과 방세 문제 아냐요. 남에게 방해되는 일이 아닌 이상 논문을 쓰든 글을 읽든 그런 것에 관계할 필요는 없을 테구 또 직업 같은 것도 대학 강사라야 된다는 규정이 있을 턱은 없을 거구……”

“글쎄. 그렇게두 말씀하실 수 있겠지요.”

“그럼.”

하고 사내는 양복 주머니에다 손을 넣었다.

“돈을 오늘 안으루 해드릴 터이니 또 그때까지 믿으시기 힘들다면 나를 인질루 잡아두는 겸 내가 몸에 지니구 있는 소지품이라군 이 금

시계가 하나 있을 뿐이니까 이걸 그럼 그때까지 맡어 두십시오.”

　“온 별말씀을! 여기가 무어 전당폰 줄 아십니까?”

　“그럼 어떡하라는 겁니까? 몇 시간의 여유도 헐 수 없으니 당장에 나가라는 말입니까?”

　이렇게 저윽이 난처한 장면이 벌어지려 할 때에 마침 층계에서 발자국 소리가 나고 어저께 왔던 양장한 여자가 커다란 물건 꾸러미를 들고 또 한 사람 운전사에게 이불 보퉁이 같은 짐을 들려 갖고 올라오고 있는 것이 무경이의 곁눈에 띄었다.

　“아이 안녕하십니까. 늦어서 죄송합니다”
하고 문란주는 문지방에 서 있는 최무경에게 인사하였으나 그들의 소닭 보듯 하고 서 있는 엉거주춤한 몰골을 보고는,

　“어째 이러십니까. 무어 말썽이 생겼습니까?”

　무경이를 향해서 유쾌한 웃음을 보내면서 일변 운전사의 손에서 보꾸러미를, ‘영치기’ 소리를 내어서 옮겨놓고 눈살을 찌푸리고 뚜우해서 서 있는 사내에겐,

　“왜 이렇게 장승처럼 서 있수.”

　그러나 곧 무경이 쪽을 보면서,

　“내 인제 곧 내려갈게요.”
하고 말하였다.

　무경이는 어떻게 또다시 이야기를 이어나갈 멋도 없고 부인네에게 지금 지낸 사연을 옮겨 들려주고 따져볼 맛도 없어서 그대로 멍청하니 서 있었고 또 이관형이라고 하는 방 안의 사내도 어떡하라는 것이냐고

따지는 것도 한낱 실없는 일이었다는 생각이든 것처럼 시무룩해서 침대에 가서 벌떡 누워버린다. 어이가 없어서 무경이는 그대로 문을 닫아주고 아래층으로 내려왔다. 사무실에 돌아오니까 강 영감은 보이지 않았다. 그는 마음이 불쾌하고 노엽다느니보다도 우스꽝스런 생각이 들어서 견딜 수가 없었다. 대체 어떻게 된 판국인지 저도 한몫 끼기 하였으나 정신을 차릴 수가 없는 것 같다.

이관형이라는 사내는 어떠한 부류의 사람일까, 모양이나 차림은 그 지경이지만 물론 강 영감이 보는 바와 같은 인상만을 주는 사람은 아니었다. 그렇다고 대학 강사가 아닌 것도 확실하고, 그러면 문란주는 어째서 거짓 직업을 부르면서 하필 대학 강사를 골라 대게 되었던 것일까. 회사원이래도 그만이요, 광산가래도 그만이요, 그 밖에 어떠한 직업으로 손쉽게 불러댈 것이 많은 중에서 하필 대학 강사였던지 알 수 없는 일이었다.

문란준가 내려왔다. 그는 사무실로 들어오면서 대강한 사연은 들었는지.

"늦게 와서 미안합니다."

하고만 말하고는 상냥스럽게 웃어보였다. 오늘도 역시 화장은 빝게 이쁘장스럽게 하였다. 눈과 입술과 턱빝으로 자세히 보면 퍽 솜씨 있고 능숙한 화장이었다. 그는 그 이상 아무 말도 않고 핸드백을 열어서 지갑을 꺼냈다. 가느다란 흰 손가락 끝이 빨간 에나멜이어서 이상스레 연약하고 화사스런 인상을 주었다.

"보증금이 석 달 치니까 일백오 원이시죠! 그리군 일 개월분 방세가

삼십오 원, 일백사십 원이면 되겠지요?"

무경이는 별로 대꾸도 하지 않고 펜을 들어 서류를 꾸미고 돈을 세어서 금고에 넣었다. 그러고는 숙박기를 꺼내서 정식으로 이관형이의 이름을 기록하였다.

"직업은요?"

하고 새삼스럽게 물어놓고는 직업란 위에 펜대를 세운 채 가만히 기다려본다.

"글세, 직업이 생각해보니 우습게 되었군요."

하고 머리 위에서 문란주가 말하였다. 시방 위층에서 그것 때문에 말썽이 있었던 것인지,

"실상인즉요, 얼마 전꺼정 대학에 강사루 있었는데 그만 그 방면에서 실패를 하셨답니다. 그래서 어저께는 그냥 대학강사라고 했었는데 그러니 지금이야 따져 말하자면 무직이지요. 당자두 무직이 좋다니까 그대루 무직이라구 적어두세요. 연령을 스물일곱 아니 작년에 스물일곱이었으니까 지급은 이십팔……"

3

독신용의 방이 서른여섯에 가족용의 두 칸씩 맞붙은 방이 스물다섯이나 되어서 백 명이 훨씬 넘는 식솔이 살고 있는 집이고 보니 들고나는 사람의 얼굴을 하나하나 따져서 기억해둘 수도 없고 또 그 이상 그 사람들의 성품이나 생활 습속 같은 것에 대해서 눈여겨볼 겨를이나

흥미도 없었으므로 일단 사람을 들여 놓은 뒤에는 특별한 일이나 없으면 그다지 밀접한 교섭은 이루어지지 않았다. 하기야 무경이가 한집 안에서 자고 먹고 하였고 또 출입구가 있는 옆에 사무실이 있어서 손님들 측으로 보면 눈에 익은 존재였으나 무경이 편으로 보자면 한 달에 한 번씩 방세나 받고 난방비나 전등료나 급수료 같은 것이나 받아 치우면 규칙을 문란하게 하지 않는 이상 마루러한 교섭이나 간섭 같은 것을 가지게 될리 만무하였다. 사무실 밖에서 상서롭지 못한 일로 무경이가 그들과 직접 대면하는 일은 거의 없어 그런 때마다 강 영감이나 주인 자신이 나서서 처리해왔으므로 무경이는 복도에서 만나도 오래된 사림이 아니고는 그대로 인사조차 나누지 않고 지내는 사람이 많았다. 이관형이도 응당히 그러한 사람 중의 한 사람이 되었을 것임에 틀림이 없다.

그러나 며칠 동안 한집 옆방에 같이 지내면서 그의 낯을 다시 대해 본 적도 없었으나 어쩐지 그의 생각만은 이내 머리에서 떠나지 않았다. 들어오는 날부터 교섭이 이상해졌고 또 사람 된 품이 보통 평범한 사람이 아니라는 것도 이유가 되겠지만 하루 한두번씩 그를 찾아오는 문란주를 주목해 보는 때마다 역시 이관형의 존재는 언제나 머리에 떠올랐다. 그래서 자기 방으로 돌아갈 때엔 대체 이 사람은 나의 옆방에서 하루 종일 무엇으로 소일을 하고는 하는 생각을 가지게 되곤 하였다.

대학 강사에서 실패한 사람. 그대로 대학 강사래도 모르겠는데 그것에서 실패하고 그리고 수염을 지저분하게 기르고 여자의 가운을 걸치고 번뜻이 침대에 누워서 담배만 피우고 빵 조각이나 씹다가는 머리맡에 팽개쳐두고…… 이런 것이 가끔 이상하고도 우스꽝스러워서 무료할 때마다 때때로 머리에 떠오르곤 하는 것이다. 그런데 또 강 영감은 강 영감대로 문란주가 나타나는 것만 보면 으레.

"양복점 주인 아씨가 또 오셨군. 대학교 선생 심방하러."

하고 말하곤 하여서 무경이는 책상에 머리를 묻고 사무에 열중하다가도 그들의 관계로 생각이 미치게 되었다.

"영감님은 그 여자완 기 쓰구 해봅니다그려."

하고 웃는 말로 하면,

"흥."

하고 콧방귀를 뀐 뒤엔,

"무어 그럴 일도 없지만 난 그 부인네와 사내의 관계가 이상스러워서 그러지 않나. 친척이라든가 그런 관계는 아니여. 내 눈은 속이지 못하지. 대학교 선생이라구 뻐기면서두 내 눈이야 어디 속었나."

무경이의 대답이 없어도 입 안으로,

"심상하잖어! 내 눈이야 속이나."

그렇게 중얼거리면서 보일러 칸으로 내려가는 것이다. 그래서는 무경이도 영감이 이끄는 대로 문란주와 이관형이의 관계로 생각을 달리게 되는 수가 있었는데 남들의 남녀 관계에 젊은 여자가 무슨 참견이냐고 낯을 붉히면서도 가끔 그러한 것을 천착해보고 앉았는 제 자신을 발견해보게 되는 것이었다.

이관형이가 이 집으로 이사를 온 지 엿새째 되는 날이었다. 여느 날처럼 출근 시간에 사무실로 내려가니까 그와 교대해서 제집으로 가는

강 영감이,

"거 이상허지. 하루에 한두 번씩은 꼭 오군 허는 그 양복점 아씨께서 어제는 결근을 허셨어. 밤에나 올련가 해더니 거 웬 셈일까."

하고 혼잣말처럼 중얼거렸다. 무경이는 거저,

"그래요."

하고만 대답하고 그러한 이야기에 깊이 생각을 묻지는 않았다. 그런데 오정이 넘고 한시가 되었을 때였다. 사무실 안에서 별로 할 것도 없고 하여 잡지를 들고 앉았는데 이 집을 이사 온 지 처음으로 이관형이라는 그 사내가 휘우청휘우청 층계를 내려오고 있었다. 머리와 낯바닥은 그대로였으나 옷은 양복뿐으로 물론 여자의 가운 같은 것은 둘렀을 리 만무하였다. 무경이는 잡지를 든 채 그의 거동을 눈여겨보았다. 그는 층계를 내려오더니 우선 복도를 한번 쭉 살펴본다. 아래층은 절반 이상이 식당과 당구장과 목욕탕이 되어 있으므로 그런 것을 패 쪽을 따라서 하나하나 살펴보는 것이었다. 그리고는 흥미가 있는지 느린 다리를 이끌며 패쪽 밑으로 가서 기웃기웃 방 안의 설비 같은 것을 엿보듯하더니 다시 제 방으로 올라갔다. 한참 만에 그는 편지 봉투를 하나들고 내려와서 이번에는 곧바로 사무실로 들어왔다.

그는 문 안에서 껀뜩 머리를 수그리었다. 무경이도 자리에서 일어나서 인사를 받았다.

"전화 좀 빌려주십시오."

무경이는 아무 말 않고 전화통을 옮겨주었다. 그는 다시 전화번호책을 찾아서 뒤적거리더니,

“여기서 가까이 대두구 쓰는 용달사가 없습니까?”

하고 묻는다.

“있습니다.”

그리고는 번호를 가르쳐준 대로 번호를 부르고 메신저 하나만 보내달라고 말하였다. 전화를 끊고는 메신저가 오는 동안 제 방에 올라가 있을 것인가 여기서 기다릴 것인가를 망설이는 듯이 잠깐 주춤하고 서 있다.

“여기 앉으시오. 곧 올 겁니다. 그리구 전화는 삼층에두 하나 설비해 놓았으니까 스위치를 돌리시구 인제부터 거기서 이용하시지요.”

“아, 네에, 그렇습니까. 미처 몰랐습니다.”

이관형이는 의자에 앉았다. 무경이는 사내와 낯을 마주 대하고 앉았기가 면구스러워서 잡지에 눈을 묻었으나,

“거 어째 이발소가 없습니까?”

하고 사내가 물어서 그는 얼굴을 들었다. 그리고는 사내의 시선과 부딪쳐서 이상스럽게 웃음이 나오려고 하는 것을 참았다. 인제 이발할 생각이 나는 게로군 하고 생각해보니 웃음이 나왔던 것이다.

“이발소는 처음에 시작했으나 요 바루 맞은편에 오래된 이발소가 있어서 도무지 영업이 되질 않았답니다. 이 집 사라들만 가지구야 영업이 성립되겠어요. 일백이삼십 명 된다구 허지만 그 중엔 부인네두 많구 한 사람이 두 번씩 깎는다 쳐두 한 달에 오륙십 원 수입밖에 더 되겠어요. 이발사 한 사람을 채용해두 수지가 맞들 않습니다. 그래 가까운 데 이발소두 있고 해서 폐지를 했답니다.”

“하하아 그렇겠군요.”

이관형이는 감탄하는 듯이 목을 주억거렸다.

“그 이발소 자리는 오락장이 되었지요, 바로 목욕탕 옆방.”

“예에.”

그러고 있는데 메신저가 들어와서 이관형이는 편지를 그에게 맡겼다.

“이 윤 선생이 안 계시다면 아무한테두 보이지 말구 그대루 갖구 돌아와.”

하고 타일렀다.

“돌아오건 좀 제 방으로 보내주십시오.”

부탁하고 이관형이는 위층으로 올라갔다. 한 사십 분 걸려서 메신저가 돌아왔다. 윤 아무개한테 편지를 전한 모양이었다. 그리고 또다시 한 삼십 분 지난 뒤에 둥실둥실하게 생긴 멀끔하고 정력적인 젊은 신사가 아파트를 찾아와서 이관형이를 물었다. 무경이는 그에게 방을 가르쳐주면서 이 사람이 아까 용달을 보냈던 윤 아무개가 아닌가 하고 생각하였다.

인제 오래인 잠을 깨어나서 차차 움직이기 시작하는구나 하고 생각해보면 어쩐지 이관형이의 거동이 탈피 작용을 하고 있는 동물처럼 생각되어 웃음이 났다. 그러나저러나 대학 강사가 되었다가 실패하곤 저런 판국을 경험하게 되는 것인가 하고 생각하면 어떤 엄숙한 인생의 문제에 부딪치는 것 같아서 마음이 적지않이 침울해졌다. 그럴 때마다 그는 오시형이를 생각해보게 되었다. 사내들이란 어떤 커다란 문제 앞에 서면 저렇게 평상되지 않은 행동을 가지게 되는지도 모른다. 그러다가 아주 그러한 구렁텅이에 굴러 떨어져버리면 타락자가 되고 낙오자가 되어버리고 마는 것일까. 이관형이의 오늘 행동이 그러한 구렁텅이로부터 정상된 생활 상태로 복귀하려는 사람의 몸부림 같아서 그는 지금 아까와 같이 웃음이 떠오르지도 않는 것이다.

얼마 해서 윤 아무개는 나갔다. 하참 뒤에 이관형이가 다시금 층계 위에 나타난 것은 그때에 마침 강 영감이 사무실에 있어서,

"어유 저 사람이 어떻게 된 셈이가, 목욕할 생각을 다내구."

참말 밖을 내다보니까 이관형이는 수건을 들고 복도에 내려서고 있었다. 잠시 목욕간을 넘겨다 보고는 이편 쪽으로 낯을 돌리고 사무실로 들어온다.

"이거 자주 들러서 사무 보시는 데 죄송합니다. 미안하지만 은행 시간이 넘었구 해서 말씀 여쭙는데 소절수 한 장 바꾸어주실 수 없을까요?"

시계는 세시 반이 넘었다.

"글쎄, 얼마나 쓰시려는지요. 돈이 많지는 못한데."

"천원짜리지만 우선 있는 대루 돌려주시지요. 적어두 좋습니다."

"한 이백 원."

"네, 그게문 충분합니다."

그는 양복 안주머니에서 소절수 한 장을 꺼내서 무경이에게 넘겼다. 윤갑수라는 사람의 소절수였다. 무경이가 금고를 여는 동안 이관형이는 무료히 서 있다가, 문득 강 영감을 발견하고,

"일전 일루 영감께선 여태 노하셨습니까?"

하고 처음으로 소리를 내어 껄껄 웃었다. 강 영감은 관형이가 웃는 바

람에 적지않이 겸연쩍어져서,

"온 천만에 말씀을, 고만 일에 노헐 나입니까."

하고 제법 여태까지의 일은 잊어버린 듯이 대답하였으나 그래도 그다
지 마땅하지는 못한 것인지 슬며시 문을 열고 복도로 빠져나갔다.

그럴 보고 무경이도 함께 미소를 입술 가에 그려보았다.

"이백 원이올시다. 세어보십시오. 그럼 이 소절수는 맡아두었다가
내일 찾아다 드리지요. 식산은행이시죠?"

관형이는 돈을 받아서 넣으며,

"고맙습니다."

그리곤 휙 낯을 돌리다가 시계 밑에 붙여놓은 길쯤한 거울 속에 비
친 제 얼굴에 놀란 듯이 여자가 옆에 있는 것도 불구하고 잠시 그것을
들여다보고 있었다. 그가 손으로 터거리를 한번 쓱 쓸어본다. 그리고
는 무경이를 곁눈질하고 씨익 하니 웃었다.

"면도를 빌려드릴까요?"

그러니까 사내는 머리를 긁적긁적 긁으며,

"에이 뭐 면도는요."

하고 데석을 썰레썰레 털었다. 그러나 잠시 더 멍청하니 서서 거울을
바라보다가,

"제 면도가 아마 여기 있을 거예요."

그러니까 힐끗 무경이를 본다. 남의 남자에게 면도를 빌려준다는 것
도 생각해보면 수상쩍은 일이어서 나직이 변명하듯이 서랍에서 면도
를 찾으며 중얼거린다.

"이사 올 때 잊었다가 핸드백에 넣었더니 배가 불러서 꺼내두었는 데…… 여기 있습니다. 잘 들는지 모르지만 써보시지요. 전 통히 쓰지 않습니다."

그래서 이관형이는 면도를 얻어 들고 비눗곽을 타월로 잘라 맨 것을 디룽궁디룽궁 휘저으며, 욕탕 있는 데로 갔다. 그 뒷모양이 우수워서 무경이는 욕탕 안으로 사라질 때까지 그것을 창문 너머로 바라보고 있었다.

네시가 가까워서 사무실은 강 영감에게 맡겨놓고 무경이는 다녀온 지도 얼마 되고 하여 어머니한테로 갔다. 어머니와 정일수 씨는 장충단 이편 앵구장이라는 주택지에 살고 있었다. 가면 언제나 반가워하고 쓰다듬어줄 듯이 고맙게 친절히 해주었으나 한 시간쯤 앉았노라면 으레 인제 아파트의 사무원은 그만두는 게 어떠냐는 권면이 퉁겨나오곤 하였다. 먹을 것이 없니 입을 것이 없니 방 한 칸을 빌려갖고 사는 건 살림이 간편해서 네 말마따나 좋을는지 모른다 쳐도 무엇 때문에 남에게 구속받는 생활을 하면서 뭇사람의 시중을 드느냐 하는 것이 언제나 판에 박은 듯이 나오는 어머니의 말이었다. 어머니나 정일수 씨가 그렇게 생각하는 것도 무리는 아니었고 무경이 자신조차도 그러한 생각을 먹어볼 때가 있으므로 그런 말이 나올 때마다 그는 그저 좋은 말로 어루만져두는 것이었으나 오늘은 기어이 속 시원히 동경 같은데로 학교나 가보는 것이 어떠냐는 말까지 나오고야 말았다.

무경이는 저녁도 얻어먹지 않고 붙잡는 어머니를 바쁜 일이 있다는 핑계를 대서 뿌리쳐버리고 앵구장을 나섰다. 교외에 나가보면 봄이 한

걸음 한걸음 닥쳐오는 것이 눈에 띄었다. 그는 해질 무렵의 거리를 걸으면서 생각에 잠긴다.

어머니와 아버지는 오시형이와 자기와의 관계가 이미 파탄이 나버린 지 오래다고 생각하고 있는 것이 분명하였다. 입 밖에 내지는 않았으나 속 시원히 공부나 더 해보라는 권면 뒤에는 벌써 그러한 눈치가 숨겨져 있는 것을 알 수 있었다. 사실 오시형이와 나와의 관계는 남들이 생각하듯이 완전히 끝이 나버린 것일까, 시형이가 들었던 방과 시형이를 위하여 얻었던 직업을 이렇게 놓아주지 않고 있는 것은 남들이 보듯이 쓸데없는 고집에 불과한 것은 아닌 것일까.

맥이 풀려서 그는 지나가는 자동차를 잡아타고 아파트로 돌아왔다. 돌아와서 빈방 안에 앉아보아도 마음은 그대로 침울하였다.

시형이의 애정을 인제는 믿지 않는다고 제 마음에 타일러온 것은 벌써부터의 일이었다. 그러나 그렇게 스스로 타이르고 뇌어보고 하는 것을 지금 새삼스럽게 인정하려 들면 역시 마음은 어느 귀퉁이에선가 도리질을 계속하는 것이다.

사람의 일이 설마 그럴 수야 있을까. 설마 그럴 수야. 이 설마에 매달려서 그것을 생활의 유일한 기둥으로 나는 생각하고 있는 것이나 아닐까.

그는 머리를 털고 일어나서 전등을 켰다. 열심히 방을 정돈하였다. 문을 열어젖히고 활짝 먼지를 털고 걸레를 치고…… 그러면 가슴이 좀 후련해졌다. 그는 식당으로 가서 오래간만에 정식을 먹었다. 거의 다 먹었는데 이관형이가 아주 딴판인 모습으로 식당엘 들어오고 있는 것이 보였다. 손님이 더러 있어서 근 이내 무경이를 발견하지는 못하였으나 식당 안에 들어와본 것이 처음인지 방 안을 한번 휘둘러 살피다가 무경이가 밥을 먹고 앉았는 것을 발견하였다. 옷은 별것이 아니었으나 면도를 하고 안 하는데 사내의 얼굴이란 저렇게 달라지는 것인지 불빛 밑이라 낯빛은 의연히 창백했으나 그럴수록 부드럽게 감아서 말린 머리카락 밑에 백석이란 형용이 들어맞을 온후하면서도 날카로운 얼굴 모습이 뚜렷하게 드러나 보이는 것이었다. 면도를 빌려주기 잘했다고 생각하면서 밥 먹던 손을 놓고 그가 가까이 오는 것을 맞아주듯 하였다.

"진지 잡수러 오십니까?"

"네. 처음으로 식당을 좀 이용해보려고요. 참 면도는 선생님이 안 계셔서 제 방에 가져다 두었는데 선생님께선 오늘 늦게까지 사무 보십니까?"

이관형이는 옆의 테이블에 앉으며 말을 건네었다.

"저두 이 집에서 기거합니다. 바로 선생님 옆방인걸요."

그걸 여태 몰랐다는 듯이 사내는 '네에'하고 놀라면서,

"그런 걸 모르구 일주일 가까이 지냈으니……"

따라온 보이에겐,

"나도 저 선생님이 잡숫는 걸루 갖다 주게."

하고 일러놓곤 무경이의 시선과 마주쳐서 허허어 하고 웃었다.

"그러시면 이십삼 호든가 사 호든가!"

"네, 이십삼 호요."

"그래서 면도가 다 있으셨군그래."

그리고는 또 웃어보였다. 식사 끝이 화려한 것 같아서 무경이는 유쾌하였다.

"전 그럼 먼저 실례하겠습니다."

하고 관형이의 시킨 것이 오기 전에 그는 자리를 떴다. 방으로 돌아와서 찻잔을 부시고 가스에 물을 끓였다. 불을 밝히고 마음을 가라앉히어 책이나 읽으리라 생각하는 것이다. 한참 만에 주전자의 물이 끓어서 그는 잔을 내어놓고 홍차를 만들었다. 그러고 있는데 노크 소리가 났다. 문을 여니까 이관형이었다.

"면도 가져왔습니다. 난 또 남의 방에 잘못 들어오진 않나 하구서……"

"그대루 두시구 쓰실 걸 그랬지요. 그러나저러나 좀 들어오세요. 지금 막 홍차를 만들던 중입니다. 들어오셔서 한잔 잡수세요. 립톤이 좀 남은 게 있어서, 자아 방은 누추하고 좁지만."

관형이는 문지방에서 잠시 머뭇머뭇하였으나,

"방을 아주 깨끗이 정돈하셨군요. 이렇게 청결해야만 되는 건데 우리 같은 사람은 도시 이런 아파트 생활에 부적당합니다."

침대가 있는 데와 취사장이 있는 데는 모두 두터운 커튼을 쳐서 여자의 방 같은 화사한 색채는 그다지 눈에 띄지 않았다.

"그럼 한잔 얻어먹을까. 오래간만에…… 이거 너무 실례가 많습니다."

그리고는 문을 닫고 방 안으로 들어섰다. 응접 의자로 안내하고는 조그만 앞치마를 스웨터 위에다 두르고 무경이는 홍차를 만들었다.

"선생님 공부하십니다그려."

하고 놀란 듯이 뒤에 놓은 서가와 그 옆에 쌓아놓은 많은 서적을 굽어본다. 무경이의 것 외에 오시형이가 미결감에서 보던 것이 대부분 그대로 있어서 서적은 의외로 많았다.

"그저 허는 시늉이나 합니다."

"아니 거 대부분이 철학이 아닙니까."

그는 참말로 놀라는 표정을 지어보였다. 차를 가져다 앞에 놓아도 무경이의 얼굴만 감탐하는 낯으로 뻐언히 쳐다보고 있었다.

"너무 그러지 마세요. 부끄럽습니다."

그러나 열심히 공부한다는 칭찬을 받는 것은 그다지 불쾌한 일은 아니었다.

"어서 식기 전에 차 드세요."

관형이는 깊이 감동된 듯한 얼굴로 가만히 앉았었으나 이윽고 차를 들어서 맛보듯이 입술로 가져갔다. 무경이도 마주 앉아서 차를 들었다.

"선생님은 대학에서 무엇을 가르치셨에요?"

"나요?"

그리고는 찻종을 놓았다.

"일정에 대학 강사라구 사칭했던 건 취소하지 않었습니까."

그러나 입술은 빙그레 웃고 있었다.

"그렇게 놀리시지 마십시오. 그때엔 사정이 그렇게 되어서 실례를 했었지만."

무경이도 그때의 일을 회상하면서 그렇게 말했다.

"가르쳤달 것까진 없지만 영어를 좀 강의했습니다."

“그럼 영문학이 전공이세요?”

“네, 선생님의 철학으루 보면 아주 옅은 학문이올시다.”

“온 천만에, 제가 또 철학이니 무어 벤벤히 공부헌 줄 아시구 그러세요. 저 책두 대부분 제 것이 아니랍니다. 어찌어찌 그렇게 될 사정이 있어서 요즘 좀 뒤적거려보지만.”

관형이는 다시 서가 있는 쪽을 돌아다본다.

“니체, 키에르케고르, 베르그송, 뒤르켕, 딜타이, 하이데거, 세렐, 페기, 오르테가, 짐멜, 슈미트, 로젠베르크, 트레루치, 듀이……”

그렇게 책 이름의 밑을 따라가면 입속으로 중얼중얼하다가,

“어유우 이거 머 굉장한 거물들이 아주 뭇별처럼 찬연히 빛나고 있습니다그려. 모두 세계 정신을 제가끔 떠받들고 구라파를 구해보겠다는……”

그러고는 낯을 돌려 찻잔을 다시 들면서,

“나도 인제 저 사람들을 좀 공부해야지……”

저의 여태껏의 생활이 엉망이었던 것을 부끄러워하는 낯으로 가만히 그렇게 뇌었다. 그러나 무경이는 어쩐지 낯이 간지러웠다. 책은 쪼르르니 꽂아놓았지만 저는 아직 그 뭇별처럼 빛나는 구라파의 사상가들이 무엇을 하는 사람인 것도 알고 있달 자신이 없었다. 자기를 무슨 큰 공부꾼이나 되듯이 착각하고 있는 젊은 학자를 눈앞에 앉혀놓고 그는 난데없는 부끄러움을 맛보고 있다. 그럴수록 오시형이의 생각이 난다. 그이에게 구원을 준 사람은 그의 말에 의하면 저 철학자와 사상가들이라 한다. 하긴 저 사람들은 오시형이의 애정까지도 무경이에게서

빼앗아갔지만.

그런 것을 마음속으로 생각해보다가 무경이는 낯을 들었다.

"선생님, 제가 하나 여쭈어볼 말씀이 있습니다."

"무어 말입니까? 저는 그런 방면은 아무것도 모릅니다."

무경이는 그러한 사내의 겸사의 말엔 귀도 기울이지 않고 열심스러운 태도로 물어본다.

"동양학이라는 학문이 성립될 수 있을까요?"

동양학은 어떻게 해서 오시형이를 저토록 고민 속에 파묻히게 만드는 것일까, 동양학으로 가는 길이 무엇이관데 그것은 오시형이와 최무경이의 관계를 이토록 유린하고 무시해버릴 수 있는 것일까. 그의 질문에는 학문과 애정의 문제가 함께 얽혀져서 마치 그의 생활의 전체를 통솔하고 지배하는 열쇠 같은 것이 간축되어 있는 것이다. 사내들 세계는 알 수 없는 수수께끼라 한다. 사실 그는 오시형이가 평양으로 내려간 뒤부터 그를 이해하고 있달 자신이 없어졌다. 지금 그의 앞에 앉아 있는 이관형이라는 사내 역시 정체를 붙들 수 없는 사람이 아닌가. 이렇게 마주 앉아 있는 것을 보면 교양 있고 얌전한 지식인 같다. 그러나 한편으로 문란주와 같은 나이 먹은 여자와 강 영감의 말은 아니지만 심상하지 않은 관계를 맺어놓고 질서 없는 비위생적인 생활도 버젓하게 벌여놓을 수 있는 사람.

무경이의 묻는 말에 처음은 농담조로 받아넘기려다가 그의 태도가 지나치게 진지한 데 눌리어서 이관형이도 잠시 제 머리를 정래보듯 한다.

"전문 부분이 아니어서 상식적인 것밖에는 대답할 수 없겠습니다.

그리구 그런 정도로도 잘못된 해석이나 또 엉터리 없는 추상이 많을 줄 압니다마는…… 내 생각 같애선 서양 사람이 자기네들의 학문적 방법을 가지고 동양을 연구하는 것과 동양인이 구라파의 학문 세계에서 동양을 분리할 생각으로 동양을 새롭게 구성해보려는 노력과 이렇게 두 가지루다 나누어서 생각해볼 수가 있는데 어느 것이나 독자적인 학문을 이룬다든가 하는 것은 어려운 일인 줄 생각합니다. 서양학자가 구라파 학문의 방법을 가지고 동양을 연구한다고 그것을 동양학이라고 말한다면 그것은 지역적인 의미밖에 되는 게 없으니까 별로 신통한 의미가 붙은 것이 아니고 그저 편의적인 명칭에 불과할 것이요, 또 동양인인 우리들이 동양을 서양 학문의 세계에서 분리해서 세운다는 일에도 정작 깊은 생각을 가져보면 여러 가지 곤란이 있을 줄 압니다. 가령 동양학을 건설한다지만 우리들의 대부분은 구라파의 근대를 수입한 이래 학문 방법이 구라파적으로 되어 있지 않겠습니까. 대학에서 공부한 사람의 거의가 구라파적 학문의 방법을 배운 사라들이니 그 방법을 버리고 동양을 연구할 수는 없지 않습니까. 그렇지 않다면 동양이 가지고 있는 고유의 학문 방법으로 동양을 연구하여야 할 터인데 내가 영국 문학을 한 사람이라 그런지 사회과학이나 자연과학이나 철학이나 심리학이나 구라파적 학문 방법을 떠나서는 지금 한 발자국도 옴짝달싹 못 할 것입니다. 그러니까 니시다 같은 철학자도 서양 철학의 방법을 가지고 일본 고유의 철학 사상을 창조한다고 애쓴다지 않습니까. 한동안 조선학이라는 것을 말하는 분들도 우리네 중에 있었지만 그 심리는 이해할 만하지만 별로 깊은 내용이 없는 명칭에 그칠 것입니다. 요즘에 율곡 같은 분의 유교 사상을 서양 철학의 방법을 가지고 연구해보려는 분들이 생기고 있는 모양이지만 이런 의미에서 본다면 동양학의 성립이란 애매하고 또 내용 없는 일거리가 되기 쉽겠습니다.”

“그러나 서양 학자들이 동양을 연구하는 데는 좀 더 다른 의미도 들어 있지 않을까요? 말하자면 서양의 몰락과 동양의 발견이라든가 하는.”

“네 잘 알겠습니다. 요즘 그렇게들 말하는 분이 많습니다. 그리고 물론 그것은 결코 거짓이 아니겠지요. 구라파 정신의 몰락이라든가 구라파 문화의 위기라든가 하는 소리는 이 쭈루루니 책장에 꽂혀 있는 뭇별 같은 사상가들이 오래 전부터 떠들어오는 말이고, 구라파 정신의 재생이나 갱생책을 생각해보는 과정에서 동양을 발견하는 일이 많다고도 말할 수 있겠는데 그러나 그들은 결코 구라파 정신을 건질 물건이 동양의 정신이라고는 믿지 않고 있습니다. 뿐만 아니라 그들은 한 가지로 세계를 건질 정신은 역시 구라파 정신이라고 깊이 확신하고 있습니다. 이것은 서양 사람으로서는 물론 당연한 일이고 우리 동양 사람은 감정적으로래도 항거하구야 견뎌 배길 일이지만 그러나 구라파 학자의 동양 발견이라는 것은 그 이상의 것은 아닙니다. 서양 학자가 동양에 오면 도시의 근대 건축이나 그런 것에는 조금도 감탄하지 않고 고적이나 유물 앞에서는 아주 무릎을 친답니다. 그를 안내한 동양 학자는 이것을 설명해서 서양 사람들은 위안으로밖엔 감탄하지 않는다고 말합니다. 유물이나 고적에서 서양을 건져낸다든가 세계 정신을 갱생시킬 요소를 발견하고 감탄하는 것은 아니란 것입니다. 이런 점은 우리 동양 사람이 깊이 명심할 일입니다.”

무경이는 가만히 듣고 앉아 있다. 그러나 마지막으로 오시형이의 이론을 그대로 옮겨서 또 한 번 질문을 던져본다.

"앞으로의 현대의 세계사를 구상해보는 데 있어서 서양 사학에서 떠나 다윈 사관에 입각하여 여러 개의 세계사를 꾸며놓는 것은 어떨까요?"

학문적인 술어가 마음대로 입에 오르지 않아서 그는 더듬더듬 자기의 의사를 표현해놓는다.

"동양에는 동양으로서 완결되는 세계사가 있다, 인도는 인도의, 지나는 지나의, 일본은 일본의, 그러니까 구라파학에서 생각해낸 고대니 중세니 근세니 하는 범주를 버리고 동양을 도양대로 바라보자는 역사관 말이지요. 또 문화의 개념두 마찬가지 구라파적인 것에서 떠나서 우리들 고유의 것을 가지자는 것. 한번 동양인으로 앉아 생각해볼 만한 일이긴 하지요마는 꼭 한 가지 도양이라는 개념은 서양이나 구라파라는 말이 가지는 통일성을 아직 껏은 가져보지 못했다는 건 명심해둘 필요가 있겠지요. 허기는 구라파 정신의 위기니 몰락이니 하는 것은 이 통일된 개념이 무너지는 데서 생긴 일이긴 하지만. 다시 말하면 그들은 중세를 가지고 있지 않습니까. 그 중세가 가졌던 통일된 구라파 정신이 아주 깨어져버리는 데 구라파의 몰락이 잇따고 하지 않습니까. 그러나 그들이 그들의 정신의 갱생을 믿는 것은 통일을 가졌던 정신의 전통을 신뢰하기 때문이겠습니다. 불교나 유교는 이러한 정신적 가치로 보면 훨씬 손색이 있겠지요. 조선에도 유교도 성했고 불교도 성했지만 그것이 인도나 지나를 거쳐 조선에 들어와서 하나도 고유의 사상이나 문화의 전통을 이룰 만한 정신적인 힘은 가지고 있지 못하지 않

있습니까. 허기는 그런 불교나 유교의 탓이라기보다는 우리 조상들의 불찰이기도 하지만.”

어느 한 귀퉁이를 비비고 들어가볼 틈새기도 없을 것 같았다. 이관형이의 이러한 생각을 듣고 있으면 그가 비위생적인 생활 태도를 가지는 데도 어딘가 이해가 가는 듯이 느껴졌다. 동양인으로서 동양을 저토록 폄하하지 않을 수 없는 것도 하나의 비극이라고 생각되어지기도 하였다. 그는 잠시 오시형의 편지를 생각해보았다. 비판만 하면 자연히 생겨나리라고 생각하는 것이 요즘의 지식인들의 하나의 통폐라고 말하면서 비판보다도 창조가 바쁘다고 한 것은 이러한 것을 두고 말하였던 것일까.

잠시 말을 끊고 앉아 있던 이관형이는 주머니를 뒤져서 담배를 꺼냈다.

“미안하지만 담배 한 가치만 피웁시다.”

그러고는 성냥을 그어서 담배를 붙였다. 한 모금 깊숙이 빨고는,

“요즘 내가 가장 사랑하는 말이 하나 있습니다. 반 고흐라는 화가의 말인데.”

다시 한 모금을 빨아 마신 뒤에,

“인간의 역사란 저 보리와 같은 물건이다. 꽃을 피우기 위해서 흙 속에 묻히지 못하였던들 무슨 상관이 있으랴, 갈려서 빵으로 되지 않는가. 갈리지 못한 놈이야말로 불쌍하기 그지없다 할 것이다. 어떻습니까?”

그러고는 또 한번 뜨적뜨적이 그것을 외고 있었다. 무경이도 그의

하는 말을 외어가지고 다소곳하니 생각해본다. 그러나 한참만에,

"그게 어떻단 말씀이에요. 흙 속에 묻히는 것보다 갈려서 빵이되는 게 낫다는 말씀입니까. 그렇잖으면 흙 속에 묻혀서 많은 보리를 만들어도 그 보리 역시 빵이 되지 않는가 하는 말씀입니까?"

하고 물어보았다. 이관형이는 싱글싱글 웃으면서,

"여러 가지루 해석할 수 있을수록 더욱더 명구가 되는 겁니다, 해석은 자유니까요."

"그럼 전 이렇게 새거할 테에요. 마찬가지 갈려서 빵가루가 되는 바엔 일찍이 가려서 가루가 되기보담 흙에 묻히어 꽃을 피워보자."

이관형이는 여전히 싱글싱글 웃었다.

"구라파 정신이 막다른 골목에 처했을 적에 그들이 니힐리스틱하게 던져본 말입니다. 이렇게 구라파가 몰락해버리는데 정신을 신장해보는 사업에 종사해본들 무엇 하랴, 이건 하이데거 같은 철학자의 해석이랍니다. 선생님의 해석은 건강하고 낙천적이고 미래가 있어서 좋습니다."

"선생께선 그런 사상을 가졌으니께 대학에서두 실패를 보신 거예요."

"대학에서 실패를 보구 그런 사상을 가졌다는 편이 진상에 가깝겠지요."

"영국 문학을 하셨구 그런데 바로 그 정신의 고향인 자유주의와 개인주의의 영국이 지금 망하게 되었으니께 선생님이 그런 생각을 가지게 되시죠."

관형이는 담배를 껐다.

"그런 것만도 아닙니다. 대학에서 실패한 건 되려 자유주의적이 못

되기 때문이었구, 또 내 정신의 고향이 결코 영국인 것도 아닙니다. 우린 동양 사람이 아니어요, 대학에서 몇 년 배웠다구 그대루 영국 정신이 터득된다면 큰일이게요. 오히려 병집은 그 반대인 데 있습니다. 구라파 문화를 겉껍질루만 배운 데. 그럼 내 자신의 이야기를 하지요, 그러나저러나 내 자신의 이야기를 털어 놓는다고 하면서도 여태 서루 통성두 없었군요. 저는 이관형이라고 부릅니다."

그래서 무경이도 제 이름을 가르쳐주고 인사를 하였다. 그리고는 마주 보며 웃었다.

"그러면 내 정신의 비밀을 들어보십시오…… 아까 동양을 여행하는 외국 사람들이 우리 서양식 건축과 문명을 구경하고는 감탄은 샘스러 그저 누추한 모방품을 본 듯이 유쾌하지 못한 낯짝을 한다는 의미의 말씀을 드렸지요. 바로 그 서양식 건축 같은 가정이 우리집이라구 해두 과언이 아닙니다. 내 아버지는 서울서두 손꼽이에 들 수 있는 무역상입니다. 말하자면 부르주아올시다. 아버지의 세 자식은 모두 근대적인 교육을 받았습니다. 나는 보시는 바 영문학을 하였고 내 누이동생은 음악 학교를 나왔고 내 끝동생은 금년 봄에 삼고(三高) 독문과를 나옵니다. 모두 문화의 가장 찬연한 정수를 전공했습니다. 우리 가정은 그것 자체로 하나의 현란하고 난숙한 부르주아의 가정이올시다. 그런 의미에선 티피컬한 가정이라구 해두 과언은 아니겠습니다. 그런데……"

그는 잠시 숨을 돌리듯 하며 말을 끊었으나 다소 침울한 빛이 눈 가상에 떠올랐다.

"그런데 우리 조선이 근대를 받아들인 상태를 이것과 대조해보면 우리집 가정의 타입이 더 뚜렷해지리라고 생각합니다. 개화가 있은 지 가령 칠십 년이라고 합시다. 이때부터 구라파의 근대를 수입해왔다고 쳐도 실상은 구라파의 정신은 그때에 벌써 노쇠해서 위기를 부르짖고 있던 때입니다. 우리들은 새롭고 청신하다가 받아들여온 것이 본토에서는 이미 낡아서 자기네들의 정신에 의심을 품고 진보라는 개념 자체에 회의를 품어오던 시대입니다. 그러니까 우리는 남의 고장의 노후하고 낡아빠진 문명과 문화를 새롭게 청신하게 맞아들인 것입니다. 구라파가 결딴이 났다고 우리들의 눈을 부실 때엔 벌써 이미 시일이 늦었습니다. 받아들인 문명과 문화는 소화도 하지 못하고 있는데 벌써 구라파 정신은 갈 턱까지 가서 두 차례나 커다란 전쟁을 경험하고 있습니다. 나같은 사람이 영국 문학을 하였으나 조금씩조금씩 깊은 이해를 가져보려고 노력하면 노력할수록 나는 어떻게도 할 수 없는 그들의 답답한 정신 세계에 자꾸만 부딪히게 됩니다. 우리 아버지란 그러한 아들을 가지고 있는 상인입니다. 무역상이라고 하니까 앞으로 자유주의 경제가 완전히 통제를 당하고 보면 당연히 결딴이 나겠지요. 지금은 상업적 수단이 있어서 되려 시국을 이용하고 있는지도 모르지만. 우리들은 이층에서는 양식을 잡숫고 아래층에 와서는 깍두기를 집어 먹는 그런 사람들이요, 또 그 정도로 아주 될 대로 되어버려서 모두 권태와 피로를 경험하고 있습니다. 노인네들 말대로 하면 우리집도 장차 쇠운에 빠지고 말 것이 분명합니다. 누이동생은 음악이 전공이지만 그것에 몰두할 수 없은지 오래고, 고등학교 다니는 학생은 벌써 학문이나 학업에 권태를 느껴온 지 오랩니다. 내 매부는 비행가였는데 이 용기 있고 참신한 청년은 얼마 전에 향토 비행을 하다가 울산 부근에서 안개를 만나 불시 착륙하였으나 바위와 충돌애서 비행기와 함께 세상을 떠났습니다.”

“얼마 전에 신문에 났던?”

“네 아마 그것이겠지요. 그러한 가운데 나는 살고 있습니다. 그런데 또 한 가지 이상한 건 작년부터 약 일 년 가까이 내 주위에는 참말 아무짝에도 쓸모가 없는 사람들이 욱적거리고 있었습니다. 가령 문난주 같은 여자가 그 중의 한 사람입니다. 이 사람은 약 일 년 전에 우연히 알게 된 사람인데 처음부터 나는 이 여자를 데카당스의 상징처럼 느껴왔습니다. 그 사람이 들으면 노할는지 모르고 또 그 자신 그렇지 않은 사람인지도 모르나 나는 그를 볼 때마다 퇴폐적이고 불건강한 것의 대표자처럼 자꾸 느껴진 것입니다. 그러니까 나는 자꾸 그를 피하고 물리쳐왔지요. 또 오늘 나를 찾아와서 소절수를 주고 간 양반, 이분은 내 아저씨뻘 되는 분인데 몸도 건장하고 정력도 좋고 돈도 먹을 만치는 있고 한 청년신삽니다. 그는 하나의 정복욕을 가지고 있습니다. 그러나 그 정복욕은 여자를 정복하는 데만 쓰였습니다. 그는 그 방면에 레코드 홀더가 된다고 스스로 말하고 있습니다. 또 백인영이라는 은행가가 있었는데 이 양반은 잔재주를 너무 부리다가 그것 때문에 은행에서 실패했습니다. 그의 첩은 바로 저 문란주의 지기지우(知己之友)입니다……이런 분위기 속에서 나는 일 년 동안 싸워왔습니다. 그러나 그렇던 내가 교내의 파벌과 학벌 다툼에 희생이 되어서 아주 실패를 보게쯤 되었습니다. 요 얼마 전입니다. 나는 그날 술에 취하였습니다. 술에서 깨어보니까 문란주네 이층에가 누웠습니다. 이야기를 들으니까 명치정에서 문란주가 오뎅 해서 한 잔 먹고 나오는데 내가 비틀거리고 오더라나요. 나는 사오 일 동안 이층에서 번뜻이 누웠었습니다. 아주 기력이 없고 수족을 놀리기도 싫어진 겁니다. 무슨 정신에 집에는 여행 가노라는 엽서는 띄워놓았지요. 나는 집에 들어가기도 싫어졌습니다. 또 문란주 씨네 집에 그대로 묵고 있는 데도 싫증이 났습니다. 그래서 옮아온 것이 이 아파트올시다. 이사하자 막 늙은 영감과 또 최선생과 말다툼을 하였고……"

"잘 알겠습니다"

하고 무거운 머리를 들어 관형이에게 인사를 하듯 하고 무경이는 일어서서 다시 가스 불을 열어놓았다.

"그러나 나 같은 사람은 비위생적인 데도 철저히 빠져 있을 수 없는 사람인 모양입니다. 빵가루가 되기보담 어느 흙 속에 묻혀 있기를 본능적으로 희망하는 인물인지도 모르지요. 그것이 더 비극이지만,"

물이 사르르 하고 더워오는 소리가 들려온다.

"실상은 저도 그것과는 다르지만 그 비슷한 정신적 비밀을 가지고 있습니다."

남의 신변의 비밀을 듣고 나니 어쩐지 제 비밀도 털어놓아야 할 것처럼 생각되어졌다.

그러나 이관형이는,

"그러시겠지요. 요즘 청년치고 그런 것 가지고 있지 않은 분이 쉽겠습니까."

할 뿐 그 이상 이야기를 듣고 싶은 표정은 없었다. 무경이는 일어나서 홍차를 한 잔씩 더 만들었다. 차를 쭉 마시고는,

"이거 이야기가 너무 길어졌습니다. 공연히 방해되셨지요?"

관형이는 의자에서 일어났다.

"그럼 안녕히 주무십시오"

하고 인사하였을 때 방을 나가려는 사내는 작은 약병을 꺼내 잘랑잘랑 흔들면서,

"잠이 안 오면 이걸 먹고 잡니다."

그러고는 시니컬하게 웃어보였다. 이관형이를 보내고 난 뒤 책을 펴 놓았으나 물론 읽혀지진 않았다. 침대에 들어가 누워도 잠도 이내 오 지 않았다.

늦게야 잠이 들었으나 아침은 또 이르게 눈이 뜨였다. 침대에 누워 서 일어나기가 싫다. 어젯밤에 들은 이관형이의 이야기를 생각한다. 인간의 역사란 보리와 같다고! 비밀을 털어놓고 샅샅이 들어보면 그러 한 생각에 찬성을 하건 안 하건 이해는 가질 수가 있다. 오시형이도 지금 그런 것을 생각하고 있는 것일까. 그러한 정신 세계를 헤매고 있 는 것일까. 이관형이보다 복잡하면 복잡하였지 단순할 것 같진 않아 보인다. 그럴수록 그를 만나고 싶다. 만나서 모든 것을 들어보고 싶다. 그는 지금 어디 있는 것일까.

그러나 오시형이를 만나고 싶다는 그의 욕망은 곧 이루어질 수 있 게 되었다. 오시형이는 지금 무경이가 사는 이 서울에 올라와 있다고

한다.

아침도 먹기 전이었다. 어디서 전화가 왔다고 하여서 그는 전화통 있는 데로 갔다. 오시형이를 보석시켜준 변호사한테서 온 것이었다. 오시형이가 공판에 올라왔을 텐데 어디서 유하는지 모르냐는 전화 내용이다. 무경이는 당황하였다. 차마 모른다고 말하기는 창피하였으나 역시 그렇게 대답할밖에 도리가 없었다.

오늘이 공판인데 좀 상의할 일이 있다고 하면서 변호사는 전화를 끊는다. 오늘이 공판? 그러면서 어째서 오시형이는 나에게 그것조차도 알려주지 않는 것일까. 서울에 올라왔으면서 어째 여관도 알리지 않고 한 번 찾아도 오지 않는 것일까.

아침을 먹을 수 없었다. 사무실에는 잠시 나갔다가 머리가 아프다고 들어와버렸다. 아무리 생각하여도 공판정으로 찾아가볼밖에 도리가 없었다. 시간은 퍽 지났을 것이지만 그는 이내 아파트를 나와서 재판소로 달려갔다. 정정(廷丁)에게 물어서 공판정에 들어가니까 재판은 퍽 진행이 되어 있었다. 방청객이 더러 있었으나 그런 것엔 눈이 가지고 않았다. 공범 여섯이 앉아 있는 앞에 머리를 청결하게 깎은 국민복 입은 청년이 서 있었다. 그것이 오시형이었다. 심리는 얼추 끝이 날 모양이었다.

"피고가 학문상으로 도달하였다는 새로운 관념에 대해서 간명히 대답해보라."

재판장은 온후한 얼굴에 미소를 그리고 질문을 던진다. 서류 위에 법복 입은 두 손을 올려놓고 그는 오시형이를 내려다보고 있다.

"구라파 사람들은 역사에 대한 하나의 신념을 가지고 있다고 생각합니다. 그들은 역사란 마치 흐르는 물이나 혹은 계단이 진 사다리와 같은 물건이라고 믿고 있습니다. 맨 앞에서 전진하고 있는 것은 구라파의 민족들이요, 그 중턱에서 구라파 민족들이 지나간 과정을 뒤쫓아 따라가고 있는 것은 미개인의 민족들이라는 사상이 그것입니다. 고대에서 중세로 그대로 현대로 한 줄기의 물처럼 역사는 흐르고 있다 합니다. 그러니까 설령 그들이 가졌던 구라파 정신이 통일성을 잃고 붕괴하여도 새로운 현대의 세계사를 구상할 수 있고 또 구상하는 민족들은 자기들이라고 생각하고 있습니다. 이것이 역사에 있어서의 말하자면 일원 사관일까 합니다. 그러나 이러한 생각에서 떠나서 우리의 손으로 다원 사관의 세계사가 이루어지는 날 역사에 대한 이 같은 미망은 깨어지리라고 봅니다. 역사적 현실은 이러한 것을 눈앞에 보여주고 있습니다,"

"그러면 피고의 그러한 생각으로 현재 진행되고 있는 전쟁과 세계사적 동향은 어떻게 포착할 수 있다고 생각하는가?"

피고는 말을 끊고 숨을 돌리듯 하고는 다시 이야기의 머리를 잠깐 돌려보듯 하였다.

"저의 사상적인 경로를 보면 딜타이의 인간주의에서 하이데거로 옮아갔다는 느낌이 듭니다. 하이데거가 일종의 인간의 검토로부터 히틀러리즘의 예찬이 이른 것은 퍽 깊은 감명을 주었습니다. 철학이 놓여진 현재의 주위의 상황으로부터 새로운 문제를 집어올린다는 것은 최근의 우리 철학계의 하나의 동향이라고 봅니다. 와츠지(和辻) 박사의 풍

토사관적 관찰이나 타나베(田邊) 박사의 저술이 역시 국가, 민족, 국민의 문제를 토구(討究)하여 이에 많은 시사를 보이고 있습니다. 제가 과거의 사상을 청산하고 새로운 질서 건설에 의기를 느낀 것은 대충 이상과 같은 학문상 경로로써 이루어졌습니다.”

재판장은 만족한 미소를 입가에 띠었다. 무경이도 숨을 포 내쉬었다. 그러나 바로 그때였다. 피고석 뒤에 놓인 방청석으로부터 젊은 여자가 약간 허리를 드는 것이 그의 눈에 띄었다. 이윽고 재판장은 오후에 심리를 계속하고 일단 휴식에 들어간다는 선언을 하였다. 젊은 여자는 완전히 일어섰다. 흰 두루마기를 입은 키가 날씬한 여자였다. 무경이는 가슴이 뚱 하고 물러앉는 것을 느꼈다. 그 여자의 옆자리엔 오시형의 아버지, 그리고 그 옆자리엔 어떤 늙은 신사. 피고석에서 돌아온 오시형이는 긴장한 얼굴을 흩뜨려놓으며 그 여자가 서 있는 곳으로 가는 것이 보였다. 무경이는 뒤숭숭해진 공판정의 소음에 앞서 복도로 나왔다. ‘그 여자이다! 도지사의 딸!’ 그리고 이것으로 모든 문제는 끝이 나는 것이 아닌가. 복도 가운데 서보았으나 몸을 유지할 수가 없어서 그는 허턱대고 걸어본다. 날이 쨍쨍하다. 몹시 현기증이 난다.

어떻게 그래도 용하게 아파트는 찾아왔다. 문밖에서 지금 막 아파트를 나오는 문란주와 만났다. 그는 겨우 인사를 하였다.

“사무실에서 들으니까 몸이 편하지 않으시다더니……”

하고 말하는 문란주의 얼굴도 핏기가 없어 보인다.

“네, 그래서 병원에 다녀옵니다.”

문란주는 잠깐 동안 가만히 서 있었으나,

"그럼 잘 조리하세요."

하고 걸어 나갔다. 데카당스의 상징 같다고 하는 문란주와 그는 차라도 마시고 싶은 충동을 느껴보았으나 그대로 제 방으로 올라왔다.

'인제 나는 어떻게 할 것인가?'

침대에 누우니까 처음으로 눈물이 나서 그는 실컷 울었다. 그런데 얼마가 지나서 노크 소리가 났다. 뚜들기는 품으로 보아 어젯밤에 찾아왔던 이관형이의 것이 분명하다.

"네에."

하고 대답해놓고는 낯을 고치고야 문을 열었다.

"어젯밤은 실례했습니다. 어데 편하지 않으시다고요."

"아뇨, 괜찮습니다."

"글쎄, 그러시면 다행이지만……"

잠시 말을 끊었다가,

"지난 생활을 청산해보려고 어데 훨훨 여행이나 떠나보렵니다. 방은 그대루 두구 다녀와서 정리하기루 하겠어요. 우리집엔 실상은 아저씨한테 돈 취해갖고 지금 경주 방면에 여행하는 중이라고 알려두었는데 헛소리를 참말로 만들어볼까 합니다."

"그럼 경주로 가십니까?"

"뭐 작정은 없습니다. 휘 한 바퀴 돌아보면 마음이 좀 거뜬해질까 해서 보리알을 또 한 번 땅 속에 묻어볼까 허구서."

그는 껄껄거리며 웃었다. 아까 다녀 나가던 문란주의 얼굴이 눈앞에 떠올랐으나,

"잘 생각하셨습니다. 그럼 어저께 소절수를 마저 찾아드리지요."

"죄송합니다."

소절수를 찾으러 강 영감을 은행으로 보내고 무경이는 사무실 의자에 혼자 앉아 있었다.

'나두 어데 여행이나 갈까?'

'아예 어머니 말마따나 동경으로 공부나 갈까?'

그런 것을 생각해보았으나 원기도 곧 솟아나지 않았다.

(1941년 2월호)

세로(世路)

··· 한설야

1

서류 우편이 왔다. 아내가 없는 것이 우선 다행하다.

조만간 사에서 무슨 통지든지 오리라고는 미리 짐작하고 있었지만 여직 아내에게도 비밀을 지키고 있었다.

단지 직업을 잃는다든가 아내가 울상을 하리라든가 하는 따위 걱정 때문만은 아니었다. 그 누구에게도 완전히 배반당한 것 같은 생각이 들어 아무에게도 하마 그것을 말하고 싶지 않았던 것이다 그것을 말하는 것은 스스로 자기의 어리석음을 드러내는 것 같기도 하였다.

배반당한 심정 ― 그것은 분하다든가 서글프다든가 기막히다든가 하는 항용 사람들이 말하는 그런 까푸리의 감정만을 가지곤 말할 수 없는 것이었다. 무어라 할까 어쨌든 한번 탁 웃어버리고 싶은 그런 심정이기도 하였다.

사실 형식은 요즈막은 덤덤히 않았다가도 어이없는 웃음을 무중 터치고는 이내 쓴입을 다시곤 하였다. 그러나 그 웃음 밑에서는 언제든지 분노라든가 서글프다든가 하는 그런 감정보다 더 큰 더 뿌리 깊은 무엇이 유연히 솟아오르는 것을 그는 느꼈다.

위선이라든가 사휼이라든가 하는 것이 인간의 걸어가는 길목 길목에 몸을 숨기고 있다가 어리숙하고 어수룩한 인간을 만나는 때마다 그를 구덩이에 떠다박지르고 그리고 그 얼굴에 흙탕칠을 해주는 겉으로 보기에만 번번한 세상에 대한 반발이라 할까.

형식은 자기의 감정이란 그것이 마치 흥로점설같이 어디 가서 사라질 것인지도 모르는 하잘것없는 것인 줄은 잘 알지만 잘 알기 때문에 제 힘으로는 어찌할 수 없는 커다란 무엇에 대해서 더구나 분노를 느끼는 것이다.

형식은 엊그제 편집차장 W(이 사람이 사실상 편집국장의 일을 보고 있다)에게 첨으로 불려갔을 때에 벌써 자기는 어차피 사를 그만둬야 할 경우에 이른 것을 깨달았다.

차장은 사장을 대신해서 하는 말이라고 전제하고 지극히 완곡한 말로 사를 위해서 용퇴해 달라는 말과 사내의 분쟁이 완전히 종식되면 그때는 제가 책임지고 다시 입사하도록 노력하겠다는 말과, 그리고 사규로 말하면 입사한 지 이 년 미만의 사원에게는 퇴직 수당 같은 것이 없으나 이번만은 제가 힘써서 특례를 만들어주겠다는 말을 하나 이 W라는 사람은 본시 실속보다 발림 재간이 많은 사람이라 그것을 준신할 수도 없는 것이요, 또 준신할 필요도 없는 것이었다. 더욱이 이 차장이란 사람은 재담 잘하는 사장이 '우산 둘을 받고 다니는 사람'이라고 꼬리표를 달아놓은 사람이다.

즉 우산 하나는 정작 비가 올까 봐서 들고 다음 하나는 쨍쨍한 볕이 날까 봐서는 들고 다니는 사람이란 말이다.

그러니까 그만치 이편저편을 잘 치는 재주꾼이라 비록 물러가는 형식이라 할지라도 제가 사장 대신으로 유독 미움을 받을 필요가 없어서 말만은 그렇게 싹싹히 한 것이겠지만 실상 W 자신도 형식을 내보내려는 내심인 것을 형식이는 아주 모르지 않았다.

그러나 형식은 사장을 만나서 담판을 한다고 하고 수이 사표를 내려 하지 않았다. 한데 그때 사장은 편집차장에게 제가 다녀올 동안에 그 일을 처치하라고 명령하고 시골로 가버렸었다. 실상 사장은 형식을 직접 만나기 거북해서 편집차장에게 밀었던 것이다. 직접 만나서 형식이가 따지면 대답에 궁하고 체면이 사나울 일이 있는 것이다.

"사장의 의사가 그런 줄을 안 이상, 있어 달라고 한대도 더 있구 싶지 않습니다. 그러나 이번 사표만은 직접 사장에게 내야할 사정이 있으니 사장이 돌아올 때까지 유예를 두어주십시오."
하고 형식은 일단 그 자리를 물러나왔다.

그러나 편집차장은 사장의 명령을 받은 것이니까 그대로 거행 아니할 수도 없는 터이었다.

그때 형식은 전후 세 차례를 불려갔으나 시종 한 가지 대답이었다. 한즉 편집차장도 더 할 수 없는 듯이

"네, 잘 알았소. 돌아가시오."

하고 웃었으나 심중에는 벌서 무슨 과단이 선 것 같았다. 호의로 안 되는 때에 취할 방법이 또 있는 것이다.

그래서 형식은 하회가 어떻게 되나 하고 있었지만, 아무려나 일은 무사히 될 가망이 없다고 생각하였다. 한 것은 사장이 이번에는 기어이 제 의사를 고집할 여러 가지 이유를 가지고 있는 것이다.

물론 사장은 형식이가 생각하는 것같이 단지 제가 인간으로 여기는 S에게 형식이가 폭행하였다는 이유로써만 형식을 내보내려는 것은 아니다. 하기는 S로 말하면 사장이 눈에 가시로 여기는 전 편집국장 H를 퇴사시키는 데 공로가 있으니까 형식이가 그에게 폭행한 것이 출사시키는 중요한 이유가 되기는 한다.

그러나 그밖에도 또 여러 가지 이유가 있다. 여태껏 사원 간에 양파가 갈려 있어서 오래도록 암투하는 것이 겨우 그만하게 된 무렵에 형식이가 또 왕청한 풍파를 놓은 것도 그 이유의 하나다.

그리고 사장은 전 편집국장 H의 계통으로 들어온 사원 두 사람을 마저 내보내려는 중인데 그러는 데 있어서 선참 형식을 내보내는 것이 제 체면상에 좋기도 할 것이다. 즉 형식을 내보내서 분쟁의 장본이 될 인물은 그 어느 편이고 가차 없이 처치한다는 메시지를 보인 다음, 전 편집국장의 잔당도 사내 숙정을 구실로 마저 밀어내자는 것이다.

그러니까 말하자면 형식은 사장이 신임하는 S에게 폭행한 죄책을 지는 외에 또 하나는 사장이 제일 미워하던 전 편집국장의 잔당을 숙청하는 데 이용물로 쓰여져야 할 판이었다.

그러니 일이 무사히 마칠 리는 천만 없었다. 그래서 결국 형식은 오늘 낮에 한 장의 서류우편을 받게 된 것이고 받고 보니 사에서 온 것이요, 더욱 서류로 되어 있는 것으로 보아 그 내용이 무엇이리라는 것을 족히 짐작할 수 있었다.

해서 형식은 그 편지를 떼어보지도 않고 일단 책상 서랍에 던져버렸으나 인차 다시 꺼내서 겉봉을 뜯었다. 본즉 타이프라이터에 찍은 것인데 내용은 간단하였다. "사규 제십삼 조에 의해서 해직함."이라는 것이다. 하나 사규 제십삼 조가 무엇인지는 몰라도 더 알아볼 필요가 없었다.

형식은 그 통지서를 양복주머니에 되는 대로 꾸겨 박았다. 혹시 아내가 보게 되면 징징거릴 것 같아서 미리 그 건지를 감추어 버린 것이다.

아닌 게 아니라 이제 와 보니 아내에게 이 일사를 말하기가 심히 거북하였고 그렇다고 종시 알리지 않을 수도 없는 일이었다.

이사한 지가 이제 겨울 일 년 남짓하고 또 가족들을 그냥 시골에 두었던들 혹시 모르겠는데 자발없이 두 달 전에 올라오라고 해서 고연히 돈만 달달 긁어 써놓고 게다가 이 봄에 소학교로 들어갈 종수 놈까지 이미 서울 학교에 입학수속을 해놓았은즉 이제 그런 말을 한다면 미상불 아무라도 역증이 나고 낙심이 될 일이다.

하기는 벌써 며칠 전부터도 그런 생각을 못한 것은 아니다. 그래서 첨 편집차장 W에게 불려갔던 그날 밤에 형식은 집에 돌아와서,

"에이, 그 놈의 신문산지 뭔지 어떻게 고달픈지 사람이 살 수가 있어야지."

하고 맘 말을 넌지시 심귀 보았으나 아내가 그런 말에는 대꾸 안 하는

게 좋으리라고 생각했는지 아무 말 없기에 다시

"거겔 그만두고 다른 일을 그만침 부지런히 했으면 수입이 갑절은 생기지 일찌감치 속을 차려얄까 봐."

한즉 아내는 그저,

"쥐두 한 구멍을 파얍네다."

하는 말로 더 거들어도 주려고 들지 않았다.

하나 두 번째 불려갔을 때는 좀 더 뒤가 따가워 나서,

"몸이 견디어 갈 수 있어야지. 집에 가만히 들어앉어서 원고나 썼으면 하겠는데…… 수입도 그 편이 훨씬 나을 거고."

하고 또,

"신문사에서 한 달 하는 일만치 노력하면 일 년 먹을 원고를 넉넉히 쓸 수 있는데. 임자가 바가지만 긁지 않는다면 집에 꾹 들어백혀서 원고 쓰는 게 제일 상책야."

하기도 하였다.

"무슨 일이든지 정가표 붙은 일을 해야 해요. 그러기 월급쟁이들이 살아가는 거지. 많지 않더라도 다달이 또박또박이거든. 비 오거나 개거나 무슨 걱정이에요. 하지만 원고란 어디 정가가 있답디까. 당신 말은 이거면 십 원은 될 거라고 하던 게 막상 돈 오는 걸 보면 겨우 사오 원밖에 안 되고 또 그나마 실수나 없으면 모르겠는데 통 안 오기가 일쑤니."

아내는 역시 형식 말에 반대였다.

형식은 세 번째 불려갔다 와서는 몸이 아프다고 하고 자리에 누워

버렸다. 했더니 그 이틀만인 오늘에 해직사령서가 온 것이다.

그때 마침 아내는 종수 놈을 데리고 병원에 가고 없었다. 오래지 않아 학교로 들어갈 종수가 눈에 삼이 서서 점점 더 나빠지기 때문이었다.

조금 뒤에 어린이 잡지사에 있는 김 군이 놀러왔다. 그는 뜨락에 들어서면서 먼저 성희를 불렀다. 성희는 올에 여섯 살 되는 형식의 맏딸이다.

"성희야, 성희 있냐?"

하는 김 군의 소리에 형식이가,

"아, 김이오?"

하고 미닫이를 여니까 성희 년은 저편 문으로 뛰어나와서 김 선생이 왔다고 좋아라, 뛰어댔다.

한 것은 김 군은 올 적마다 언제든지 오 전짜리 캐러멜 두 갑씩을 사오는데 오늘도 그것을 종이 노끈에 동여서 대롱대롱 들고 온 것이다.

"경례를 해야지. '아저씨 오셨소.'하고 경례를 해야지."

그러며 김 군은 성희에게 캐러멜을 주고 그 애 머리를 쓰다듬으면서 건넌방으로 들어왔다.

김 군은 신문사에 전화를 거니까 안 나왔대서 찾아왔노란 말과 어린이 잡지에 실릴 동화나 무슨 독물 하나를 이달 중으로 써달라는 말을 하고, 신문이니 잡지니 또는 영화, 연극 같은 데 대해서 돌아가는 이야기를 하다가 잊었던 듯이,

"참 사월 초 어린이 잡지에 문인의 아이들 사진을 낼까 하는데 박아둔 게 없습니까?"

하고 물었다.

"없는데…… 사진이라고 박은 일이 있어야지."

"그럼 아직 앞날도 많구 하니 요 담에 카메라를 가지고 오지요…….
성희, 참 좋겠구나. 잡지에 사진이 다 나고."

그래도 성희 년은 캐러멜을 먹기에 정신이 없다.

"아니 그깟 년을 다 잡지에 내? 그 꼴을 해서……."

하나 형식은 사내자식보다 딸자식인 성희를 더 사랑한다.

"왜 머리 깎고 때때옷 입으면 상당히 미인일 텐데. 눈이 크고 서늘
하고……."

"새 옷이 어딨나. 밤낮 저 꼴인데."

그럴 판에 아내가 돌아왔다. 아내는 김 군과 인사한 다음 형식을 눈
질해서 마루로 청해 내더니 아주 나직한 귓속말로,

"이 애가 글쎄 영양부족으로 눈이 이렇다는구려. 그러니 영양을 잘
취해야 속히 낫지 그렇지 않으면……."

"영양부족이래? 그야……."

형식의 목소리가 부지중 높아졌다.

한즉 아내는 남 듣는데 눈치 없는 사람이란 듯이 약간 눈을 흘기는
데 형식은 되려 더 큰 소리로,

"영양부족이란 것보다 서울집이 감옥같이 돼먹어서 아이들이 피지
못해 그런 거야. 시골만 가면 당장……."

하고 은근히 시골로 돌아가자는 뜻을 여기서 미리 비쳐 말하였으나 그
속을 알 턱이 없는 아내는 남 볼 소견이 사납게 그런 남부끄러운 소리

를 말고 어서 건넌방으로 들어가라는 듯이

"떠들지 말아요."

하고 이내 아이를 데리고 안방으로 들어가 버렸다.

2

B일보사 내분은 현 사장이 신문을 인수한 당초부터 배태된 것이다. 일의 발단은 사장과 전 편집국장 H의 갈등에서부터 시작되었다.

H로 말하면 경영난에 빠진 B일보사를 지금의 사장에게 넘어오도록 다른 경쟁자를 물리치고 또 당국과도 여러 번 절충해 온 사람이니까 말하자면 사장에게는 유일한 공로자이다.

더욱이 H로 말하면 당대 경향에 이름이 있는 명사요, 문인이라 자초에는 사장도 그에게 대소사를 말짱 들어 맡기다시피 하였다.

따라서 H도 자기가 실지 운전자로 자처하였고 사장은 돈이나 대는 사람으로 쳤다.

그러나 실상 사장의 사람됨이나 야심은 그렇지 않았다 사장은 본시 미천한 사람으로 구차히 지나다가 오십이 넘은 금년에야 크게 치부한 사람이라 어서 바삐 그 재산 위에다가 사업과 명예를 쌓아올리려는 다급한 생각이 있었다. 그러나 돈은 있어도 현대인으로서의 교양이 없고 또 더욱 신문 사업에는 여태 경험이 없는 사람이라 H가 하자는 대로 첨은 따라가는 수밖에 없었다.

H에게뿐 아니라 다른 사원에게도 사장은 극히 겸손하고 온순한 태

도를 가졌다. 형식이가 첨 입사했을 때에도 편집국장의 말만 듣고 편집실로 들어갔었는데 얼마 뒤에 사장이 편집실로 들어와서 오늘 입사한 사람이 누구냐고 하며 형식이 있는 데로 걸어왔다. 그래 거기서 형식은 첨으로 사장을 보고 인사를 하고 사장은 간단히 사를 위해서 노력해 달라고 말하였다.

그때 사원들은 사장이 제 자격이 부족하니까 그렇게 위의 없는 못난이 짓을 한다고 생각했지만 단지 그런 것만도 아니었다. 그는 장차 자기의 심복이 될 사람을 고르기 위해서 이때부터 머리를 숙여가며 장차 제게 머리를 숙일 인물을 물색한 것이다. 사장 자신의 말을 빌 것 같으면 유비(劉備)의 삼고초려(三顧草廬)를 본받는 것이라 할 것이다.

어쨌든 사장은 이때부터도 이런 야심이 있었으니까 사의 기초가 잡혀갈수록 그 생각이 더 여물어가고 엉뚱해질 것은 자명한 일이요, 그러려니까 자기를 넘보는 존자를 연신 제수하여 눌러보려는 승기도 생겼을 것이다.

그래서 사장은 차차로 그때 편집국장이던 H와 의견이 정면으로 부닷는 일도 있었다. 그러나 H로 말하면 이 신문사를 지금의 사장에게로 넘어오게 해서 혁신을 단행한 공로자일 뿐 아니라 수완으로 보든지 지식으로 보든지 사장에게 만만히 휘어들 사람이 아니었다.

‘당신이 돈을 냈으면 나는 힘과 지혜를 내지 않았소. 돈이나 내고 참견 마오.’

H의 태도는 정녕 이런 것이었다.

그래 사장은 그때부터 H를 아주 사에서 물리쳐 버릴 묘리를 은근히 벼리고 있었다. 그러자니까 버쩍 더 H가 미워 나서 어서 따돌릴 맘이 성화같았으나 좀좀이 그렇게 될 성부르지 않았다.

한 것은 첫째 H로 해서 제게 넘어온 신문일 뿐 아니라 편집국 사원 중에는 그의 직계가 많고 또 그 외의 사람도 대부분이 그를 지지하는 터이다. 일 왈, 편집차장 W로 말하면 H의 적은집이라는 별명을 듣던 사람이요, 그 아래에도 사회부에 한 사람, 학예부에 한 사람 이렇게 수족과 같은 심복이 있었고 가외의 사원도 직접 간접으로 그의 반연으로 들어온 사람이 많고 또 그의 명성과 지식과 인격을 존경하는 사원이 대부분이어서 그 지반은 상당히 튼튼한 것이었다. 또 사장은 국어를 모르기 때문에 당국에 대한 교섭은 거지반 H가 해 와서 그것도 사장에게는 수월치 않은 숨은 힘으로 여겨졌다.

사장은 아직 자기의 힘과 명망이 너무 미약한 것을 못내 한탄하였다.

총무국 차석(국장은 사장 겸임)인 M은 위인이 똑똑하고 사장 직계라 할 만하지만 편집을 맡아볼 수 없고 또 M의 소개로 들어온 사원들은 거개 다 무슨 단체니 콩밥이니 하는 맛들을 겪어본 기꼴 있는 체 하는 위인들이나 그들 중에도 아직 편집국장의 자리를 능히 감당할 만한 사람은 없었다.

또 사장은 설사 그들 중에 동뜬 인물이 있다 하더라도 제 심복으로 중요한 자리에 앉히려는 맘은 실상 없었다.

그래서 사장은 벙어리 냉가슴 앓듯 혼자 민민하는 판에 마침 이런 일이 있었다. 즉 그의 고향사람으로 시방 서울서 명사라고 일컫는 D라는 사람이 찾아와서 한 가지 의견을 말한 것이다. 그의 의견은 A라는,

그 역시 명사의 이름이 있는 사람을 부사장으로 들여가라는 것이었다.

사장은 이 권고에 대해서 여러 날 생각하던 끝에 마침내 그렇게 하기로 작정하였다. 사장은 A에게 부사장 겸 편집국장의 자리를 맡기고 H는 새로 전무의 자리에 옮겨 앉히기로 하였다.

H는 다소간 그 안에 불만과 의혹이 없지 않았으나 A로 말하면 그가 존경하는 선배요, 또 그보다 떼랴 뗄 수 없는 깊은 관련을 가지고 있는 동향 사람이다 그가 들어온다면 하는 생각으로 전무자리에 물러앉기로 하였다. 전무라는 것은 직제로 보아서는 국장급보다 물론 높은 것이지만, 이름뿐이지 실상은 조금 더 사장의 채 아래로 눌려 들어간 데 지나지 않고 편집국에서 떠나 외톨로 고립한 데 불과하였다.

한편 A는 A대로 제가 생각하는 바가 있었고 또 H가 권면하기도 해서 부사장과 편집국장의 두 가지 직함을 걸머지고 입사하였다. A는 본시 호인이라면 호인이랄 수도 있으나 원청간 세상 물계 돌아가는 것을 잘 모르는 사람이라 제가 비록 부사장이라 하더라도 기왕 얻은 명망으로 보아 남들이 사장보다 오히려 쳐다보리라고 생각하였다. A는 실상 조선에서는 저를 넘는 명사가 없으리라고 은근히 자부하는 사람이다. 그러기 그의 집 어린애들까지 자기아버지는 히틀러보다도 나은 사람이거니 생각들 한다.

그러나 세상에서는 그가 B일보사 부사장이 된단 말을 듣고,

"흥! 돈이란 못하는 일이 없구나. A씨 같은 명사도 결국 그의 수하로 들어가고 마니……."

하기도 하고,

“그뿐인가 A씨는 본시 골양반이고 사장이란 사람은 이름 없는 상민이거든. 그러니까 사장은 인제 상민이 양반을 부려보자는 배짱이야. 그러니 그 수단에 걸리는 A씨가 사람이 어리숙하지.”

하기도 하였으나 실상 또 그것뿐만도 아니었다.

차라리 그것보다 사장은 장차 A를 이용해서 H를 누르고 물리칠 내심이었고 A는 또 A대로 제가 사장의 꼭대기를 밟고 올라서 제 천지를 만들어보자는 포부였던 것이다.

물론 H와 A는 막역한 사이니까 A가 되고서는 H의 자리까지 웃짐을 쳐맡은 저로서 말경에 H를 쫓겨날 지경에 이르게 할 배 만무하지만 사태는 또 다른 데서 왕청되게 붉거져 나오기 시작하였다.

즉 A가 입사할 때 자기의 직계로 부장 급 세 사람을 데리고 들어왔는데 이번은 여기에 화근이 숨어 있었다.

새로 세 사람이 부장의 자리를 차지하자 여게 불만을 가진 사람은 총무차장 M의 소개로 입사한 사원들이었다. M파의 사원들은 자기들이 사의 중견이라고 믿을 뿐 아니라 장차 저희들이 사를 운전해 가려는 야심이 있었더니 만치 A파의 사람들이 들어오자마자 부장의 자리를 셋이나 차지하는 것을 가만히 보고 있을 수 없었다. 그들 때문에 저희들의 승차할 길이 막혀버린 것이요, 그러면 그들의 숨은 포부를 펴볼 가망이 적은 것이다.

또 그들이 불평을 가지게 된 한 가지 이유는 이러하다. 전에 사장이 H와 그 일파를 견제하기 위해서 M파의 말썽꾼들을 이용하려고 M을 통해서

“너희가 신문인으로 장성하게 되면 결국 이 신문사는 너희의 손에서 운전되어 가게 될 것이다. 그만침 알고, 즉 너희 자신의 일로 알고 노력하면 일 년 안짝에 부장급은 물론 국장까지라도 너희들 손으로 돌아갈는지 모르는 것이다. 지금 중요한 자리에 있는 사람이라도 사를 위해서 부적당하다고 인정되는 때는 언제든지 도태해 버릴 생각이다.”

이렇게 말해온 것이다.

그런데 A가 들어오자 그들이 바라다 보던 자리 셋이나 단번에 탈취를 당하고 말았다. 그뿐 아니라 새로 들어온 A의 일파는 M파의 사원들이 기왕부터 인간적으로 또는 사상적으로 좋게 생각지 않던 터이다. 새로 들어온 A파의 사람들도 물론 M파의 인간들을 싫어한 것이 사실이다.

그때 여기서 말없는 가운데 A파와 M파의 양파가 갈라져 날로 재미없는 분위기가 커가고 있었다.

‘A일파가 장차 신문을 노리도리하고 우리들을 밀어낼 모양이래.’

라는 수수한 말이 M파 중에서 나게 되었다. 여게서 이들 M파(K, R, L, Y, G, E형식)는 총무과장 M을 중심으로 여러 번 비밀히 모여서 대책을 강구하였다.

‘A와 H일파의 ××회에서 신문을 탈취하자는 것이 명백하다. 이들의 일파는 사회 각 기관에 있다. 한데 이 일로 해서 여러 번 회합한 사실도 있다. 그들 ××회에서 지금 A와 H의 일파로 하여금 목적을 달성하도록 갖은 책동을 하고 있다.’

‘사회의 공기(公器)를 뺏어다가 자기들의 지방적인 조그만 모임의 기

관지를 만들려는 것은 도저히 용서할 수 없다. 그들의 음모를 분쇄해 버리지 않으면 안 된다.'

'그들이 요 얼마 전에는 기독교회 모모의 집에서 이 일 땜에 밀회한 일이 있고 또 모 전문학교 교수의 집에서 밀의한 일도 있다. 그것은 모두 다름 아닌 신문 탈취 계획인 것이다.'

이들 M파는 자주 모이고 수소문하는 가운데서 이만한 정보를 얻어 교환하게 되었고 따라서 그 대책을 세우게 되었다. 아무려나 사장은 지금 보는 바로는 저희들을 저버리려는 동정은 아니다.

'너희가 신문인으로 장성할 때까지 그들을 이용하는 거다.'
하는 의미의 말조차 사장은 M을 통하여 그 일파에게 전했던 것이다.

그러니 금후 M을 통해서 더욱 사장을 단단히 붙잡을 것과, 당면한 전술로서 A와 그 일파의 존재를 무시하고 저희들 손으로 신문을 편집해 놓을 것과, 그리고 A일파의 사람들과는 일체 언어를 교환하지 않을 것을 공론하였다.

M파들은 H에게 대해서는 여태까지 모두 호의를 가지고 있었으나 A가 들어오면서부터 그도 A일파인 것이 더욱 명백히 되었을 뿐 아니라 그 파의 제일 무서운 참모장으로까지 지목되었다. 그런데 또 하나는 사장이 H를 제일 꺼려하는 것을 잘 알고 또 사장이 H에게 대한 중상을 완곡히 방송하기 때문에 M파의 사람들은 H에게 대해서 차차 들뿌리를 죄기 시작하였다.

그런데 일반 사원은 대부분이 M파에 가담하여 신문 편집은 거지반 A파의 손을 거치지 않고도 무난히 진행되었다. 해서 A일파는 무료하고 무안하고 또 게다가 M파의 말없는 도전과 시위에 은근히 땀을 빼고 있었다.

A파에서 가장 솔직한 C는,

"등골에 땀이 솟아서 편집실로 들어갈 수 있어야지."

하고 H가 있는 전무실에서 종일 담배로 소일하였고, 제일 직하고 물색 없는 A만이 그래도 부사장 겸 편집국장 자세를 하고 돌아다니나 아무도 거들어주는 사람이 없었다.

그래서 부사장 A는 마침내 M일파를 퇴사시키라고 사장에게 말하고 사장이 수이 안 들어주니까 육박하다시피 조르기까지 하였다.

"저 일당을 내보내도록 해주시오. 신문을 잘되게 하려는 게 아니라 그릇되게만 하려고 드는 자들을 그대로 둘 수 있습니까, 내보냅시다."

이렇게 연일 조르나 사장은 그저 그딱 대수롭지 않게시리 덤덤히 듣는 상이었다. 한 것은 실상 사장이 생각는 안속은 딴 데 있기 때문이다. 하니까 사장은 일껏 한다는 소리가 그저

"두고 봅시다. 한두 사람두 아니고……."

하는 어름어름한 소릴밖에 없었다.

"아니, 후임자는 얼마든지 있습니다. 내가 책임지지요."

그러나 사본이 수이 들어주게 못 생긴 터이라 사장의 어름어름이 고대 변할 리는 없었다. M파를 이용해서 H를 쫓자는 것이 사장의 내심인 것이다.

"그럼, 나부터 그만둘 밖에 없소."

A는 본시 신경질이고 또 변덕이 많고 아니꼬운 걸 보면 참지 못하

는 사람이다. 그래서 끝내는 사로 나오지 않고 전화로 사장을 졸라대고 사장이 역시 그 어름어름이면 저는 인제 정말 그만둔다고 막말을 던지고 그리고 또 얼마 아니하여 다시 전화로 성화를 시키는 A였다.

한번은 진짬으로 사표까지 써 보냈었다. 그리고 전화로 사표를 보내니 어서 수리해 달라는 말을 한때 사장은

"거, 무슨 소리요. 일개 부하사원들 땜에 사표를 낸단 말이오. 그게 말이 되오. 어떻게 잘될 거니 나오시오. 그리고 사표는 미안하나 돌려 보내우. 피차 좀 더 고려해 보기로 합시다."

하고 농담 비젓, 핀잔 비젓이 막아버렸다.

3

그 뒤 A도 떡심이 풀려 사로 나오며 말며, 또는 여행을 다니느라고 얼마 동안은 별말이 없었다.

A가 사로 나오지 않는 동안은 H가 그 자리를 지켰다. 실무는 물론 차장인 W가 외착 없이 다 해댔지만 사장이 H더러 국장자리를 보도록 시킨 것이다. M일파의 도전과 시위에 H의 기를 꺾어주자는 것이었다. 그러나 사장의 주문과는 반대로 M일파는 A처럼 같이 H를 기피하지는 않았고, 또 H로 말하더라도 재치 있는 사람이라 사내의 음험한 공기를 표면만으로라도 교묘히 허치고 나갔다.

그런데 어느 날 밤에 우연히 이런 일이 생겼다. 그날 밤 세 시쯤 해서 동맹통신사로부터 특보가 들어왔다. 만주에서 토비들이 국제열차를

전복시켰다는 것이었다. 그래 그날 밤 숙직원이 호외를 발행하려고 곧 편집국장인 A에게, 다음으로 차장인 W에게 몇 차례 전화를 걸어도 두 사람 다 종시 나오지 않았다.

A로 말하면 이름뿐이지 본시 실무에는 상관하지 않는 터이요, W와 H가 주로 보고 있으나 W는 원청간 고주망태라 치질이 도져서 엉덩이를 웅키고 다니면서도 술을 마시는 사람이니 필시 또 골아떨어진 모양이어서 하는 수 없이 H에게 전화를 걸었다.

한즉 H는 잠시 생각하다가 간단한 말로

"그런 사건은 종종 있는 일이니 호외까지 발행할 필요가 없겠지요."
해서 그 숙직원은 그만두기로 하였다. 한데 그날 아침에 보니까 다른 신문에서는 거반 다아 호외를 발행하였었다.

아침내 자기 신문의 호외를 기다리던 사장은 전화로 숙직원을 불러 전말을 묻고 H의 명령이란 말을 듣자 일변 괘씸하고 또 일변 단단히 책을 잡을 기회가 온 것 같아서 여느 날보다 일찌감치 사로 나가서 다시 숙직원을 불러왔다.

숙직원은 호외 명령부(號外命令簿)에 적힌 책임자를 순차로 불렀으나 나오지 않아서 직접 책임자는 아니나 전무이던 H에게 의견을 물은 것이니까 사규를 어긴 것은 아니나 사장은 속으로 자기의 의견을 묻지 않은 것을 괘씸히 생각하였다. 사장을 무시한 것이라고도 생각하였다.

그러나 그 이상으로 H에게 대해서 분노를 느꼈다.

'당연히 내야 할 호외를 무슨 심사로 못 내게 했을까. 사의 명예를 방해하려는 악의가 아닌가.'

그러나 그 동시에 그 분노 밑에서 H를 문책할 기회가 왔다는 생각
도 함께 일어났다. 또 어찌하면 이것은 H를 누르고 사장으로서의 위의
를 돋낼 기회라고도 여겼다.

그는 인차 편집차장과 숙직원과 H를 불러놓고 오늘 새벽일을 다시
캐기 시작하였다. 숙직원은 다시 간단히 경과를 보고하고 편집차장 W
는 지난밤 술 여독으로 치질이 도져서 썩은 콩을 씹은 듯이 얼굴을 잔
득 찡기고 황송히 고개를 숙이고 있을 뿐이었다. A가 편집국장이지만
사실상의 책임자는 W다. 그러나 지난 새벽일은 전화를 받고 H에게 책
임이 돌아가게 되었다.

"이것은 요컨대 사원들이 사의 사업에 대해서 성의가 없기 때문이
라고 볼 밖에 없는 것이오. 다른 사에선 하나 빠지지 않고 죄다 호외
를 발행했는데 우리 사만 빠졌으니 사의체면이 무엇이오."

사장의 말이었다. 그러나 H의 의견은 그와 좀 달랐다.

"그런 사건은 종종 있는 일이고 또 기왕에도 여러 번 호외를 발행한
일이 있으니까 이제는 말하자면 호외로서의 뉴스 밸류를 잃은 사건이
라고 생각됩니다. 더욱이 숙직원의 보고를 들으니까 열차가 전복되었
다는 것뿐이고 사상자든지 기타 피해에 대해선 전부 미상이라니까 후
보를 기다려서 본지에 특별히 취급해도 늦지 않으리라고 생각합니다.
통신사에서 보내는 특보라고 전부 호외 재료가 되는 건 아니니까요.
다른 신문사에서 호외를 발행했다지만, 호외까지 없는 것을 호외로 냈
다는 것은 무의미한 일일뿐 아니라 사의 손해니까요."

그러나 사장으로 보면 자기의 위의를 돋우는 동시에 H를 누를 기회

를 잡은 판이다. 또 H를 누르는 것은 그로 하여금 사에 대한 애착을 덜고, 그리해서 사를 물러 갈 결심을 하게 하는 한 계제가 될는지도 십상 모르는 것이다.

사장은 좀 더 결연한 태도였다.

"그것은 결코 사를 생각는 견해가 아닐 뿐 아니라 동아 신정세에 대한 정당한 인식이라고도 볼 수 없소. 만주국으로 말하면 동아에 있어서의 새로운 국가질서로 탄생한 것이니까 크게 말하면 세계의 주시가 여게 집중되어 있다고 할 것이요, 적게 말하더라도 동아에 있어서의 화제의 중심지라고 생각하오."

하고 사장은 세계와 동아에까지 말을 끌어가는데 H는 그저 씨물 웃을 뿐 다시 더 말을 하지 않았다.

그러나 사장은 여기서 크게 자기의 위의를 세웠다고 생각하였다. 또 언론기관의 수반으로서의 흉도(胸度)와 식견도 보였다고 생각하였다.

그는 좀 더 사장으로서 또는 명사로서의 지식을 공부해야 하리라고 맘먹었다. 그래 가지고 이제부터 기회 있는 때마다 연성 사장으로서의 면목을 세우려 하였다. 그러면 명사라는 이름도 스스로 따라올 것이라 싶었다.

한데 그 기회는 의외로 빨리 왔다. 그 이듬해 설날이었다. 사장은 이날 사원 전부를 대강당에 모아놓고 연두사(年頭辭)를 겸하여 동아와 세계정세에 대해서 일장 연설을 베풀고 그 가운데서 신문사가 걸어갈 길을 지시하였다.

사원들이 공연히 건기침을 연발하고 또 입을 싸쥐고 씨물거리지 않으면 미간을 잔뜩 찌푸리고 있었든지, 또는 연설 그만 듣고 어서 세주나 마실 궁리를 했겠든지 간에, 사장에게는 이 일장 연설이 여간 의의가 깊은 것이 아니었다. 그것은 돈을 가진 사장으로부터 인격과 지식을 가진 사장으로서의 사원들에게 군림(君臨)하는 동시에 명사로서의 재출발을 위한 신년 벽두의 제 일성이었던 것이다. 그래서 그는 미리 준비를 단단히 했더니 만치 큰 실수는 없었다.

이때까지는 거지반 H가 훈시사항을 맡아보았고 또 대외적 모임에도 H가 늘 사를 대표해서 출석하였다. 요전 '한글마춤법통일안 발표 기립회'때에도 H가 사를 대표해서 일장의 웅변을 토했고 그것은 만장의 갈채를 받았다. 그때 사장은 한 개 무명한 손님임에 지나지 않았다. 아직 사장은 그런 학술상의 모임에는 진언 백지여서 그런 큰 모임—명사의 이름을 얻을 좋은 기회를 아깝게 H에게 맡기는 수밖에 없었던 것이다.

그 뒤 며칠 만에 신년 연회가 있었다. 모슨 모임에 가든지 언제든지 하는 버릇으로 M파의 일곱 사람(M만은 사장 이하 간부급들과 쉬이 앉았지만)은 별로 약속한 것은 아니지만 피차 멀리 떨어지지 않은 가까운 자리에 앉았다.

술이 거나하게 되면서부터 좌중은 취흥이 나서 떠들썩하였다. 술을 마시지 못하는 사람은 얼른 실속을 차려 배나 불리고 뿔뿔이 돌아가기도 하였다.

그러나 끝까지 남은 사람들은 마침내 취흥을 못 이기어 장소를 바꾸어 이차회가 열리기까지 되었다. 그때는 사장과 간부급도 대개 함께 갔으나 부어라 먹자로 울려 때리는 사이에 사장도 돌아가 버리고 A파의 사람들도 거의 다 먼저 돌아가 버렸다.

그러나 M파의 사람들은 전부 그대로 남아 있었다. 그들은 대개 건강이 좋아서 걸구처럼 무지하게 먹고 마시고 하였다.

그때 A파의 사람으로는 H가 그대로 남아 있었고 편집차장 W도 아직 돌아가지 않고 술을 마시고 있었다. W는 원래 술을 즐기기도 하려니와 또 언제든지 H가 있는 자리에서는 그가 일기 전에는 먼저 뜨지 않는 그이다. 그러나 그다지 술을 즐기지 않는 H가 여태 남아 있은 것은 그의 곁엣 사람들이, 특히 M파의 사람들이 그에게 연성 술을 권해서 빠질 짬을 주지 않았기 때문이다.

또 그는 오늘, 기분도 적이 유쾌하였다. A일파와도 항시 말도 잘 건네지 않는 M파의 사람들이 제게 술을 권하고 무간히 터주는 것이다. 그는 제가 여직도 옛날의 신망을 잃지 않은 것이라고 생각하였다. 또 본시 그는 내강하고 결곡한 사람이라 형세 불리하면 언제든지, 깨끗이 지고—지는 것으로 이김을 삼고 돌아가는 성미여서 그 어떤 자리라도 꺼릴 것이 없었다.

하나 뜻밖에 바로 그의 맞은편에 앉았던 M파의 R이라는 사람의 눈지방이 점점 음험하게 틀어져 갔다. 그러며 그는 연성 H에게 술을 건네었다. 그러자 그 곁에 앉은 사람들이 이내 그 눈치를 차렸는데 그때는 벌써 그 M파 이외의 사람들은 거의 다 돌아가 버렸고 몇 사람 모주꾼이 남아 있었으나 나자빠지지 않았으면 비틀비틀 자리를 떠버렸다.

그러자 뒤미처 형세 나쁜 것을 눈치 채린 것은 W다. W는 R의 눈치를 살피며 속으로 '저 유대인과 지나인의 얼마우자 같은 녀석이 또 무슨 음모를 꾸미려고 저러나.' 하는 생각이 들어 그 공기를 헤친다고 노랫가락도 부르고 술잔을 돌려 농탕을 치려 하나 때는 이미 늦었다.

R은 마침내 말을 터쳤다.

"H 선생! 선생께 묻고 싶은 말이 있는데."

"네, 무슨 말이오?"

하고 H는 대범히 웃고 받았으나 R은 트집 사납게 뒷말을 잠시 참고 있었다. 단단히 걸고들 차비인 것이다.

하나 이 R이란 사람은 본시 M파에서는 제일 소극적이었고 또 위험시 되는 인물이다. 위인이 워낙 참새 굴레 씌우게 약고 이해타산이 빠르고 오랜 룸펜 생활에 슬기를 잃어서 M파 중에서는 제일 믿음성이 적은 사람이었다.

즉 형세 여차하면 배신하고 A파로 갈 소질이 있다고 보는 사람이다. 그런데 그 사람이 오늘은 예에 없이 선코를 차고 나선 것이다. 모두 이상하다고는 생각하였으나 어쨌든 H를 그대로 두고는 A일파를 무찌를 수 없을 것을 잘 아는 터이라 이것이 기회라고 모두 그리로 머리를 돌렸다.

그때 형식이만은 좀 떨어져 W와 마주 앉아 있었다.

"여어, 술을 드시오. 술을 들어야지. 내 권주가 한마디 할까, 하하하……."

W가 형식에게 술잔을 보내며 크게 외치고 또 다른 사람에게도 술을 권하며 농탕을 치기 마련이다. 그렇게 흐지부지하는 가운데서 H를

구원 내려는 술책인 것이다.

"술 마실 때는 술을 마시고, 계집 살 때는 계집 사고, 하하하…… 세사는 금삼척이요 인생은 주일배라, 자아, 술들 드세."

그러며 W는 형식이와 그 곁에 앉은 L의 손목을 잡아 제 편으로 끌어가려 하였다. 모디어지는 험악한 기세를 뜯어 헤치려는 것이다.

"H 선생! 선생들이 ××회에서 우리 신문을 인계하실 모양이라는데 그게 참말입니까. 당초에 이 신문을 지금 사장에게로 넘어오게 한 것도 선생이니까 선생의 수완을 믿느니 만치 그 소문을 한낱 낭설로만 들을 수 없는데요."

하나 H는 아무 말도 대답하지 않았다. 또 무슨 소리를 하든지 묵살하려는 그런 태도였다. 첨은 무슨 말이 나오나 하고 약간 웃음을 띠우고 R을 보던 그이나 이미 R의 태도가 공격적이고 보매 대답하는 것이 부질없는 일이라고 생각한 것이었다.

"여어, 이건, 무슨 쑥스런 소리야. 술좌석을 파흥을 시켜도 분수가 있지……! 이게 무슨 자리야, 자리가…… 자아 술이나 먹세."

W가 거의 발악에 가깝도록 소리를 지르다가 L의 고함에 말문이 무질려 버렸다.

"노오마 니……닥치지 못해."

L은 기꼴 있고 우악한 사나이다.

하나 R은 그 말도 못 들은 척 정색하고

"대답이 없는 것으로 보아 선생이 사실을 긍정하는 것이라고밖에 생각할 수 없습니다. 그러면 선생 같은 분으로 — 신문계의 선배로 있어서 신문이라는 대중의 공기를 일개 몇몇 사람의 사고기관인가 친목회 같은 데 넘겨가야 옳단 말입니까. 선생들의 ××회의 정신은 무엇인지 딱히 모릅니다만 그것은 대중 앞에 명확한 주장을 내놓지 않았으니까 한 개 사단체로밖에 볼 수 없지 않습니까?”

그래도 H는 아무 대꾸가 없었다. 그는 속으로 무엇을 굳게 결심한 도고한 표정이었다.

“여러 말을 하지 않더라도 선생이 누구보다 잘 아실 겁니다. 선생은 그 일파의 중심입니다. 그건 우리도 잘 압니다. 그러니까 그 단체를 떠날 수 없는 이상 우리 신문사를 그만두시는 게 선생 자신이나 신문을 위해서도 또는 사회 일반의 오해를 푸는 데도 좋으리라고 생각합니다. 거게 대해서 가부간 언명해 주셨으면 합니다. 그만둔다든지 안 그만둔다든지! 어느 편이든지 좋으니 대답해 주십시오.”

그것은 분명 위협이었으나 H는 종시 묵묵 일관이었다.

“우리도 신문 편집에 있어서의 선생의 수완과 기술을 잘 압니다. 그러나 선생이 있기 때문에 대다수의 사원의 불안이 사라지지 않고 또 사회에 여러 가지 풍설이 떠돌게 되고 그리고 신문의 장래가 위험시됩니다. 선생은 A일파의 음모를 키우는 온상(溫床)이요 보호자요 또 참모입니다. 선생이 있는 날까지는 사내의 분쟁이 숙정되지 않을 겁니다. 그러니 선생이 그만두는 것은 즉 대중의 기관인 신문을 살리는 겁니다. 어떻게 하시렵니까?”

그러며 연성 또 졸라댔다. 다른 사람들도 따라 같은 태도를 취했으나 H는 끝내 한 마디 대답도 주지 않았다. 그래서 형세는 점점 더 악

화하였다.

　우악한 L은 구구스런 사설을 그만두고 한바탕 우지끈해 버릴 잡도리를 하였다.

　"H씨가 누구십니까? 전화 왔습니다."

한즉 L이 곧 그 말을 받아 가지고

　"전화 좀 있다가 받는다고 그래."

하는 것을 다른 사람들이

　"아니 전화는 받고! …… 전화 받고도 얼마든지 이야기할 수 있지 않어."

해서 H는 전화 받으러 나갔다.

　그러나 전화 받으러 간 사람이 이십분이 넘어 삼십분이 되도록 돌아오지 않았다. 그래서 비로소 이상하다고 생각하여 좌중을 살펴들 보니 W가 없다.

　"요 다람쥐 같은 자가 어느새 새었어."

　"필시 W의 농간이지."

　모두들 필연코 W의 재주라고 생각하며 보이를 불렀다.

　"아까 전화 받으러 간 손님 어떻게 됐나?"

　형식이가 물었다.

　"벌써 돌아가셨지요."

　"돌아가다니?"

　"그때 인차 돌아가셨습니다."

　"전화 받고 그대로 나갔어?"

"아닙니다. 함께 오신 손님이 있지 않습니까. 그 대머리 손님 말씀입니다. 그이가 사무실에 와서 자동차 한 대를 불러다 놓고 아까 그 손님을 청해 내다가 함께 타구 가셨습니다."

그래서 도망한 줄을 알았다. 이차회 장소가 마침 한강 건너 태서관 별장이어서 수이 도망 못하리라고 방심했는데 W가 재주를 부린 것이다.

"그러게 내가 전화 받으러 보내지 말자고 하지 않었어. 소뿔은 당장에 빼야는 겐데. 엥히 붙잡기만 하면 그저……"

L은 H가 있을 때보다 기운이 백 배나 더하였다.

4

H는 그날 밤, 사를 그만두기로 결심한 모양이었다. 그는 본시 성미가 담박한 사람이었다. 여러 사람이 무슨 이유로겠든지 자기가 물러가기를 원하는데 부득부득 있으려고 할 맛이 없다고 생각한 속이요, 또 저를 배각하는 사람들에게도 노상 이유가 없지 않은 듯하고 그리고 그 외에도 사장과의 갈등으로 맘이 뜨악 하던 차라 그럴 바엔 깨끗이 물러나리라 한 모양이었다.

그리고 보면 그가 A일파와 함께 신문사를 장차 저희들의 수중에 넣으려고 했다는 데에 의혹되는 점이 있고, 또 가령 그런 계획이 있었다고 하더라도 지금 형편으로는 그것이 실현되기 어려운 것을 깨닫고 더 구차스러운 승강을 하지 않고 물러가려 한 것일 것이다.

어쨌든 그 어느 것이겠든지 H의 그 후의 태도는 전보다도 더 청담

한 것이었다. 태서관 별장에서 R의 일장 협박이 있은 그 이튿날에도 H는 여전히 사에 나와서 어젯밤의 그 사람들 더욱이 R의 앞으로 지나가면서 싱글싱글 웃는 낯으로,

"어젯밤은 무던히들 취했더군요."

하고 눈인사를 해서 듣는 사람이 되려 탈기할 지경이었다.

그리고 그날부터 그는 잔무를 부지런히 정리하는 눈치였다. 그 얼마 전에 사에서 현상모 집한 장편소설 중에서 몇 편을 뽑아놓은 것이 있었는데 H도 그 심사원의 한 사람이어서 최후로 당선작품을 결정하려고 매일 그것을 열심히 읽고 읽었다. 그것이나 끝내고 정식으로 그만두려는 모양이었다.

물론 아직도 사를 그만둔다는 말을 정식으로 낸 일이 없으나 그 협박사건 이후의 그 후기 없는 소탈하고 깨끗한 그의 태도에 M파의 사람들은 은근히 경의를 표하고 있었다.

궐후에 정식으로 사표를 내고 돌아다니며 사원들을 일일이 만나보고 간단히 그 뜻을 말하는 H의 태도도 점잖고 정다운 것이었다. 그렇게 되고 보니 M파의 사람 중에서도 인정이 여린 사람들은 그에게 무슨 죄를 지은 것 같았고 더욱 사를 위해서 그런 인재를 잃은 것이 못내 아까운 듯도 하였다. 그것은 결코 승리자의 온정이라든가 하는 그 따위의 감정은 아니었다.

H가 집으로 돌아간 다음 M파의 사원들이 중심이 되어가지고 그의 송별연을 주최하기로 발기하였다. 그래 곧 회장을 만들어 사내로 돌렸다. 사장에게도 물론 가져갔다.

일방 H의 사표를 수리하기로 생각한 사장은 그날 밤으로 진고개 어느 내지인 요리점으로 M파의 사원들을 몰래 청해갔다.

무슨 때문에 모인 것이라는 말은 아무도 말치 않았으나 H를 퇴사케 한 공치사인 줄로 M파의 사람들은 생각하였다. 사장의 뜻도 물론 거게 있었을 것이나 그는 점잖게 시치미를 떼고

"아까운 사람을 제군이 몰아냈지."

하고 제법 능청맞게시리 외교사령을 썼다.

그러나 여러 사람은 그것이 한갓 사장의 재담이라고 생각하고 그저 웃음으로 받았다.

"참 H씨로 말하면 재주 있고 훌륭한 사람이오. 과시 명불허전(名不虛傳)이지요. 그러나 그러한 사람을 마다고 하고 몰아낸 제군이니까 아마 그 사람 이상으로 일들을 잘해 가리라고 믿소. 기왕에도 말한 바지만 장차 사의 중심이 될 사람은 제군이라는 것을 잊지 말아 주오."

사장은 또 이렇게 듣기 좋게 돌려다붙이고 담으로

"나는 숙시숙비를 가리려고 안 하오. 즉 H씨가 옳았다든가 제군이 옳았다든가 그런 말은 하고 싶지 않소만 어쨌든 제군들 뜻이 그런 줄을 알기 때문에 유감천만이나 H씨의 사표를 수리하기로 하였소. 그러니 제군도 그만침 책임감을 가지고 이제부터 한층 더 사를 위해서 노력해 주시오. 그리고 사회의 이목도 있고 하니 이제 더 분쟁을 계속하는 것은 재미없을 것 같소. 그 점은 제군도 잘 알 줄 아니 더 말치 않소만 각별히 주의를 해주시오. 그리고 A문제는 내게 일임하시오. 사람이 변덕은 많지만 술책이거나 흑심이 있는 사람이 아니니 그런 대로

두고 봅시다. 앞으로 협조해 나갈 수도 있겠지요.”

하는데 분명 A파와의 대립을 더 계속하지 말라는 말이나 그도 역시 사장의 외교사명이요, 재치라고 여러 사람은 생각하고 크게 맘에 걸지 않았다.

사실 A일파는 H만 잃으면 용가자미 알 빠진 것이라 보잘 것이 없으나 M파의 목적은 H만을 내보내자는 것이 아니요, A일당 간부를 내보내자는 것이니까 K의 퇴사로써 뽑았던 인장을 거두어 버린 바는 아니었다.

사본이 A파를 몰지 않고는 M파가 중요한 자리로 올라갈 수도 없는 터이다. 그러니까 이들은 H가 퇴사했다고 해서 그만으로 흐지부지할 수 없을 뿐 아니라 일을 위해서 H 같은 유용한 인재를 쫓아낸 저희들이니까 더욱 힘을 모아 초지를 이루지 않으면 안될 것이었다.

그리고 또 H가 물러간 뒤의 A파는 지금 짜장 풀이 꺾였으니까 이 고비를 이용해서 공세를 취하면 정녕 승리는 저희에게로 돌아올 것이었다. 또 사장도 말이 그렇지 A파가 아니면 신문이 안 된다고 생각한 바도 없으리라 싶었다.

그러나 그 담날 정세는 돌변하였다. 사장은 그날로 사내의 인사이동을 단행한 것이다. 사장은 첫째로 총무국이라는 것을 없애는 동시에 그 차장이던 M을 영업국 차석으로 좌천시키고 편집국에 편집부장이란 자리를 새로 만들고 그 자리에 R을 등용하였다. 그리고 그 담 M파의 사원은 전부 그 전대로(차석 혹은 평기자) 두었다. 그러니 말하자면 이번 이동은 결국 M을 좌천시키고 R 한 사람을 평지돌출로 올려 앉힌 셈이다.

사장은 제가 눈에 가시로 여기던 H를 협박해서 내쫓은 사람은 R라고 생각하였다. 그런 인식을 준 사람은 다름 아닌 R 자신이었다. R이 벌써부터 은밀히 사장 집으로 드나든 것을 안 사람은 아직 없었으므로 그가 특히 발적된 데 대해서 M일파는 이상한 일이라고 생각하였다.

하나 무엇이 어쨌든 사장이 M을 좌천시킨 것은 두말할 거 없이 M일파(R만 제외하고)를 경원하고 견제하자는 내심일 것이 분명하다. 즉 M은 그 일파의 꼭지였을 뿐 아니라 총무국 차석이라는 중요한 자리에 있었다. 그러니까 그는 그 일파가 사장과 통하는 사닥다리쯤 되어 있었고 따라서 M파의 안전을 보장할 수 있는 자리에 있었던 것이다.

그런데 이번에 총무국을 없앤 것은 정녕 M을 견제하기 위해 그런 것이 틀림없고 더욱 영업국장 아래에 밀어 넣은 것이 무엇보다 언짢았다. 영업국장은 순 A파이다. 그러니까 M을 A파의 견제 아래에 두자는 것이라 볼 밖에 없는 것이다.

또 M을 A파 아래에 깔아둔다는 것은 M파 전부를 A파 아래에서 대두하지 못하게 하자는 것이나 일반이다.

여게서 비로소 사장이 실속인즉 M파보다 A파를 자기의 지주(支柱)로 생각해 왔던 것과 그러기 때문에 A파를 회유하고 M파를 경계하는 것이 분명히 드러나게 되었다. M파는 이제사 비로소 인식을 새로이 하였다.

그러나 그들 중에서 R만은 벌써부터 사장의 그러한 심중을 잘 알고 있었다. 그래서 진작부터 은밀히 사장의 보비위를 해왔고 따라서 사장이 제일 미워하는 H[1]를 협박 축출하는 주역을 맡아서 저의 충성을 입

증한 것이다.

그래서 그 갚음으로 R은 승차한 것인데 그뿐 아니라 그 뒤의 R의 행동이 확실히 동지를 저버리고 A파에 대해서 타협적인 것이 드러나자 M파의 사람들은 비로소 의분을 느끼게 되었다.

더욱 그 뒤의 사장의 태도도 적실히 A파를 싸주는 것이어서 M파의 불평은 이래저래 더 커갔다.

지금에 이르러 본즉 요전날 밤에 사장이 진고개 어느 요릿집에서 이제 사내의 분쟁을 그만두라고 한 것은 까닭 있는 소리였다. A파를 배각할 맘이 없는 것은 물론 도리어 그들을 두둔해 주는 말이었던 것이다. 사실 A파의 사람들은 신문인으로서도 연조가 오래고 수완이 월등하거니와 더욱 성질이 온건들 하다.

그러나 M파는 거개 다 사회니 이론이니 과학이니 철학이니 하고 무슨 일이든지 다기고[2] 따지고 하는 품이 사장이라고 언제 무슨 일에든지 고지식하게 순종할 위인들이 아닌 것이다. 또 항상 낡은 것을 싫어하고 자꾸 두드려 부셔 새것을 만들기만 위주하고 사람의 장처보다 단처를 먼저 짚어내는 말썽꾼들이어서 사장은 속으로 그러게 콩밥들을 먹은 게지 하고 한편으로 늘 위험시하였다. 그런데 그 위험성이 H를 쫓는데 이용되었은즉 이제는 당분간 필요가 없는 것이 되어 도리어 경원과 견제를 받게끔 된 것이다.

그래서 M파는 앙앙한 불평을 품게 되고 그 중에서 오직 득의한 것

---

1) 원문은 'B'로 되어 있으나 문맥을 고려하여 바로잡았다.
2) 다기다 : '닦다', '닦아세우다'의 뜻인 듯.

은 R 한 사람이었다. 말하자면 여러 사람이 오래도록 싸워온 것이 마치 H 한 사람을 내쫓기 위해서였고 R 한 사람을 승차시키기 위해서였던 것같이 되고 만 것이다.

5

그 며칠 뒤에 명월관에서 H의 송별연이 열렸다. 사장도 출석하고 사원도 거의 전원이 출석하였다. 부사장 A만은 여행 중이어서 참석하지 못했다.

사장이 맨 첨으로 일장의 송별사를 베풀었다. 사장은 명사의 첫 조건으로 연설 공부에 힘을 써왔더니 만치 짧은 시일 안에 연설투가 딴 사람같이 늘었다.

사장은 자기 말에 자신을 가진 듯이 미리 준비해 가지고 온 말을 비교적 유창한 어조로 내려 뽑아 H의 사람됨과 재주와 지식에 대해서 말을 하고 신문사에 대해서 공이 있는 것은 될 수 있는 대로 얼버무려 넘기고 그저 이러한 인재를 우리 사에서 잃는다는 것은 지극히 섭섭한 일이란 말을 한 다음 목소리를 고쳐 다듬어 가지고 그러나 사회는 넓은 것이요, H로 말하면 금후도 사회인으로 활동할 것이니까 비록 간접적이라 하더라도 같은 이 사회의 일꾼이라는 점에서 피차 관련이 있다고 할 것이란 말과 금후에도 많은 활동이 있기를 바란다는 말을 도도히 내려 읽었다.

그리고 다음으로 편집차장 W가 일어나서 잔잔한 목소리로 송별사를 베풀었다. 그는 본시 H의 적은집이란 별명을 듣고 또 자기로도 그 별명을 해롭지 않게 여기던 사람이라 응당 이번에 H와 행동을 같이해야 할 것이나 여러 가지 사정이 그럴 수도 없고 또 이제 바로 발밑에 내려다보이는 편집국장의 자리도 미상불 구미를 돋우는 것이어서 눌러 있기로 되었으되 늘 한쪽에 수삽한 맘이 있어서 그 변명 비젖한 소리에다 섭섭하다는 말을 돌라서 기다랗게 늘어 뺐다. 또 사실 그는 신문에 생애를 달고 있었다. 그래 저로도 비참한 일인 줄은 잘 알면서도 사장이 말한 우산 둘을 이 연설에서도 들고 나서지 않으면 안 되었다. 즉 하나는 사장의 감정을 막기 위해서고 담 하나는 H의 노염을 막기 위해서였다.

마지막으로 H가 일어났다. 일어나서도 그는 한참이나 입을 열지 않고 좌중을 둘러보다가 서서히 입을 열어 나직한 소리로 송별연을 베풀어 주어 고맙다는 뜻을 표한 연후에 고쳐 정색하고 목소리를 가다듬어,

"오늘의 제 감상을 간단히 한 말로 그치잘 것 같으면 마치 남의 집에 시집을 가서 아들을 낳어 기르다가 첩에게 그 아이를 빼앗기고 쫓겨나오는 것 같은 것이라고 하겠습니다."

좌중은 쥐죽은 듯이 고요하였다. 어느 사람이 그의 말에 공명되어서 그랬는지 한번 조심스럽게 기침을 콩 하는 바람에 송송하고 자발없는 모모 사원이 사장의 얼굴을 흘낏 쳐다보니 사색이라 할까 어쨌든 붉다는 정도는 훨씬 지난 낯색이었다. H는 점점 더 목소리를 가다듬어 가며 말을 계속하였다.

"물론 본실이 반드시 착하고 성실하고 첩이 반드시 간악하고 음란

한 것이라고는 할 수 없는 것이니까 어쨌든 누구의 손으로겠든지 이미 생겨난 어린애를 잘 기르면 그만일 것입니다. 그러니까 그 어린애를 잘 기르기 위해서 처첩간의 분쟁을 그만두려는 것은 아마 양심 있는 누구나가 가지는 행동일 것입니다. 그러고 보면 그 쌈을 근절하기 위해서 한 편이 그 집에서 물러나는 것이 가장 현명한 방법이 아닐까 생각합니다.”

그러고 또 잠시 쉬어가지고 말을 이었다.

“부질없는 감상을 말한 것 같습니다만 요컨대 이제 여러분은 더욱더 노력하시고 자중하셔서 좋은 신문을 만들어주기를 바랄 뿐입니다. 신문 경영은 비록 어떤 재단이니 개인이 한다 하더라도 신문 자체는 엄격히 사회에 속하는 것입니다. 그러니까 어떤 경우에든지 사사로운 개인의 의사가 신문을 지배해서는 안 될 것입니다. 이것을 투철히 인식한다고 할 것 같으면 즉 신문이란 공적(公的) 존재요, 사회의 공기인 것을 인식한다면 신문사업도 다른 사회사업과 마찬가지로 잘 발전해 갈 수 있을 줄 압니다. 즉 사회의 지지를 받기 때문입니다.”

또 잠시 쉬었다가 다시 이었다.

“이런 의미에서 나는 미력이나마 사회의 공복(公僕)으로 여러분과 같이 일을 해왔습니다. 즉 여러분의 벗이요 동료자였다고 나는 생각합니다. 여러분이야 나를 어떻게 여겼겠든지 나만은 우리가 함께 공변된 일을 위해서 일하는 동지라고 생각합니다. 즉 이미 생겨난 어린애—신문을 기르기 위해서 미약한 힘이나마 서루 바쳐오던 벗이라고 생각합니다. 그러기 때문에 물러가는 데 있어서 여러분에게 바라는 바가 더욱 큽니다. 더욱 힘써 주기를 바랄 뿐입니다."

H의 고별사는 끝났다.

그 시간은 그닥 길지 않은 것이었으나 사장에게는 한 시간도 훨씬 넘는 것 같았다. 사장은 그 검푸른 얼굴이 경련되는 것을 스스로 깨닫지 못했다.

H의 말은 확실히 저를 첩에다 비기려는 것이요, 공변된 것을 잊고 사사로운 일에 치우치는 비사회인으로 치자는 것이다. 그의 말을 들으면 저는 결국 H가 낳아준 어린애─신문을 기르는 유모도 아닌 첩인 것이다.

H도 문인다운 고집과 편협이 있지만 그 점에서는 사장이 좀 더 위일 것이다. 매우 옹졸한 사람인 것이다. 그러니 만치 분노와 부끄럼이 머리끝까지 바쳤다. 머리가 천근같이 무거운 무엇에게 내려 눌리는 것 같았다.

그러나 그렇다고 한바탕 대성질호로써 H를 호령해 줄 수도 없는 그였다. 또는 저를 위해서 H를 쳐주는 사람도 없었다. 그는 속으로 은근히 저를 위해서 총대를 메는 성실한 사원이 누군가고 생각해 보았으나 결국 아무도 H의 말을 중둥무이시키려는 눈치가 아니다. 저번 날 밤에 태서관 별장에서 H에게 일장 협박을 내렸다는 R은 어찌 되었는가. 사장은 흘끔 R을 건너다보았으나 그도 약간 상기해 있달 뿐으로 별다른 거조는 차릴 성싶지 않았다.

R은 그때도 H의 말이 사장에게 어떻게 미칠까 하는 것을 생각하지 못한 것이 아니다. 그런 때에 사장의 동정을 살피고 노골적으로 헤고

나서는 것은 도리어 사장의 면목을 깎는 것이다 싶어 가만히 고개를 숙이고 있었던 것이다. 그러나 만일 그가 한 걸음 더 나가서 사장을 동정하고 H에게 시위하고 반박하는 태도로 얼굴을 찌푸리고 어깨를 버쩍 살구고 도고히 H를 노리고 있었던들 사장은 벌써 그에게 이번은 무슨 자리를 떼줄까 하고 생각했을 것이다.

그래도 R은 역시 영리한 사람이었다. H의 말이 필한 후 술이 돌아가기 시작하자 몇 잔 거푸 마셔 거나한 기분으로 H에게 말을 걸려고 들었다.

그때 H는 Y(H파)에게 아까의 연설에서 한 공(公)이라는 데 대해서 사담으로 부연하고 있었다.

"그러니까 A 씨로 말하면 반생을 공을 위해서 일한 사람이요, 싸운 사람인 점을 이해해야 될 거요. 그런 점으로 보면 금후 그와 손을 잡고 신문을 위해서 일할 수 있으리라고 나는 믿소. 또 믿고 싶소. 부질없는 당파성(黨派性)이니 하는 것을 버리고 힘을 합해서 신문을 잘 키이는 것이 옳을 것 같소."

H가 Y에게 하는 말이었다.

그럴 판에 R이 H에게 말을 건넸다.

"H선생! 아까 말씀은 잘 들었습니다만 선생의 공사(公私)에 대한 견해는 우리와 조곰 다른 데가 있다고 생각하는데요. 즉 제 생각 같아서는 공사란 것은 어떤 개인의 의사와는 독립된 것이라 생각합니다. 즉 어떤 개인이 공이라고 생각하는 일도 실상은 공이 아니라 사일 수 있다는 말입니다."

이 뜻은 물론 H는 제가 한 일이 모두 공을 위한 것이라 하지만 R 보기에는 그렇지 않은 점이 있다는 것을 암시한 말이다. 하나 H는 R 의 말은 그닥 탐탁히 듣지 않는 듯이 얼른 대답하지 않고 여전히 Y편 을 향하고 있었다.

R이 다시 H에게 말하려 하는 때에 사장이 슬며시 일어나 밖으로 나 갔다. R이 저를 위해서 한몫 메어줄 잡도리이매 그대로 앉았는 게 면 구해서 일어선 것이나 R은 그것을 보는 순간 잠시 실망할 뻔하였다.

그러나 R은 고쳐 생각하였다. 제가 오늘 밤 한 말이 아무려나 내일 아침으로는 사장의 귀로 들어갈 것이요, 설사 전하는 사람이 없다 하 더라도 제가 직접 찾아가서 말할 수도 있는 것이요, 그렇다면 사장이 없는 자리에서 한마당 또 설전(舌戰)을 펴는 게 오히려 더 뒷 보람이 있는 일이라고 생각되어서 다시 H에게 걸고 들려고 하였다. 그때는 R 도 이미 술이 취해서 말하기가 알맞았다.

그럴 판에 형식이가 그것을 한참 바라보다가 R을 불렀다. 형식이도 술이 취했었다.

"여어, R군! 이리 점 오게."

형식의 말투는 첨부터 약간 거칠었다. 며칠 전부터 벌써 R에게 감정 이 좋지 못했을 뿐 아니라 오늘밤만 해도 R이 기왕에 하던 것처럼 자 기들 곁에 와서 앉지 않고 사장과 부장들 틈에 끼어 앉아서 턱을 들고 그들의 말에 참견하려고 드는 것이 심히 용렬해 보였다. 올챙이 꼬리 떨어진 지가 몇 날이냐고 형식은 혼자 속으로 조소도 하였다. 침을 탁 뱉고 싶은 때도 있었다.

“여어, R군! 이리 점 오게.”

그 소리는 좀 더 사나웠다.

“가만있어, 여기 이야기가 점 있어.”

R이 반쯤 고개를 돌렸다가 다시 H편을 향하였다.

“이 사람아, 여기도 이야기가 있어. 그만하고 이리 와.”

“무슨 이야기야?”

“무슨 이야기……? 무슨 이야긴지는 와서 들어봐야지 않나.”

“내 갈게, 잠시 기다리게.”

“기다려……? 그래 안 올 텐가.”

그런즉 R은 다시 저편으로 고개를 돌리고 못 본 체한다. 그래서 그 찰나에 발끈 돋은 형식은 벌떡 일어나서 R의 곁에 가 그의 팔을 잡아 일으켰다.

“무슨 이야기야?”

R이 끌려오며 약간 힐문하는 표정으로 형식을 보았다.

“무슨 이야기……? 그래 무슨 이야긴지 모르겠나.”

형식은 더욱 흥분이 되어갔다.

“말을 해야 알지.”

“말을 하면 알겠나? 그럼 말을 안 해서 몰랐단 말이지.”

“이 사람이 벌써 취했구먼…… 술이나 먹세.”

“내가 취했어? 에이키 개자식!”

하고 형식은 바람소리 나도록 손을 날려 R의 뺨을 후려 갈겼다.

“이놈의 새끼! 너, 날더러 이야기하랬지? 이야기 하면 네가 알 테냐 그래. 개귀에 사람의 말이 무슨 필요냐, 그래서 개에게는 말이 필요치 않고 매가 필요한 것이다. 맞아 봐라. 맞아서 아파야 개란 놈은 잘못한 줄을 아는 법이다.”

그러며 거푸 두세 개를 우그렸다.

그러자 M이 달려와서 두 사이에 들어서며 뜯어말렸다.

“이눔이, 미쳤어. 너 왜 이러는 거냐.”

R도 그제는 분이 나서 형식의 멱살을 잡고 대들었다.

“이 개 같은 놈의 새끼! 왜 때리는지 여태 모르겠느냐. 아직 매가 부족한 게구나. 네 항복이 나올 때까지 맞아봐라.”

그러며 형식은 재처 R의 멱살을 감아쥐고 꽂고 때리고 차기까지 하였다.

그러자 좌석이 총 기립을 하고 두 사람을 에워싸고 말리거니 말릴 게 없다거니 하더니 테 밖에서 또 티격태격 하는 소리가 난다. 사원의 대부분은 형식의 편을 드는데 그 중에서 R을 두둔하려는 사람이 있어 또 말썽이 붙은 것이었다.

그래서 쌈은 제법 대판으로 벌어졌으나 M과 그 외 몇 사람이 악을 쓰고 뜯어말렸다. 어떤 감정이 있더라도 술좌석에서 취해가지고 싸우는 것은 옳지 않다는 것이요, 또 자리를 달리하여 얼마든지 잘잘못을 캘 수 있는 것이니 형식이 혼자서 섣불리 나덤빌 것은 문제라 하여 삼은 끝났다.

그러나 형식은 이제 다시 R을 붙잡고 이면이나 이론을 캐고 싶지는 않았다. 그러한 것을 다시 필요로 하지 않는 곳까지 R은 벌써 가버린 것이다.

이 일이 있은 담담날에 형식은 편집차장(국장 A는 여행 중이었다)에게 불려가서 사직권고를 받았던 것이요, 세 번 그러는 것을 종시 응치 않아서 결국 출사를 당하고 만 것이다.

사장은 그날 밤 이야기를 듣자 곧 그 자리에서 형식을 자기에게 대한 도전자로 또는 사내의 평화를 교란하는 자로 퇴사시킬 것을 결심하고 편집차장에게 권고사직을 시키라고 하고 만일 듣지 않으면 사규에 의해서 처치하라고 일렀던 것이다.

M파의 사람들 중에는 형식이가 사직권고를 받은 때 그와 함께 사를 그만두겠다는 의사를 표시하였으나 그건 형식이가 굳게 말렸다. 아직 하자는 일이 다 필한 것이 아니요, 또 앞으로 전혀 기회가 없을 것도 아니니 지금 한 사람 때문에 여럿이 물러나는 것은 스스로 지는 것이나 일반이니 그럴 필요가 하마 없다고 형식은 곡진히 말렸다.

7

아내도 결국 남편이 신문사에서 쫓겨난 것을 알게 되었다. 형식은 언제까지든지 비밀에 붙여 둘 수 없었던 것이다.

첫째 벌이가 떨어진 서울에서 번들번들 살아갈 묘리가 없고 그렇다면 이 봄에 학교로 들어갈 종수 놈을 서울 학교에 입학시킬 수가 없는 것이다. 그런데 입학기는 더럭더럭 다가와서 어서 시골로 내려가야 할 판이니 그저 우물쭈물하고 있을 수가 없어 마침내 아내에게 실토한 것이다.

그 뒤 아내는 두고두고 생각해도 화가 났다.

"글쎄 사람이 어째 그렇단 말이오. 어린애도 아니고……."

하는 것이 아내가 오늘까지 벌써 세 번째 거듭하는 핀잔이요,

"내, 그놈의 신문사, 그만 두잔지가 오랐어 시굴 가서 아무 일이라도 해먹지, 도제 이놈의 서울이 싫어. 어린애가 눈병이 나는 것도 이놈의 집 때문이지."

하는 것이 형식의 대답이었다.

"그럼 어린 애는 어떻게 하겠소. 학교에 벌써 원서까지 제출해 두었는데."

"그거야 뭐 상관 있소. 시굴학교에 넣으면 그만이지."

"시굴은 그리 쉽답디까."

"그래도 어떻게 되겠지."

고향이란대야 별 수 없는 형식이었지만 그래도 거길 가면 무슨 도리가 있을 것 같았다.

"얼굴 가렵게 엊그제 이사 온 게 무슨 면목으로 되돌아간단 말이오."

"그래도 할 수 없지."

"시굴 가면 살 일이 있을랍디까."

"해도 서울, 이 백사지땅보다야 났겠지."

"그나저나 어린애 학교 들어갈 날이 뿌득뿌득 가까워오는데 무슨 마련이 있어서……. 가구 싶다고 나는 새처럼 수이 떠날 줄 알우 움쭉하면 돈인데, 이사하자면 또……."

"육칠십 원 있으면 되겠지……."

"육칠십 원? 부르기는 쉽소. 뉘 집 어린애 이름인 줄 아나베."

"이 집 시끼낑 찾을 거하고…… 그만 돈이야 어떻게 되겠지."

"내 그리게 애당초 서울 오란 때 어째 뜨악하더라니. 뒤가 무거운 게……."

그리고 아내는 입이 쓴 듯이 외면해 버린다.

형식이도 짐짓 무안해서 곁눈을 팔고 있으려니까 종수 놈이 불이 거의 꺼져가는 화로를 끼고 조그만 돌을 그 불에 굽고 있다. 그 돌을 달궈가지고 헝겊에 싸서 눈에 대곤 하는 것이다. 아마 병원에서 그렇게 하라고 이른 것인가부다고 생각하며 형식은,

"아니 그나저나 저 앨 데리고 병원에나 가보우. 눈이 낫지 않으면 학교들 때 재미없지 않소."

하고 일깨웠다.

"당신이 데리고 가보구려."

"난, 어린이 잡지에서 뭘 하나 써달라는데…… 노수나 보태 써야지."

"아이구, 그놈의 원고료 밤낮 온다는 게 내 오는 걸 못 봤소."

"아니 이번은 틀림없어. 참 그 잡지에다가 어린애들 사진두 내겠다 구, 사월 호에 말야. 종수와 성희 것을……."

"뉘 망신을 시킬라구 그 꼴을 해서 사진을 찍어요."

"그게 망신일 게 뭐람……."

"염량은 좋소. 신선야 신선, 신선이란 당신을 두고 한 말인가 보오. 철없는 어린애만도 더 태평이니…… 글쎄 저애가 다 돈 없는 걱정을

하고 병원으로 안 갈라구 드는데…… 아버지가 신문사를 그만두었다
니까……."

아내는 말은 그러나 화가 좀 풀린 모양이다.

"걱정 말구 데리구 가요. 그래도 살아가겠지…… 신문살 그만둔 것
도 실상 잘살기 위해서 그런 게지. 사람이 제 맘, 제 정신을 그대로 가
지고 살려니까 그런 쌈도 하는 게고 쫓겨도 나는 게고 또 이런 고생도
겪는 게지…… 그게 사람 사는 게지 별건가."

그래서 아내가 어린애를 데리고 병원으로 간 뒤에 형식은 원고를
쓰기 시작하였다. 앞에 어두운 장막이 내려 덮이는 것 같으면서도 용
하게 원고를 써낸다고 스스로 생각하였다. 그러나 하기는 글을 읽거나
쓰거나 해야 암담한 맘이 좀 트이고 든든해지는 그였다.

그는 또 일변 쉬는 사이에는 이사할 준비를 차렸다. 이사래야 세간
등무새가 요란히 많은 것도 아니요, 어느 운송점에 부탁하면 담배 한
대 필 사이에 뚝딱해 버릴 것이고 이웃 간에 무슨 아질짜질 인정이 키
이는 데가 있을 턱도 없었다.

그러나 다만 형식이네 사는 근방에 어미 없는 외손녀를 기르는 가
난한 늙은 여자가 있어 형식의 아내와 어찌어찌 인정이 들어서 그 외
손녀를 형식이네가 가져다 기르면 어떠냐고 해서 맘 헤픈 아내가 그러
자고 대답해놓고 차일피일 못 데려오고, 이담에 시골 갈 때는 위불없
이 데리고 간다고 다짐했는데 지금 형편으로는 그도 될 수 없는 일이
어서 그것이 짐짓 맘에 걸렸고, 또 하나는 불효자식한테 밤낮 구박을
받고 지내는 건넛집 홀아비 늙은이가 겨울 내 형식이 집 개천과 대문

앞 빙판을 도끼로 꺼주고 혹시는 청치도 않은데 장작을 패주어 항상 고맙던 것이 맘에 걸릴 뿐이었다.

이 인왕산 밑 구차한 동리에서는 그래도 형식이네가 때 끓일 걱정이나 안하는 편이었고 그러니까 이웃에서도 들여다보아주는 사람이 있는 것이다.

형식이 보기에는 이 동리처럼 인정머리 있고 어리무던한 동리는 없는 것 같았다. 형식은 이 두 늙은이에게는 무슨 인사라도 차리고 가야 하리라고 생각했으나 그 홀로 난 늙은 아낙은 요 며칠 사이 통 오진 않고 그의 집이 어딘지도 딱히 알지 못했다. 그래서 건넛집 늙은이에게만 이사한다는 말을 하고 담배나 사 자시라고 돈 얼마를 쥐어주었다.

하나 그러고 나니 그 외손녀 데리고 산다는 늙은이의 일이 가엾이 여겨졌다. 그 늙은이도 늙은이지만 그 어린 외손녀가 장차 어찌될까 하는 생각이 적지 않게 그의 맘을 아프게 하였다. 저희가 가더라도 그들은 그들대로 살아갈 것이로되 그래도 저희가 떠나면 그들은 장차 어찌될까 하는 남의 걱정을 참답게 하는 형식이었다.

그 뒤 형식의 집은 이내 서울을 떠나게 되었다. 떠나기 전날 그는 어린이 잡지 원고를 다 써서 편지와 함께 우편으로 부쳤다. 편지에는 신문사를 그만두고 내일 시골로 이사 간다는 말을 썼다.

그 편지가 그날 중으로 배달될 것 같지는 않았으나 형식은 그 잡지 기자 김 군이 와주었으면 하고 점두룩 기다렸다.

어린애들은 시골 간다고 멋도 모르고 그저 좋아라고 뛰고 미루꾸를 사느니 고구마를 사느니 하고 연성 손을 내밀고 돈을 내라고 어리광을 부렸다. 그럴수록 형식은 어린애를 좋아하는 김 군이 와서 마지막으로 웃고 헤어졌으면 싶었다. 쓸쓸한 이 한때의 조촐한 분위기 가운데서 철없이 고아내는 어린애들의 얼굴을 김 군의 카메라에라도 남겨두었으면 싶기도 하였다.

그러나 김 군은 종시 오지 않았다.

그 이튿날 아침 형식의 일가족은 효자동에서 전차를 탔다. 마침 출근 시간이 되어서 그런지 승객이 많이 탔었다. 문밖과 이 근방에서 모여온 학생들도 빽빽이 들어섰다. 형식은 어린애들을 좌우에 세우고 제가 가운데 섰다.

총독부 앞에 이르렀을 때 웬 사람이 전차에 올라 형식이 앞으로 쓱 지나가다가 형식이와 눈이 마주쳤다. 그러자 두 사람 다 흠칫 놀라는 표정이었고 부지중 인사하려는 동작이었으나 이내 드음 하니 시침을 떼고 각각 외면해버렸다. 지금 들어온 사람은 다름 아닌 R인 것이다. R은 무트름해서3) 새로 산 가죽가방을 낀 채 저만치 비켜서서 형식이와는 아주 외면하고 섰다가 B일보사 앞에 와서 성큼성큼 내려버렸다.

형식은 그때 무심히 H를 생각하였다. 태서관 별장에서 R에게 협박을 받던 그 이튿날 아침 R을 보고 웃으며 인사하던 H를 연상하였다. 그리고 그렇게 가깝게 지나고 또 일이야 크든 적든 간에 오래도록 힘을 합하고 지혜를 모아서 같은 목적 때문에 고스란히 애를 쓰던 R과 자기, 그리고 오늘날, 생면부지 알지 못하던 남남끼리 보다도 더 싱겁

---

3) 무트름하다 : 어떤 일이 마음에 썩 내키지 않다.

게 갈라져 버린 R과 자기를 생각하였다.

"여어, 형식 군!"

"아, 자네…….."

이런 광경도 생각했으나 그것은 자발없는 공상이요, 다시는 그러한 때가 두 사람 사이에는 오지 않을 것 같았다. 아무런 사정이 있더라도 형식이와 R은 그 옛날로 다시 돌아갈 수 없으리라 싶었다. 그것은 물론 직업을 잃었다든가 하는 따위의 감정에서는 아니었다.

벌써 전차는 B일보사를 멀리 지나왔다. 그러나 그 우중충 높고 큰 B 일보사의 건물이 아직도 저편에 들여다보였다. 그 안에서 전이나 다름없이 일을 보고 있을 여러 사람들을 형식은 상상해 보았다. 그러다가 그는 문득 또 자기와 R의 처지가 바꾸어진 경우를 연상하였다. 즉 제가 R의 처지가 되어 있을 것을 상상한 것이다. 그러나 그는 인차 도리머리를 흔들었다.

그럴 판에 전차가 커브를 도느라고 그런지, 갑자기 속력을 죽여서 그런지 전후로 몹시 흔들리면서 형식은 하마터면 앞으로 쓰러질 뻔하였다. 어린애들도 아내도 함께 비틀거렸다.

형식은 무의식중에 얼른 두 손으로 어린애들을 붙잡고 몸을 가누며 무심코,

"……까짓 거 ……그게 뭐……."

하고 왕청한 소리를 발하였다. 저는 저 이외의 아무 것도 되고 싶지 않았다. 지금의, 있는 그대로의 제가 역시 제일 좋았다. 저 자신에게 대해서 이 순간만은 아무 불만도 없었다.

동시에 그는 알 수 없는 강심과 희망이 유연히 몸속에서 솟는 것을
느꼈다. 해직사령을 받고 민민하던 그것이 한 개 그림 속의 일 같이
아름답게도 보이는 것이었다. (끝)

(1941년 4월호)

풀잎

• • • 이효석

1

"세상에 기적이라는 게 있다면, 요 며칠 동안의 제 생활의 변화를 두구 한 말 같아요. 이 끔찍한 변화를 기적이라구 밖엔 뭐라구 하겠어요."

부드러운 목소리가 어딘지 먼 하늘에서나 흘러오는 듯 삼라만상과 구별되어 귓속에 스며든다.

준보는 고개를 돌리나 먹같은 어둠속에서는 그의 표정조차 분간할 수 없다. 얼굴이 달덩어리같이 훤하고 쌍꺼풀진 눈이 포도 알같이 맑은 것은 며칠 동안의 인상으로 그러려니 짐작할 뿐이다. 실과 사귄 지 불과 한 주일이 넘을락 말락 할 때다.

"그건 꼭 내가 하구 싶은 말요. 지금 신비 속에 살고 있는 것만 같아요. 이런 날이 있을 줄을 생각이나 해봤겠수. 행복은 불행이 그렇듯 아무 예고두 없이 벼락으로 닥쳐오는 모양이죠.”

“되래 걱정돼요. 불행이 뒤를 잇지 않을까 하는. ―그만큼 행복스러워요.”

“행복이구 불행이구 사람의 뜻 하나에 달렸지 누가 무엇이 우리들을 어떻게 할 수 있단 말요. 사람의 의지같이 무서운 게 세상에 없는데.”

“그 말이 제게 안심과 용기를 줘요. 웬일인지 자꾸만 겁이 났어요. 낮과 밤이 너무두 아름다워요. 모든 게 요새는 꼭 우리 둘만을 위해서 마련돼 있는 것만 같구면요.”

방공연습이 시작된 지 여러 날이 거듭되어 밤이면 거리는 등화관제로 어둠속에 닫혀졌다. 몇 날의 밤의 소요를 계속하는 두 사람은 외딴 골목을 골라 걸으면서 단원들의 고함을 들을 때 마음의 거슬리는 것이 없지는 않았으나 평생의 중대한 시기에 서 있는 준보에게는 그 정도의 사생활의 특권쯤은 그다지 망발이 아니라고 생각되었다. 하물며 낮 동안에 일터에서 백성으로서의 직책과 의무를 다 했다면야 그만큼의 밤의 시간은 자유로워도 좋을 법했다.

아내를 잃은 지 채 일 년을 채우지 못했으나 그 한 해 동안의 적막이 준보에게는 지난 반생의 어느 때보다도 크고 쓰라린 것이었다. 사랑 속에 있으면서 때때로 느끼는 적막감은 오히려 사치한 감정이요, 사랑을 잃었을 때 비로소 사람은 사랑이라는 것이 단순한 추상적인 용어가 아님을 절실히 느끼게 된다. 야심이며 희망이며 청춘의 모든 욕망을 가리고 바치고 걸러서 마지막으로 쳇바퀴 속에 남는 것이 역시 사랑임을 새삼스럽게 느낀 듯도 했다. 준보에게 사랑이 없는 것은 아니었다. 쉴 새 없이 뒤를 이어 그 무엇이 앞에 나타나고 생활 속에 스며들기는 했으나 그 전부가 반드시 사랑이라고만도 할 수는 없었다. 사랑으로까지 발전하기 전에 선 채로 끝나버린 적도 있었고 단순한 감상적인 경우도 있었고 또 일시의 허물에 지나지 않는 때도 있었다. 동무들이 그를 염복가라고 부러워하는 그런 의미라고 부감라고연속 속에서 살아왔다고는 생각되지 않았다. 아내를 잃은 후만 해도 지난날의 어느 때 보다도 인물들은 가장 많이 나타나서 그 짧은 일 년이 다른 때의 십년 맞잡이는 되는 풍성풍성은 했으나 마음속을 파고드는 한줄기 쇠사슬 같은 쓸쓸한 심사는 어쩌는 수 없었다. 현재의 만족감 이상으로 가버린 아내에게 대한 슬픔과 뉘우침이 큰 까닭이었다. 결국 준보는 그를 둘러싼 화려하고 다채하게 장식된 분위기 속에서 단 한 사람 아내를 사랑해 왔다고 할까. 비늘구름 같은 자자부레한 꿈의 조각들을 허다하게 가슴속에 가지면서도 단 하나 아내에게 사랑을 길러오고 북돋아 왔음을 아내를 잃은 후에야 비로소 자각하게 된 셈이다. 아내의 추억 속에서 남은 반생을 살아야겠다는 순교자다운 경건한 마음을 먹어 본 적도 없지는 않았으나 준보의 체질과 기질로는 필경은 당치않은 일만 같아서 역시 다음 숙명을 기다리는 희망이 그 어디인지 마음 한 귀퉁이 각□르고 있었다. 사랑을 얻는 것도 잃는 것도 다 같이 하나의 숙명적인 인연이다. 아내를 대신할 만한 정성과 열정이 아무 때나 작정된 때에 반드시 차려져 오려니 하는 기대가 없다면 사실 살인적인 그 한해의 고독은 견디어 올 수 없었을는지도 모른다. 헐어진 가정을 쌓아서 새로운 생활을 설계해야 하고 고독을 다스려서 보다

높은 사업을 이루어야 함이 인간경영에 주어진 영원한 과제인 까닭이다. 자멸의 길을 버리고 창조의 길을 찾아야 함이 인류의 행복을 가져오는 까닭이다.

다음 숙명을 준보는 실에게서 발견했다고 생각했다. 너무도 빠르고 이른 발견인지는 모르나 발견이란 원래 그렇게 당돌하고 돌발적인 것이다. 실 이전에 나타난 뭇 인물 중에서 숙명의 대상을 보지 못하고 뛰엄뛰엄 몇 고비를 넘어가서 하필 실에게서 그것을 찾아낸 것도 숙명의 숙명된 까닭일 듯싶었다. 애써 말한다면 간 아내가 가졌던 인상의 그 어떤 향기를 그에게서 맡은 까닭이라고나 할까. 그 어디인지 구석구석 방불한 곳이 있어서 그것이 모르는 결에 준보의 마음을 끌어당긴 모양이었다. 불과 며칠에 감정이 통하고 정서가 합하고 생각과 취미가 맞음을 알았다. 걸어드는 피차의 걸음이 무섭게도 빨랐다. 술래잡기의 술래같이 왈칵 서로 부딪쳐서 이마가 맞닿았을 때 깜짝들 놀라면서 그 며칠 동안의 순식간의 변화를 기적이니 신비니 하고들 느끼는 수밖에는 없었던 것이다. 두 사람에게 다 기적이요 신비요 꿈이요—사랑이란 그런 것인지도 모른다.

"세상에서 꼭 한 사람 제일 존경할 수 있는 분을 찾자는 것이 오늘까지의 저의 노력이었어요. 복잡하다면 복잡할까, 지난날은 제겐 오늘이 목표에 이르기까지의 오랜 방랑 생활이었다구두 할 수 있어요. 그 방랑이 오늘 끝났어요. 선생을 만나자 생애가 새로 시작됐어요."

"당신같이 날 존경하는 사람두 난 드물게 봤소. 세상 사람들은 흔히 서로 좋다는 말만들을 하는데, 그 위에 존경할 수 있다는 것은 사랑에 한층 빛을 더하는 것이라구 생각해요."

공화당 앞 언덕길을 몇 차례나 오르내리며 지척을 분간할 수 없는 어두운 거리를 눈앞에 짐작만 하면서도 두 사람의 마음속은 점점 밝아 가고 빛나 갔다. 사랑의 길은 의론하지 않아도 제물에 옳게 찾아진다. 그렇게 해서 두 사람이 며칠 동안에 찾아낸 길은 지도에도 오르지 않았을 지금까지 걸어 본 적도 없던 여러 갈래의 숨은 길이었다. 좁은 골목을 들어서 주택지대를 올라서니 바로 서기산 뒷턱이었다. 아직 낙엽지지 않은 나무들이 지름길 양편에 늘어서 어두운 속에서 한층 으슥하고 깊은 느낌을 준다. 산위 주택에서 새어나오는 한 줄기의 창의 등불이 두 사람의 마음을 상징하는 듯 따뜻하고 포근하다.

"커다란 한이 있어요. 왜 선생을 더 일찍이 못 만났던가 하는, 제일 처음 만난 어른이 선생이었더면 얼마나 더 행복스러웠겠어요. 지난날의 상처를 생각하면 몸에 소름이 돋군 해요."

나무 그늘 아래에 이르자 실은 준보에게서 팔을 뽑고 몸을 떼면서 가늘게 한숨을 쉬는 것이 들렸다. 준보도 대강 말의 뜻을 짐작할 수 있어서 그 역 자기의 상처에 손이 닿는 것도 같은 일종의 야릇한 감정이 솟았다.

"난 그런 소리 듣기를 좋아하지 않는데. 괜히 다 아문 허물을 다시 땃작거릴 필요가 있을까."

"좋아하시든 안하시든 한번은 모든 것 다 들어 주세야죠. 무지의 행복을 저두 잘 알아요. 그러나 정작 필요한 건 지식을 거친 이해와 달관이 아닐까요."

“과거를 말한다면 피차일반이지 누군 샘 속에서 솟아나온 동잔가요.”

“선생님이 그렇게 이해하시는 것과 똑같이야 어디 세상이 봐요? 항상 오해와 악의를 더 많이 준비해 가지고 있는 세상인데요.”

“무엇이 귀에 들리든 지금의 내 열정을 지울 힘이 없음을 장담해두 좋아요. 난 거저 이 열정만을 가지구 모든 것과 항거해 볼라구 해요.”

그러나 실은 조심조심 한 꺼풀씩 자기의 과거를 벗기기 시작했다. 시련이나 받는 선량한 교도와도 같이 준보는 마음을 다구지게 먹고 굳은 몸을 약간 떨고 있었다.

실은 열아홉 살까지의 명예롭지 못한 직업시대의 사정을 말하고 다음 세 사람의 이름을 들면서 각각 세 경우를 이야기 했다. 대략 거리의 소문으로 스쳐 들은 자료를 좀 더 자세히 고백한 것이었으나 준보는 침착한 태도에도 불구하고 그것을 듣는 동안 커다란 용기가 필요했다. 실업가와 문학청년과 사회주의자의 세 사람이 다 같이 실의 애정을 요구한 것은 인간으로서의 특권인 것이니 누가 만류할 수 있었으랴만, 다만 슬프다면 준보가 그들보다 뒤져서 실을 알게 된 사실이었을까. 깊은 원시림 속에 아무도 모르게 맺힌 한 송이의 과실을 누가 원하지 않으려만 세상은 도대체 복잡하다. 번거로운 것이다. 원시림 속에 과실이 어느 때까지나 눈에 안 뜨이고 몸을 마칠 리는 없는 것이다. 준보에게 필요한 것은 열정과 용기였다. 용기―지금까지 그는 사랑에 이것이 필요한 것임을 모르고 지내왔다. 오늘 그것을 알아야 할 날이 온 것이다. 그의 인생은 한 테두리 몫을 더한 셈이다.

“생각하면 울고만 싶어요. 왜 하필 인생이 그렇게 시작됐을까요.”

실은 짜장 울려는 듯 나무 그늘 속으로 뛰어들더니 나무에 등을 기대고 고요히 섰다. 준보가 가까이 갔을 때 왈칵 몸을 던져 오면서 코를 마셨다. 쥐이는 손이 몹시 차다.

"불쾌하셨으면 용서하셔요.—그러나 실상 지난 그것들은 아무 것두 아니었어요. 사랑이 이렇다는 것은 오늘이야 처음 알았어요. 전 아무두 사랑하진 않았어요. 오늘 나서 처음으로 사랑을 알았어요. 이 말을 믿어 주세요."

"걱정할 게 없어요. 오늘의 당신을 사랑했지, 누가 지난 경력을 사랑했나요. 오늘의 그 얼굴과 교양과 취미를 사랑하고 인격을 존중히 하는 것이지 누가 지난날을 캐자는 것인가요."

"인제 세상이 둘의 새를 알고 펄쩍들 뛰구 와글와글 끓으면 어떻게 하시겠어요. 그땐 제가 싫어지겠죠."

"사랑두 세상 눈치 봐가면서 해야 되나. 세상을 좀 멸시하면선 못 살아가나. 난 남의 비위만 맞추면서 사는 사람이 못 되는데."

실은 슬픈 속에서도 얼마간 마음이 놓이고 용기를 회복했는지 준보의 뜻대로 다시 팔을 걸고 길을 더듬어 내렸다. 거리는 여전히 어두우나 공습해제의 틈을 타서 등불이 군데군데 비치어 약간 훤해졌다가는 다시 어두워지곤 했다. 흡사 두 사람의 마음속같이 한결같지 못한 밤이었다.

"내가 지금 사랑하는 게 음악가 이외의 무엇이란 말요. 동경 가서 공부하는 음악학도를 사랑하는 것이지 지난 이력이 내게 아랑곳이란 말요. 원래 당신이 내 앞에 나타날 때 그런 자격 이외의 무엇으로 나타났게.”

　여학교가 있는 기숙사가 있고 교회당이 있고 병원이 있는 조용한 둔덕 골목길을 들어섰을 때 준보는 실의 심정을 좀 더 즐겁게 낚구어 보고 싶었다.

　“이 알량한 음악가. 괜히 온전한 음악가로 여기셨다가 되려 실망이나 마셔요.”

　“날 처음에 유혹해 낼 때 음악의 이름을 빌지 않구 어쨌소. 토스카를 들으러 오라구 전화가 왔을 때 내가 얼마나 놀란 줄 아우.”

　준보가 웃는 바람에 실도 따라서 웃게 되어 그 웃음으로 말미암아 응졌던 마음이 활짝 풀려지는 것도 같았다. 여학교 기숙사에서인지 문득 피아노 소리가 들려온 것도 그 한때의 호흡을 맞추어 주는 셈이 되어서 개어가는 두 사람의 감정의 반주인양 싶었다. 마음의 거리와 같이 몸의 거리도 밤의 힘을 빌어 가까울 대로 가까웠다.

　토스카와 라보엠과 마담 버터플라이 등의 가극의 신판을 새로 구했으니 들으러 오지 않겠느냐는 뜻의 전화를 실에게서 받던 날 준보는 의외의 소식에 당황해서 반날 동안 그 생각으로 머릿속이 가득 차 있었다. 그때까지 실을 만난 것이 서너 번, 그의 부드럽고 밝은 인상으로 가슴속에 간직해 두었을 뿐이던 준보에게는 문득 한 줄기의 당돌한 직각이 솟으면서 그것이 마음을 억세게 지배하게 되었다. 전화를 건 것은 아무편이래도 좋은 것이다. 두 사람의 준비된 감정에 불을 지른 것이 실이었다는 것이 조금 잔겁한 준보에게 되려 용기를 주는 결과가 되었던 것이다.

실의 형이 경영해 나가는 찻집 한 구석에서 그날 밤 두 사람은 가극의 신판을 듣는 것이 아니라 음악과는 먼 이야기에 정신이 없었다.

"다따가 전화를 걸어서 놀라셨죠. 동료들은 뭐라구 그러지들 않아요. 학교래서 그 지 전화 걸기가 거북했어요. 여자가 먼저 덜렁덜렁 나서는 걸 두렵다구 생각하시지 않았어요."

"기뻤죠. 제가 못 거는 걸 먼저 걸어 주셔서. 물론 놀라기두 하구요."

"어쩌면 그렇게 한 번두 가게에 안 내려 오셨어요. 속으로 얼마나 은근히 기다렸게요. 뵌지 한 달이 넘었거든요. 전 그래두 행여나 먼저 전화해 주시지나 않나 하구 생각하구 있었죠.―그 바람에 동경두 이렇게 늦었어요. 내일 떠난다, 모레 떠난다, 별러만 오면서 여름 휴가로 나왔다가 늦은 가을까지 이게 무슨 꼴인지 모르겠어요."

"오라 참, 동경 가서 공부하시는 학생이죠. 음악공부쯤 아무데선 못하나요."

"음악공부쯤 그만 두면 어떤가요―하구는 못 물으셔요."

"그럴 용기와 결심이 준비됐다면야."

"경우에 따라선요."

다음날 호텔에서 만찬을 같이 한 것을 시초로 이곳저곳에서 식사를 함께 하는 날이 늘어갔다. 하루저녁 실은 처음 선사로 책 한권을 가지고 왔다. 도스토예프스키 부인이 기록한 「남편 도스토예프스키의 회상」이었다. 준보는 아직 읽지 못한 그 책의 뜻을 여러 가지로 짐작하다가 그들 부부의 사이의 이해가 컸고 남편에게 대한 부인의 사랑이 깊었다는 실의 설명을 들으면서 그 선물의 의미를 대강 알아채었다. 한편 실의 문학적 교양에 준보는 차차 눈을 굴리기 시작했다.

"선생님의 소설 대개 다 읽었어요. 제 마음의 세상이 얼마나 넓어졌는지 모르겠어요. 생활감정두 꼭 제 비위에 맞구요. 유례니, 관야니, 미란, 세란, 단주, 일마, 나아자, 운파, 애라―인물들의 모습이 지금 눈앞에 선히 떠올라요."

"그런 변변치 못한 이름들을 기억하지 말구 좀 더 고전 속의 중요한 인물들을 알아두는 편이 뜻있지 않을까요."

"중요한 인물들이라는 게 뭐예요. 베아드리체니 헬렌이니 햄릿이니 그레첸이니, 왜 하필 그런 인물들만이 중요한가요. 제게는 어쩐지 일마니 미란이니 운파니 하는 이름들이 더 가깝고 친밀하게 들려오는데요."

"어쩌면 그렇게 고전문학에 횅하단 말요. 음악가가 아니구 문학가인 것처럼.―그럼 하나 물을까요. 엘리사, 엘리사는 어때요. 비위에 맞아요, 안 맞아요."

"멘탈테스튼가요. 엘리사―난 매운 여자는 좋아하지 않아요. 아마도 지드의 인물들 중에서 제일 싫은 것이 엘리사일까 봐요."

"그럼 쇼오샤는, 마담 쇼오샤."

"토마스 만 말이죠. 마담 쇼오샤는 아마두 엘리사와는 대차적인 인물일 것에요. 좀 허랑한 데가 있기는 하나 엘리사보다야 훨씬 인간적이죠.―그럼 문학 시험은 이만하세요. 그러다 제 짧은 밑천이 봉이 빠지겠어요."

"나를 점점 놀래게만 하자는 셈이지 고전에서 현대문학까지 그렇게 통달할 줄야 어찌 알았겠수. 문학을 안다는 게 인간으로서 얼마나 중요한 일인지 모르는데. 문학을 알구 모르는 건 하늘과 땅만큼이나 차가 있는데.”

“너무 지나게 평가하셨다 괜히 점점 실망이나 마세요. 그저 애써 공부할 작정이에요. 제겐 욕심이 많답니다. 뭐든지 알구 싶어요. 선생님과 어울릴 수 있을 정도의 교양을 가지구 싶어요.”

실의 결심을 장하다 생각하며 그의 철저한 마음의 준비에 준보는 짜장 놀라는 수밖에는 없었다.

2

아내를 잃었을 뿐이 아니라 가지가지의 불행을 겪은 묵은 집을 떠나려고 벼른 지 오래이던 준보는 마침 이때를 전후해서 교외의 새집으로 이사를 하게 되었다. 새집에서는 마음도 갈아지고 생활도 새로워지리라는 기대가 모르는 결에 그를 재촉했던 것이다.

대충 정돈이 되고 마음을 잡기 시작했을 때 비로소 실은 카네이션의 꽃묶음을 들고 찾아왔다. 층계로 된 포치를 올라서 도어를 열고 마루방에 들어왔을 때 코오트를 벗어서 의자에 걸치더니,

“꼭 아파아트의 방같아요. 이렇게 넓고 높은게—.”

벽에 걸린 액 속의 뎃상을 쳐다보고 책자의 책들을 훑어보면서 속히 의자에 걸어앉을 염은 안하고 책상 위 화병을 찾아서는 서슴지 않고 새풀과 단풍가지를 뽑아내더니 대신 파라핀지에 싸가지고 온 카네이션을 꽂았다.

"꽃가게에 새로 나왔게 사가지구 왔어요. 좋아하세요. 전 이 흰 것과 붉은 것과 분홍빛의 각각 그 뜻을 안답니다. 흰 것은—난 애정에 살구 있어요구. 붉은 것은—난 당신의 사랑을 믿어요. 분홍은—난 당신을 열렬히 사랑해요."

준보가 부엌에 나가 포트에 커피를 달여 들고 들어오려니 실은 피아노 앞에 앉아 악보 없이 쇼팽의 야곡인지를 울리고 있는 중이었다. 오랫동안 적막하던 검은 기계체가 오래간만에 우렁찬 음향으로 방안을 화려하게 장식했다. 음악 속에서 비로소 책들도 그림도 꽃도 생기를 띠우고 기쁨에 젖어 있는 듯싶었다. 그러나 실은 음악에서도 곧 물러나서 의자를 갈아 앉으면서,

"황송해요. 손수 이렇게 끓여 가지구 오실 법이 있나요. 내일부터라두 와서 거들어 드리구 싶어요. 그럴 수만 있다면 얼마나 좋겠어요."

"불편은 하나 독신자의 특권을 좀 더 향락해 보는 것두 좋을 것 같아서요."

"애기들은 다 어쩌구 있어요. 주미와—수미와 언제인가 부인 잡지에 실린 가족사진으로 기억했었어요. 얼마나 쓸쓸들 하겠어요."

"저쪽 방에서 잘들 놀구 잘들 공부하구 하죠. 쓸쓸한 속에서 그 애들두 배우는 게 많을 것예요. 자라서 독립할 때 누구보다 두 굳센 사람되겠죠."

"아버지의 사랑두 크시겠지만 얼른 따뜻한 어머니의 애정 속에서 어항 속의 금붕어같이 흐뭇하게 젖어 살아야죠. 남의 일 같지만 않게 가엾어서 못 견디겠어요."

유리잔에 그득 담은 커피를 마시면서 실의 커다란 눈동자는 다시 희망에 빛나기 시작했다.

"다음번에 올 적엔 버터를 갖다 드릴께요. 미국 선교사들이 들어갈 때 팔고 가는걸 여남은 폰드 사둔 게 있어요. 두 폰드들이 커다란 통이 아직두 대여섯 개 언니의 집 냉장고 속에 있다나요. 갖다 드릴께 문덕문덕 많이 발러 잡수셔요. 얼른 저만큼 살이 붙게요."

"난 원래 살이 붙지 말라는 마련인 것 같은데."

"두구 보세요. 제가 꼭 살찌게 해 드릴께. 치밀한 일과표를 짜구 합리적인 생활 설계를 세우거든요. 음식과 운동과 오락과 공부와―과학적인 방법 아래에서 성공하지 않을 리가 없어요. 불과 일 년이 못가 이렇게 되게 해드릴께요."

두 손으로 커다란 테두리를 짜면서 과장된 형용을 하는 것이 준보에게는 더없이 신시어하게 들려서 마음을 울렸다. 진심으로 건강을 걱정해 줌같이 알뜰한 사람의 표현이 없다.

실의 정성을 준보는 말끝마다 잡으면서 거기에 정비례해서 깊어가는 스스로의 애정을 느끼는 것이었다. 준보가 피아노 앞에 앉아서 바이야 교칙본을 펴놓고 간단한 곡조를 울릴 때 실이 뒤로 돌아와서 등 너머로 고음부를 짚으니 곡조는 듀엣을 이루어서 곱절의 우렁찬 화음으로 울렸다. 간단한 곡조의 듀엣은 아름다운 것이다. 간단하므로 서툴므로 아름다운지도 모른다. 준보의 목덜미에 실은 따뜻한 숨을 부으면서 준보가 밟는 페달에 맞추어 행복감을 호흡하였다.

"절 왜 좋아하세요. 어디가 좋아서 사랑하세요."

사랑하는 사람끼리는 으레 어리석은 질문을 되풀이하는 법인가 보다.

"음악을 하니까! 문학을 공부하므로? 왜 좋으세요. 말씀해 보세요."

"거저 좋은 것이지 사랑에 이유와 조건이 무에 있겠수. 실례의 말이지만 누가 그리 알량한 음악가구 끔찍한 문학가라구 여기는데요. 그런 모든 것을 떠나서 단지 인간으로서 사랑할 수 있는 것이죠."

"물론 저두 그 말이 듣구 싶었어요. 문학을 좋아하지 않는다구 절 좋아하지 않으셨다면—생각만 해두 무서운 일예요."

"나를 사랑하는 덴 그럼 조건이 있었수. 글줄이나 쓴다구? 학교에서 어학마디나 가르친다구?"

"제게두 마찬가지로 소설가가 아니래두 좋았구 교수가 아니래두 상관없구—아니 들에서 밭가는 지애비였던들 제 맘이 움직이지 않았겠어요. 그야 서로 교수구 소설가구 음악가구 문학소녀의 한 것이 보다 좋기는 하지만 그렇지 않단들 왜 사랑이 없었겠어요. 조건두 이유두 없구 거저 맹목적인 것—그런 것만이 참사랑이라구 생각해요. 조금 낡은 투지만요. 조건은 사랑이 있은 후에 천천히 오는 문제가 아닐까요."

"또 한 가지 알아 두어야 할 것은—난 가난하다는 것. 지금 두 가난하지만 앞으로두 커다란 유산이 굴러들 가망이 지금 같아선 엷다는 것. 따라서 세속적인 뜻으로 당신을 행복하게 하기는 어려우리라는 것."

"제가 사치와 호사를 원한다면 벌써 제 한 몸 처치했지 왜 이때 이날까지 기다리구 있었겠어요. 제 나이가 벌써 사분지일 세기를 잡아먹었는데요. 이래 뵈어두 제게두 이상두 있고 안목두 보통사람과는 다르답니다. 조건 조건하시니 선생께 요구하는 조건이 한 가지 있다면 그

건—언제까지든지 절 사랑해 줍소서 하는 것. 결코 한눈을 파시지 말구 평생 저만을 생각해 주셔야 할 것예요.”

“그야 물론이지, 그까짓 게 다 조건인가.—한눈을 팔다니 누가 그렇게 장난꾼이랍디까.”

“말 마세요. 거리의 소문으로 죄다 알구 있어요. 대단한 염복가 시라구요. 그러나 전 그걸 그리 슬퍼하진 않아요. 이왕이면 여자에게두 인기가 있는 것이 좋죠. 촌촌거리구 평생에 연애 한 번두 못 차려지는 그런 사내라는 건 생각만 해두 진저리가 나요.—실례지만 한 가지 물을께 노여워 마시구 대답해 주세요—.”

악보의 페이지를 넘기니 다음 곡조는 알레그로다. 그 빠른 멜로디를 내기에 분주해서 두 사람의 마음은 반은 음악 속에 뺏기어 들어갔다.

“—로테와의 관계는 어떻게 하겠어요. 그 유명한 병오생의 로테 말예요. 말끔히 청산되셨나요.”

이미 거리에 소문가지 흘리게 된 사건이라면 준보도 반드시 뜨끔해할 것은 없었다. 사실 그 일건을 생각할 때나 말할 때 준보는 벌써 충분히 침착한 태도를 지닐 수 있었던 것이다.

“로테라면 내가 베르테르인 셈이게요. 그러나 실상은 그와 반대리다. 차라리 내가 베르테르의 불행을 가질 수 있었다면 더 행복스러웠으리라구 생각해요. 너무두 어려운 경우였어요. 그렇다구 골듀스의 마디를 끊을 알렉산더의 장검두 가지지 못했었구 그러는 동안에 차차 그의 성격의 결함을 발견하게 된 것은 차라리 다행이었죠. 사람이 너무 거세구 사교라면 조석두 잊어버리구 정신없이 허둥거린단 말예요. 슬퍼서

울었다던 날 금시 버얼겋게 화장을 하구 옷을 갈아입구 사내들과 마주 앉아 노닥거리는 걸 예의라구 생각하는 버릇—그 한 가지경우로 나는 그를 철저히 멸시할 수 있었어요. 조선의 가난한 집에 태어났으면서두 마치 구라파의 복판에나 살구 있는 듯이 착각하구 그걸 교양이요 예의라구 생각하는 그 그릇된 태도 그것이 내 맘을 차차 식혀 주었어요. 대단히 행복스런 결말이라구 할 수 있죠. 짜장 베르테르의 설움을 가졌더라면 어떡할 뻔 했게요.”

“제발 전 그렇지 않았으면요. 병오생이 아니니까 염려는 없어두요. —그러나 성격두 사랑으로 정복할 수 있는 것이 아닐까요.”

“정복했다구 생각하는 건 착오일 때가 많아요. 선천적인 근성이라는 건 아무것에두 굴하는 법 없이 언제나 한 번은 정직한 자태를 나타내는 것이니까요.”

“그러길 잘 했죠. 안 그랬더라면 제 존재가 말살을 당했게요.”

질투의 감정을 아직은 차곡차곡 포개서 가슴속에 간직해 두었는지 어쨌는지 비교적 담박한 실의 태도였다.

“또 하나 묻겠어요.—동경에 있는 여류화가 그에게선 요새두 편지가 오나요. 이것두 거리에서 소문으로 들었읍니다만.”

흡사 하나씩 하나씩 대답을 밝혀가는 학동의 방법과도 다르다. 준보에게는 교사로서의 엄정한 태도를 요구하는 셈이었다.

간 아내의 후배인 그 화가는 준보가 불행을 당하자 우연히 편지를 띄우기 시작한 것이 드디어 대단한 정성과 애정을 먹과 종이에 부탁해서 보내오게 된 것이었다. 같은 여학교의 선배인 아내에게 대한 흠모와 존경이 그대로 준보에게로 고삐를 돌린 셈이었다. 준보는 편지와 사진만을 받았을 뿐 아직 접해 보지 못한 그 새로운 인격을 머릿속에 그려보면서 일종 야릇하고 안타까운 심사였다. 편지에 나타난 인품과 교양과 열정으로만은 전 인격의 인상을 옳게 잡기 어려웠던 까닭이다. 한 줄기 어렴풋한 꿈과 희망을 주고받으면서 이상스런 사귐이 근 반년 동안 계속해 왔건만 직접 감각의 문을 통하지 못한 그 가상적인 사랑 은 두 사람 사이에 바다와 강산의 먼 거리를 두고는 종시 활활 타오르 지 못한 채 조금의 발전도 없이 침체되고 있었던 것이다. 한여름 동안 공을 들여 제작한 작품을 가을 제전에 출품했다가 낙선은 됐으나 그다 지 낙담은 하고 있지 않는다는 소식을 전해온 것을 일기로 하고 웬일 인지편지가 금시 딸꾹질을 시작한 것처럼 끊어지기 시작했다. 준보가 실과의 교섭을 가지게 된 것이 바로 이 무렵을 전후해서였다.

"우리들의 소문을 들었는지 어쨌는지 요새는 도무지 소식이 없어요. 하긴 하나씩 하나씩 제물에 해결되어 가는 것이 편한 노릇이긴 하지만."

"어떤 분예요. 사진과 편지 언제 한번 보여 주세요. 고우시겠지. 저 보담 젊구 지저분한 과거두 없을테구."

"언젠가의 편지엔 고향과 가정과 현재의 형편 이야기를 하군 반생 동안 적어온 일기가 참회의 연속이라구 했었으니 원 무슨 뜻이었던지. 남의 지내온 날을 자기가 아니고야 누가 똑바로 알겠수. 사람의 가슴 속같이 복잡하구 신비로운 것이 없는데."

"제가 만약 나타나지 않았더라면 그이와 맺게 됐겠죠. 똑바로 말씀 하세요.—그러구 보면 모든 게 거저 인연만 같아요."

"결말이 어떻게 됐을지를 누가 알겠수. 사람은 앞일을 아무것두 헤아릴 수는 없는데 사랑에 먼 거리같이 금물은 없다구 생각해요. 모르는 동안에 금시 눈앞에 무엇이 일어나 있는지 알 길이 있어야죠. 가을에 이곳까지 스케치 여행을 나오겠다구 벼르던 그에게 행여나 불길한 변이나 일어나지 않았으면 하구 원해요."

"그림과 음악과—어느 편을 더 좋아하세요. 음악을 좋아하시는 건 알아두 그림두 좋아하시죠. 그렇죠."

"뭐요. 그건 게정이란 말요. 실이 두 게정을 부릴 줄 아나. 실이—실리이—바보. 바보두 그런 쓸데없는 감정의 노예가 되나."

실은 문득 피아노를 멈추더니 그 자세대로 준보의 등에 왈칵 전신을 의지해 버리고 말았다. 준보는 앞으로 쓰러지려는 몸을 바로 세우고 어깨너머로 넘어온 실의 두 손을 잡았다.

"다 잊어버려 주세요. 저 이외의 것은 죄다 이 머릿속에서 지워 주세요. 저의 꼭 하나 바라는 조건이 그것에요. 자 약속하세요.—앞으론 평생 한눈을 팔지 않겠다구. 저만을 생각하겠다구."

3

사랑은 왜 두 사람만의 뜻과 주장으로서 족한 것이 못될까. 두 사람 사이에 세상이라는 쓸데없고 귀찮은 협잡물이 끼어 들어음을 알았을 때 준보는 움칫해지며 불쾌한 느낌이 전신을 스쳐 흘렀다.

실과 약속을 한지 불과 며칠을 넘지 않아 준보는 친구 윤벽도의 방문을 받은 순간 직각적으로 신경을 건드리는 것이 있었다.

"자네 요새 무엇을 하구 있었나. 거리는 자네들 소무능로 원통 발끈 뒤집혔으니."

기쁜 때나 슬픈 때나 신변에서 가장 가까이 돌면서 허물없는 사귐을 맺어 오는 그 친우의 말이라면 대개는 귀에 기울여 오는 사이였건만 이번 경우만은 웬일인지 그 첫마디가 벌써 준보의 마음에 섬찟하게 울려오는 것이었다.

"뭣 말인가. 우리들의 사랑 말인가."

"사랑은 다 뭐야 신중하게 사람을 가려 가면서 사랑을 하든지 어째든지 하지 사람이 왜 그리 자기 몸을 애낄 줄을 모르나. 옥씨의 집안이 어떻구 과거가 어떤 줄이나 알구서 그러나."

"알구 말구. 아니까 더욱 사랑하게 됐네. 자넨 집안과 과거만을 알았지 본인의 인격과 교양과 기품은 모르는 모양이지. 나는 과거를 사랑하는 것이 아니라 현재의 인격을 사랑하는 것이네. 풍부한 교양에 접하면 자네쯤은 땅을 치구 부끄러워해야 하리."

준보는 웬일인지 버럭 항거하고 싶은 생각이 솟아 어세를 높여 보았다.

"말하는 꼴이 벌써 사이가 깊어진 모양 같네만 자네 생각만 옳다구 하지 말구 세상의 의견에두 한번은 귀를 기울여 봐야 하잖겠나. 결혼까지 간단 말을 듣고 나구 놀랐네만 거리에서 만나는 동무마다 한 사랑이나 찬성하는 이가 있을 줄 아나. 다들 입들을 벌리구 입맛을 다시 뿐이지. 자네는 예술가니까 독창정신을 실생활에두 살려서 상식을 무

시하구 남 안하는 괴이한 짓두 해보고 때로는 괜히 속세에 반항두 하
구 싶은 충동을 느끼는 줄을 짐작하네만 평생의 중대한 일을 그렇게
경솔히 작정해서야 쓰겠나.”

“소태를 먹어두 제 멋인데 왜 남의 일을 가지구 걱정들을 하라나.
도대체 난 세상의 말이라는 걸 일종의 저널리즘이라구밖엔 생각하지
않네. 자넨 진정으로 나를 위해서 걱정하는 줄을 아네만은 자네가 거
리에서 만나는 열 사람이면 열 사람이 다 결국은 경박한 가십장이밖에
는 못 된단 말야. 부질없이 남의 말 하기 좋아하구 농하기 좋아하구
헐기 좋아하는 저널리스트 이상의 무엇인 줄 아나. 실없는 그것들의
말을 일일이 들어선 할 수 있나. 파리떼같이 와글와글 끓게 내버려 두
는 수밖엔. 아무 말이 귀에 들려와두 뜨끔하지 않네.”

“자네들이 그만큼 유명하다는 걸 알아야 되네. 자네나 옥씨나 구석
쟁이에 숨어 있는 사람이라면 세상에서 문제나 삼겠나. 화젯거리가 될
만하니까 화제를 삼는 것이 아닌가. 따라서 자네의 책임두 성립되는
것이네. 사회에 이름이 있다는 건 벌써 개인의 자유행동에 그만큼 구
속을 받구 책임을 져야 한다는 것야. 개인만의 개인이 아니구 사회를
위한 개인이야. 사실 자네를 애끼는 건 나 혼자만이 아니네. 어떤 동무
는 심지어 흉계를 써서 자네들의 연애를 방해하자구까지 하데만 야속
하다구 여기지 말구 그런 우정을 고맙게 받아 보게.”

벽도는 준보에게 입을 열 기회와 여유를 주지 않고 혼자만 앞을 이
어갔다.

“자네네 학교 학생들에게 자네 인기를 떠보지 않았겠나. 어학만의

강의를 받기가 아까와서 자네에게 수신의 교수까지를 청하겠다구 교장이 교섭 중이라네. 그렇듯 자네를 존경하는 제자들의 기대두 저버려서야 되겠나. 여러 가지로 자네 책임은 크단 말이야."

"자네두 문학을 한다는 사람이 생각이 왜 그리두 범용하구 옹색한가. 사랑엔 인물 차별과 지경이 없다는 걸 실물로 교육할 수 있다면 얼마나 더 인간적인 교육이 될 수 있다는 건 생각해 보지 못하나. 한 사람의 인물에 대한 소문과 진실이 얼마나 다르다는 것, 사람은 누구나 일반이라는 것, 사랑은 자유롭다는 것, 행복은 주위 사람들의 시비에도 불구하구 당사자들의 의지로 창조할 수 있다는 것—이 많은 교훈을 난 말없이 다만 한 번의 행동으로서 많은 사람에게 가르칠 수 있는 것이네. 학생들은 흔연히 이 교육을 받을 것이요, 그 인간적인 영향과 효과두 백 권의 수신서를 읽는 것보다 나으리. 자네들의 상식 이상으로 이것은 참으로 건전한 생각이라는 걸 알아 두게. 그리구 자네 내일부터 문학 그만 두게나. 문학은 인간되자구 하는 것이지 심심파적으로 숭상하는 건 아니니까."

"자네의 귀에 아무리 경을 읽어야 소용있겠나. 벌써 굴레를 씌울 수 없는 뛰어난 말이니.—그럼 어서 행복될 도리나 설계하게나. 행여나 장래라두 내게 와 왜 그때 더 말려주지 않았던구 하구 뉘우치지나 말구."

준보의 굳은 결의에는 벽도도 하는 수 없이 한 수 꿀려 활을 거두는 것이었다. 충고는커녕 되레 톡톡히 설교를 받은 셈이 되어 얼떨떨한 심사를 금할 수 없는 모양이었다.

"다시 이 일엔 더 참견 말구 거리에서 쓸데없이 번설을 하구 노닥거리는 녀석이 있거든 그 비굴한 얼굴을 바라보면서 자네두 행여나 그런 유가 아닐꾸 하구 반성하구 슬퍼해 보게나."

그러나 벽도가 그 자리에서 그렇게 만만히 꿀렸다고 생각한 것은 준보의 오산이었다. 한 수 두 수 동무를 생각하는 그의 애정은 깊어서 충고의 손은 실에게까지 뻗쳤던 것이었다. 다음날 밤 준보가 가게 이 층에서 실을 만났을 때 웃음을 잊은 얼굴에 커다란 눈이 깜박거리지도 않고 동그랗게 노염을 품고 있었다.

"아이 분해."

혀를 차면서 윗입술이 갸웃이 삐뚤어지는 것이었다.

"어제 벽도씨가 제게 와서 무어란 줄 아세요."

"벽도가? 흠 적극적 활동을 시작한 모양이군."

"이 땅의 예술가 준보 죽이지 말라구요. 준보는 한 사람의 차지가 아니구 사회에 소속한 사람이라구요. 어이구 무서운 소리. 누가 선생 을 후려 차가지구 먼 세상으로 내뺀단 말인가요. 제게로 오신다고 글 한줄 못쓰게 되구 세상에서 매장을 당한단 말인가요. 모든 책임을 제 게만 씌운단 말예요. 대체 그이가 무엇이게 우리들 일에 그렇게 발벗 구 나서는 것일까요."

"근본은 착하구 정직한 사람인데 진정으로 생각해 준다는 것이 말 이 원체 투박스러워서 그런 인상을 주게 되나부우. 그래 뭐라구 대답 했수."

"다짜고짜로 그 말인데 대답을 어떻게 해요. 거저 멍하니 입만 벌리 구 있었죠. 선생의 건강이 염려되는데 각별히 내조의 공을 이루울 자신이 있느냐는 둥 제가 편지를 전문학교 교수보다두 잘 쓴다구 선생이 칭찬하셨다는데 그 정도의 교양에 안심해서는 안 된다는 둥 별별 말이 많았어요. 거저 저 하나 죽일 사람됐죠. 거리에서 건둥거리는 보통여자로 밖엔 알아주지 않는 것이 분해 못 견디겠어요.”

“편지 잘 쓰는 건 잘 쓰는 거지 실력에두 에누리가 있을까. 이름만 전문학교 선생이랍시구 사실 편지 한 장 옳게 못쓰는 위인이 얼마나 많게. 웬일인지 난 그런 떳떳치 못한 조그만 사회적 사실에 대해서두 노여워지면서 항의하구 싶은 생각이 솟군 해요. 편지의 실력뿐이 아니라 당신이 일상 쓰는 말에 대해서두 그 아름다운 용어와 발음을 효과 있게 살리려구 비상한 주의와 노력을 하는 것을 난 무엇보다두 높게 평가하려구 해요. 내가 간혹 이상스런 형용사를 쓸 때 그것을 곧 되물어 가지구 기억하려구 하는 기특한 생각—세상 사람이 소홀히 여기구 주의할 줄 모르는 그런 조그만 각오에서부터 나날이 아름다운 생활은 창조되어 나간다구 생각해요. 벽도가 무어라구 하든지 간에 충분한 자신을 가져두 좋아요.”

“일들두 없지, 왜들 남의 일에 간섭인지 모르겠어요. 거 보세요. 세상이 시끄러우리라구 걱정했더니 아니나 다를까요.”

준보의 위로로 실은 자신과 용기를 회복해 우울한 속에서 다시 웃음을 머금고 어느 날보다도 도리어 즐거운 밤이었으나 외부의 간섭은 그것으로 끝난 것은 아니었다. 거리의 소문은 해와 악의 테두리를 겹겹으로 더 해서 두 사람을 둘러싸고 시끄러운 포위진을 각각으로 조여 들었다. 몇 날이 건너지 못해 실은 한층 흥분된 표정으로 준보의 방문을 두드렸다. 커다란 눈이 깜박거리지 않고 조그만 입이 침묵하면서 잠시는 가제 온 신부같이 의자에 잠자코만 있었다.

"……오늘 길에서 옛날 동무 명주를 만났더니 또 그 소리를 하겠나요. 남편에게서 들었다는데 자기들 총중에선 죄다들 알구 화젯거리가 됐대요. 그 남편은 벽도씨에게서 들었다나요. 왜 그리 번설들일까요."

"놀랄 것두 없잖우. 세상이 한꺼번에 발끈 귀집힌대두 이제야 겁날 것이 없는데."

"말이 우습잖아요.—제가 일반에게 그런 인상을 줘 뵈는 지 너무 사치하니까 가정생활에 부적당하리라고요. 오래오래 원만하기를 기대하기가 어려우리라구요. 자기들보다두 몇 곱절 더 생각하구 각오를 가진 줄은 모르구 웬 아랑곳인지들 모르겠어요. 자기들보다 못한 사람인줄만 아나부죠."

"이 기회에 애무하게 남을 발가벗겨 놓구 멋대로들 난도질을 하는 모양이지."

"외딴 섬에나 가 살구 싶어요. 이렇게 시끄러울 줄 몰랐어요."

"불유쾌한 세상이구 귀찮은 인심이야.—우리 시나 한 줄 읽을까."

준보는 뒤숭숭한 잡념을 떨쳐 버리려는 듯 애락하게 자리를 일어서서 실의 손을 이끌고 책장 앞으로 갔다.

"맘이 성가실 때는 시를 읽는 게 첫째라우. 나 벌써 여러 해째 그 습관을 지켜오는데 세상에 시인같이 정직하구 착한 종족이 있을까. 그 외엔 모두 악한이요 도둑인 것만 같아요. 시인의 목소리만이 성경과 같이 사람을 바로 인도하구 위로해 주거든요.—무얼 읽을까, 하이네?

셀리? 예이츠?"

책꽂이를 한층 한층 손가락으로 더듬더니 두둑한 책 한권을 뽑아냈다.

"월먼은 어때요. 오래간만에 월먼을 읽어볼까요. 예이츠들과는 다른 의미로 좋은 시인이죠. 그는 한 계급의 시인이 아니라 전 인류의 시인이에요. 아무와도 친하게 이야기하구 똑같이 사랑하는 가장 허물없는 스승이에요. 월트 월먼—인류가 아마두 예수 다음에 영원히 기억해야 할 꼭 하나의 이름이 이것에요. 나는 그를 읽을 때 용기가 솟구 희망이 회복되군 해요."

"고요한 목소리로 한 구절 읽으세요. 눈을 감구 들어 볼께요."

준보가 앉은 의자 발 밑에 실은 그대로 주저앉으면서 준보의 무릎에 손바닥을 놓고 그 위에 사붓이 얼굴을 얹었다. 준보가 야트막한 목소리로 천천히 임의의 구절구절을 낭독하기 시작할 때 실은 짜장 눈을 감고 시의 세상 속으로 이끌려 들어가는 것이었다.

……

태양이 그대를 버리지 않는 한 나는 그대를 버리지 않겠노라.
파도가 그대를 위해서 춤추기를 거절하고 나뭇잎이 그대를 위해서
속살거리기를 거절하지 않는 동안,
내 노래도 그대를 위해서 춤추고 속살거리기를 거절하지 않겠노라.

나는 그대에게 한 가지 약속을 하노라—그대가 나를 만났기에 적당
한 준비를 하기를 나는 요구하노라.
내가 올 때까지 성한 사람 되어 있기를 요구하노라.

　　그때까지 그대가 나를 잊지 않도록 나는 뜻 깊은 눈초리를 그대에게
　인사하노라.

　"좋아요. 참 좋아요. 저를 위해서 쓴 것만 같아요. 어머니보다두 인
자해요.―태양이 그대를 버리지 않는 한 나는 그대를 버리지 않겠노
라. 저두 월먼을 좀더 일찍 알았더면 더 행복스러웠을 것을요."
　실은 얼굴을 벙긋이 들고 준보를 쳐다보면서 입안에 그뜩 젖을 머
금은 어린 아이와도 같이 행복스런 얼굴이었다. 준보는 실의 머리 위
에 한 손을 얹고 페이지를 들척거렸다.
　"월먼을 가지게 된 것은 인류의 행복이예요. 까십만을 일삼는 거리
의 소소리패들에게 월먼을 읽혀 드렸으면 얼마나 좋을까요."

　　여인, 앉은 여인, 걷는 여인―혹은 늙고 혹은 젊고
　　젊은이는 아름다우나―늙은이는 젊은이보다 더 아름다워라.

　"그의 눈에는 모든 것이 다 아름답구 고르구 평등하고 사랑스럽지
하나나 추하구 밉구 차별진 것이 있나요. 예수같이 인자하구 바다같이
관대해요. 또 한 수 여자를 노래한 것―"

　　나는 여성의 시인이며 동시에 남성의 시인이니라.
　　나는 말하노라. 여자됨은 남자됨과 같이 위대한 것이라고.
　　또 말하노라. 남자의 어머니됨같이 위대한 것은 없노라고.

"더 읽으셔요. 자꾸자꾸 읽으셔요. 종일 들어두 싫지 않겠어요. 밥같이 암만 먹어두 싫지 않겠어요. 속세의 번거로움을 떨쳐버리구 월면 한권만을 가지구 단둘이 어딘지 모를 먼 고장에 가서 살 수 있다면 오죽이나 좋을까요."

하면서 한숨짓는 실의 목소리는 그대로가 한 구절의 시를 읽는 것과도 흡사했다.

영웅이 이름을 날린대도 장군이 승전을 한대도 나는 그들을 부러워 하지 않았노라.

대통령이 의자에 앉은 것도 부호가 큰 저택에 있는 것도 내게는 부럽지 않았노라.

그러나 사랑하는 사람들의 우정을 들을 때 평생 동안 곤란과 비방 속에서도 오래오래 변함없이,

젊을 때에나 늙을 때에나 절조를 지키고 애정에 넘치는 충실했다는 것을 들을 때 그때 나는 머리를 숙이고 생각하노라.

부러워서 못 견디면서 황급히 그 자리를 떠나노라.

낭독이 끝난 후까지도 실은 얼굴을 들려고 하지 않고 같은 자세로 무릎 위에 엎드리고 있는 것을 준보는 감동에 젖어있는 것이거니만 생각한 것이 문득 머리를 드는 서슬에 눈에 어리운 눈물자국을 보고 가슴이 짜릿해졌다.

"왜 운단 말요."

책을 놓고 두 손으로 무릎 사이에 얼굴을 받들어 끄으니, 실은 아이

와도 같은 무심한 눈동자로 멍하니 준보를 쳐다본다.

"너무두 행복스러워서요. 월먼의 시두 좋거니와 이렇게 선생님과 마주앉아 시를 읽게 된 것이 얼마나 행복스러운지 아마두 한평생의 추억거리가 될 거예요. 세상에 가지가지 행복두 많겠지만 여기에 지나는 행복이 또 있을 것 같지는 않아요. 자구 울구만 싶어요."

하면서 다시 글썽글썽 눈물이 새로워지는 것을 보고는 준보는 거의 충동적으로 그의 얼굴을 가까이 잡아끌었다.

"이 행복감을 고이고이 길러서 언제까지든지 끌고 나갑시다. 세상의 장해가 아무리 크다구 하더래두 용감스럽게 그것을 뛰어 넘어갑시다. 그것이 꼭 하나 우리의 작정된 길이니까요."

손등으로 눈물을 훔치는 사랑하는 사람의 자태란 얼마나 아름다운 것이었던가.

4

민주빈의 등장은 윤벽도의 그것과는 스스로 성질이 달라서 준보들의 마음속에 한줄기의 빛을 던졌다고 하면 던졌을까.

신문의 지방판의 기사를 맡아 쓰고 있는 주빈은 그 직책의 성질과 준보들의 일건을 누구보다도 먼저 알고 있을 처지에 있으면서도 까딱 그 눈치를 보이지 않는 것은 은근한 그의 성격의 탓이라고 할까.

"하긴 나두 사실 첨엔 놀랐어요. 형이 그렇게 대담한 줄은 몰랐거든요. 그야 문학을 일삼으시니까 생각이 남보다는 다르시겠지만 결혼을 한대두 거저 무난하구 순결한 경우를 택하신 줄 알았지 이렇게 문제의 파도 속에 즐겨서 뛰어드실 줄은 몰랐어요."

주빈은 준보의 눈치를 보면서 신중하게 입을 열었다.

"순결이란 대체 무어요. 마음을 떠나서 순결만의 순결을 찾음은 뜻 없는 일이라구 생각해요. 참으로 훌륭한 마음 앞에는 몸의 희생쯤 문제가 아닐 것예요.—벽도의 말을 들으면 모두들 반대라는데."

"전 반드시 그렇지두 않습니다만, 모든 문제 다 깔아버리구 아름다운 이와 결혼한다는 다만 그 조건만으로두 좋지 않아요. 사람에겐 기질의 타입이 있다구 생각하는데, 가령 벽도군과 나와는 전연 대차적인 입장에 있는 것 같구 가깝다면 아마 내가 형과는 제일 근사한 타입일 것예요. 연애니 결혼이니 하는 것두 결국은 그의 그 성격의 타입이 작정하는 것이 아닐까요. 옥씨만한 인물과 미모라면 다른 조건 다 희생해두 좋구 말구요. 그 점에서 난 찬성이구 형의 그 자유로운 심정과 태도에 여러가지로 반성되구 줏대 없는 마음에 매질해 보군 했어요. 막상 내가 그런 경우에 처했다면 혹시 주저했을는지두 모르니까요. 마음의 자유대로 행동할 수 있구 행동해서 조금두 꺼리지 않는다는 것이 여간 장하구 존경할 만한 일이 아니예요."

"형은 그렇게 말해두 대부분의 세상 사람들은 존경은커녕 얼마나 비웃는지 몰라요. 결국 난 세상을 아직두 퍽 야만스런 곳이라구 생각해요. 참으로 정직한 판단이 없이 편견과 말썽으로 부화뇌동하구 경솔하게 떠들썩하는 그런 버릇이 있어요. 세상이 그렇게 우매하다는 것과 내가 내 뜻을 존중히 하는 것과는 물론 별문제이지만."

준보는 주빈의 이해에 대해서 이렇게 대답하고 바로 며칠 전에 겪은 조그만 변을 문득 생각해 내면서 그것을 붙여 말하고 싶었다.

―준보는 벌써 거리낄 것 없이 실과 함께 거리를 걷고 교외로 산보 가는 것이었으나 그날 늦은 오후의 영화를 보고 관을 나오는 때였다. 빽빽이 쏟아지는 인총 사이에 피곤한 몸을 맡기고 제물에 행길로 밀려 나와 골목을 벗어났을 즈음 두 사람은 어느결엔지 뭇시선의 대상이 되어 있음을 몰랐다. 그 많은 총중에서 왜 하필 유독 그들만이 무대 위의 배우같이 사람들의 눈을 끌었을까를 생각하면 불쾌하기 짝없는 것이었으나 문득 귀익은 발음소리를 듣고 비로소 정신을 차린 두 사람이었다. 뒤편에서 웅얼웅얼 자기들의 이름을 외이는 것임을 알았다. 목소리는 점점 커지더니 드디어 또렷이 들릴 정도로 가까워졌다.

"아나. 저게 준보와 옥실이라네."

확실히 그렇게 들렸다. 그러나 그 자리로 경명하게 고개도 돌릴 수도 없어 모르는 체하고걸어가는 동안에 그들의 회화는 두 사람을 둘러쌀 지경으로 요란해졌다.

"인전 제법 대담들하지. 내로라구 보라는 듯이 끼구들 다니니."

"대담한지 철면핀지 모르겠네. 허구많은 경우 다 두고 왜들 하필 세상을 이렇게 떠들석하게 해놀꾸."

"남이야 아무러거나 말거나 왜들 떠들석들 하라나, 떠들석하는 편이 어리석지, 남이야 아무 멋을 부리건 말건."

두 사람을 옹호하는 듯하면서도 기실 악질의 야유인 것을 쉽사리 느낄 수 있었다.

“옥실이와 준보가 결혼을 할 테면 하랬지 뭐가 어떻게 됐단 말인가. 음악가와 소설가이기로서니 그렇게 법석들을 할 법이야 있나.”

두 사람의 이름을 커다랗게 외치면서 옆을 스치는 후리후리한 청년을 옆 눈으로 보았을 때 준보는 문득 피가 용솟음치면서 눈이 화끈 달았다. 청년도 흘끗 두 사람을 곁눈질하더니 즉시 자기들끼리만의 의미를 가진 복잡한 미소를 띠었다.

“다정다한한 남녀들이라 미상불 부럽기두 해. 세상을 한번 요란하게 하는 것두 자랑스런 일이 아닌가.”

조롱과 야유에 넘치는 그 말에 준보는 드디어 견딜 수 없어서,

“버릇없는 것들.”

하고 몸을 불끈 솟구었으나 실이 민첩하게 팔을 붙들어 끌면서,

“참으세요. 그들에게두 말의 자유가 있잖아요. 우리에게 행동의 자유가 있듯이.”

도리어 길옆으로 피해서는 동안에 소소리패는 여전히 고개를 흘끗들 거리면서 두 사람을 스쳐 지나고 말았다.

이상스러운 것은, 준보는 순간 눈앞이 화끈 다는 듯하더니 웬일인지 금시 노염이 풀리면서실의 손목을 꼭 쥐게 된 것이었다. 그의 유유한 마음씨에 감동하고 냉정한 이지에 경의를 표하고 싶었던 것이다. 실의 원만한 인격으로 말미암아 그 시각으로 외부의 수난쯤은 솔곳이 잊어 버리게 된 것을 준보는 더없이 행복스런 것으로 여겼다. 실과의 행복 앞에서는 버릇없는 후리후리한 청년도 세상의 야유도 조롱도 그림자가 흐려지면서 먼 곳으로 비슬비슬 멀어지는 것이었다──.

주빈은 가느다란 눈 가장자리에 주름을 잡으면서 그 조그만 에피소
우드를 듣고 나더니,

"그러나 세상이란 완고한 것 같다가두 실상은 의외로 무른 것예요.
결국 가장 세인 것은 개인의 의지라구 생각해요. 거저 내 뜻대로 나가
는 것— 그것이 제일 좋은 방법이요 훌륭한 태도죠. 청년들에게 야유
를 당한 후에 즉시 사랑의 행복을 느낀 것을 생각해 봐요. 그 행복 이
상으로 값나갈 무엇이 세상에 있겠나를."

"의론한 법두 없구 내 일 나 혼자 처리하려구 하는데 모두 괜히 한
몫씩 참여하려구들 드는구료. 끝까지 세상과 싸워 볼 작정이예요. 필
경 누가 못 배겨나나 보게."

"하긴 벽도군은 서울로 원병을 청하러 갔다나요. 혼자 힘으론 부치
니까 서울의 동무를 죄다 역설해서 일대 반대운동을 일으키겠다구. 샅
바끈을 단단히 졸라매서요. 괜히 까딱하다 넘어지지 말게요."

또 새로운 소식에 준보는 귀가 뜨이면서 주빈의 괴덕스런 목소리로
자연 웃음이 터져 나왔다.

"벽도두 열정가야. 동무를 진정으로 위한다면 그만한 밸은 있어야지.
—세상은 재미있는 걸. 점점 재미있어 가는걸. 사람들은 이 맛에 사는
것이 아닐까."

주빈이 전한 말이 헛소리가 아님은 그가 다녀간 지 이틀만에 준보
는 서울서 온 의외의 편지 한 장을 받게 된 것이었다. 준보가 기왕부
터 알고 있는 한 사람의 직업 여성으로부터 온 충고의 편지였으니 그
것이 벽도의 원병운동의 제일착의 첫소리였던 셈이다. 아마도 벽도가

술을 먹으러 가서 비분한 장광설을 한 결과, 사연을 듣게 된 그가 동 감찬성하고 드디어 편지를 띄운 것이라고 추측되었다. 서면은 대단한 달필로 여러 장을 들여서 준보의 생각이 미흡하고 행동이 그릇되었음 을 지적한 것이었다.―

현재의 쓸쓸한 심경을 살필 수는 있지만 평생의 중대사를 어떻게 그렇게 소홀히 작정하느냐―소중한 몸을 아낄 줄 모르구 왜 그리 천 하게 굴리느냐―당신 마음을 그토록 댕긴 그 여자의 매력을 미워해야 할는지 존경해야 할는지 모르겠다. 동무들이 대단히 걱정하는걸 민망 해서 볼 수 없다.―이 자리로래두 뛰어가서 만류하구 싶으나 먼 길에 그럴 수두 없으니 두 번 세 번 신중히 생각해서 처리해라……

대강 이런 뜻의 걱정을 적었는데 웬일인지 황겁지겁 설렌 듯한 그 의 자태가 눈앞에 보여 오는 것 같아서 준보는 픽 웃어버렸다.

"괜히들 설레누나. 공연히 필요 이상으로 안달들이구나. 세상이 금 시 뒤집힐거나 같이."

준보야말로 그 원래의 간섭을 미워해야 할는지 존경해야 할는지 모 르면서 반천리길이나 일부러 가서 겨우 그런 졸병을 통해서 첫 화살을 보내게 한 벽도의 수고가 또 한번 생각났다. 편지를 그대로 꾸깃꾸깃 해서 휴지통에 넣으려다가 준보는 문득 돌려 생각하고 다시 편지를 곱 게 펴들었다.

"이대로 두었다가 실에게 보이자. 그의 감회가 어떤지 누구의 태도 가 더 의젓한지 달어나 보나."

5

편지를 보고 실은 그다지 분개도 하지 않고 도리어 허물없는 웃음을 띠었다.

"글두 명문이구, 글씨두 잘 썼구.—그러나 웬 아랑곳일까 주제넘게. 그 여자의 매력이라니 다 무어야 망칙하게."

웃는 것은 마음으로부터 웃는 것은 아니었다. 역시 한 줄기 섭섭한 감정이 그의 눈썹 위에 흐르고 있음을 보고 준보는 그런 것을 보인 것이 뉘우쳐도 졌다.

"자꾸만 이렇게 반대들이 일어나면 필경은 곰곰히 반성하시구 제가 싫어지겠죠. 아무리 굳은 마음인들 왜 주위의 지배를 안 받겠어요."

"쓸데없는 소리 또 한다. 그러라구 편지를 뵈었던가. 그 자리로 찢어버리구 안 뵈일 수두있었는데."

"이대로 솔곳이 죽구만 싶어요. 행복스런 동안에 죽어버리는 것이 제일 아름다울 것 같아요. 앞으로 또 무엇이 올까를 생각하면 진저리가 나요."

"되려 고소해 하는 것들 많게. 그것들 보기 싫어서두 오래 살아야 하잖우. 소문두 한때지 언제까지나 남을 쫓아오겠수, 마음을 크게 담차게 먹어요."

준보도 사실 가끔 마음의 평온함을 잃곤 했으나 실의 앞에서는 또 의젓하게 그를 격려하고 위로하는 입장에 서지 않으면 안되었다. 월면의 시집을 찾아내서 다시 읽기도 하고 서투른 피아노의 합주를 하기도 하고 말없이 의자에 앉고 실은 그 무릎 아래에 앉아서 손을 마주잡고 어느 때까지나 그 소박한 행복감에 잠기기도 했다.

거리의 소문은 언제면 완전히 꺼져 버리려는지 주일이 거듭되고 달이 넘어도 조그만 도전과 걱정거리는 삐지 않았다. 준보가 학교에서 별안간 요란스럽게 울리는 수화기를 잡으면 면목은 있으나 그다지 귀익지 않은 여자의 목소리가 두 사람의 사건을 비웃는 듯 야유해 왔고 거리에서 간혹 동무들과 술좌석을 같이 하면 입술을 비죽들 거리면서 누구나 한 촉의 화살을 준보에게 던지려고 대기하고 있는 것이었다. 그들을 둘러싸고 있는 그런 험악하고 적의에 넘치고 있는 분위기 속에서 마음은 도리어 단련되고 굳어져 가는 것도 사실이었다. 누가 못 견디나 보자 하는 앙심이 생기면서 사면초가의 외로운 속에서 끝까지 항거해 보려는결의가 솟을 뿐이었다.

보라는 듯이 떳떳이 거리를 다니고 교외를 소요하는 심정 속에도 그런 대항의식이 숨어 있다고도 하지 않을 수 없었다. 고집스럽게 바라들 보고 빈정거리는 사람들의 시선들을 목석같이 무시해 버리고 두 사람은 두 사람만의 길을 꼿꼿이 걸었다. 두 사람 만의 세계를 그렇게 성벽같이 주위와 구별해서 지키면서 그것으로서 도리어 밖 세상까지 또 지배하려고 함은 행복스런 일이었다. 그 성벽 속에서는 단 두 사람만의 세계이므로 사랑과 이해는 한층 굳어져 가고 밖 세상을 지배하려 함에는 커다란 자랑과 교만이 상반하는 까닭이었다. 내 몸의 실력이 충실할 때 밖에 대해 교만함은 유쾌한 일이다. 그 내면에서 솟아 나오는 유쾌한 느낌을 지우고 보충하려는 것이었다.

산속 길을 걸으며 낙엽을 밟고 강을 굽어보고 짙어가는 가을을 관상할 때 실은 다시 장래의 생활 설계를 치밀하게 세웠다. 하루에 몇 시간씩 책 읽고 음악 연습하고 아이들을 지도하겠다는 것, 찻그릇은 어떤 것을 쓰고 요리는 어떻게 만들겠다는 것까지를 찬찬히 계획했다. 그렇게 희망에 넘치는 실의 얼굴은 또 어느 때보다도 빛나고 아름다운 것이었다.

"세상이 정 시끄럽구 말썽이거든 우리 촌에 나가 염소나 기르구 닭이나 쳐요, 네."

실의 이런 제의도 또한 기특하고 아름다운 것이다. 여자의 포부와 각오가 항상 더 원대하고 굳은 것일까.

"좋구 말구. 속세에 그렇게 연연해 할 것두 없는데 남은 반생을 차라리 전원의 목가 속에서 살 수 있다면 그 역 좋구 말구요."

"소와 돼지까지를 기를 수 있다면 더욱 좋겠어요. 일 년 먹을 햄을 맨들어 두구 소는 젖을 짜구요. 소가 잘되면 버터 제조업을 시작해두 좋죠. 집에서 손수 버터를 만들어 먹을 수 있는 처지—전 이걸 인간생활의 최대의 이상이라구 생각하구 있어요."

"어디 이상을 실현해 봅시다 그려. 과히 어렵지 않다면야."

가랑잎이 발아래에 요란스럽게 울리는 수풀 사이에서 헌칠한 나뭇가지 너머로 푸른 강물을 내려다보고 그 너머 마을의 인가들을 세이면서 전원의 명상에 잠김은 그것이 실현되든 안되든 단지 그것만으로도 행복스러웠다.

초가을부터 시작된 두 사람의 사이는 두어 달을 지나는 동안에 모

든 장해를 넘어 더욱 깊어가서 흡사 시절의 걸음과 발을 맞추려는 듯
도 했다. 시절이 깊어가면 갈수록 영혼들도 맑아가고 그 열정을 가다
듬어갔다. 날이 으슬으슬해 가고 공기가 차감을 따라 산속을 거니는날
이 적어지고 방 속에서 꿈과 설계에 빠지는 날이 늘어갔다. 첫서리가
허옇게 내려 땅을 덮은 날 실은 조금 조급하게 설렜다.

"정신없이 늑장을 대구 있느라고 이 옷 주제 좀 보세요. 거리에선
벌써들 겨울옷들을 입기 시작했는데 아직두 이게 첫가을의 차림 아녜
요. 옷벌이란 옷벌은 전부 동경에 두었거든요. 얼른 가서 첫째, 옷을
가져와야겠어요."

"그렇소. 지금 남은 일은 꼭 한가지밖엔 없소.— 얼른 동경 들어가서
짐을 가지구 나올 것."

"참으로 무서운 변화예요. 다시 들어가 공부를 계속할 줄 알았지, 누
가 짐을 꾸리게 될 줄알았던가요. 여름 휴가로 나왔다가 꼭 두 달 동
안에 이 기적이 오구 말았어요."

"되려 섭섭한 것두 같죠. 커다란 변화란 아무리 그것이 행복된 것이
래두 한 줄기 섭섭한 느낌을 주는 법인데."

"짐이 좀 많아요. 피아노, 축음기, 의장, 침대, 옷, 레코드, 책. 옳게
꾸려서 부치려면 아마두 두 주일은 걸릴 거예요. 두주일 동안 안녕하
시구 그리구— 한눈 파시지 마세요."

언제나 그것이 걱정인 모양이었다. 준보는 번번이 그것을 대답하기
가 실없어서 눈에 웃음을 머금고 실의 귓불을 짐긋이 끌어당겼다.

"이 걱정쟁이 같으니 누굴 칠면조나 카멜레온으로 아나부다."

"저 없는 동안에 모두들 충충대서 마음을 변하게 하문 어떻게 해요. 정말 걱정예요.—전 그렇게 되면 죽을 걸요 뭘."

"어서 내 염려말구 당신 마음의 고삐나 든든히 잡아 둬요. 행여나 대중없이 노여나지나 말게."

"인전 그만 둬요 그런 소리. 듣기만 해두 소름이 끼쳐요."

지난 두 달 동안의 변화와 수많은 굴곡을—행복과 불행의 가지가지를 반성하면서 벌써 그것이 과거가 되고 추억이 된 것이 신기해서 견딜 수 없었다. 뭇 인물들의 왕래와 미묘한 인심까지를 아울러 생각할 때 두 사람이 꾸며 놓은 그 조그만 한 폭의 역사가 또한 인간생활의 장한 한 페이지로 여겨졌다. 그 한 폭을 주초로 하고 앞날의 발전이 훤하게 내다보이는 것이 두 사람의 마음을 한량없이 밝게 해 주었다. 스스로의 운명을 스스로들 개척해 가는 용기 앞에는 하나의 확고한 결정이 있을 뿐이었다. 미래에 속하되 미래가 아닌 결정이었다.

삼한이 풀리고 사온이 시작되는 날 드디어 실은 동경으로 길을 떠나게 되었다.

날마다 학교로 오는 전화가 그날은 특별히 아침 일찍이 왔다.

"오늘 떠나게 될는지두 모르겠어요. 안녕히 계셔요."

실은 역에서 보냄을 받기를 좋아하지 않는 성질에 떠나는 날짜의 결정을 언제나 확적히 작정하지 않고 흐려오던 것이었다. 세상에 작별 같이 마음 성가신 일이 없어서 역에서 마주보고 눈들을 붉히면 도저히 떠날 용기가 생기지 않는다는 것이었다. 언제나 떠나게 되면 말없이 가만히 떠나겠다고 하던 것을 생각하고 그날 아침 전화로 준보는 혹시 이날이 아닌가 설레면서 물었다.

"몇 시에 떠난단 말요. 몇 시에."

"모르겠어요. 떠날지 안 떠날지 모르겠어요. 아이들 데리구 얼마나 고생하시겠어요. 제발 몸 주의하세요. 병원에 자주 다니시구 많이 잡수시구요. 제발제발 건강하세요."

열 번 백번 듣는 이 몸에 대한 주의가 번번이 마음을 울리는 것이었다. 조급하게 차시간을 거듭 묻고 되물었으나 종시 대답이 없는 전화는 끊어졌다.

떠나도 필연코 밤이려니 생각하고 준보는 학교를 일찍이 나와 그를 보낼 약간의 준비를 갖추어 가지고 저녁 무렵은 되어 가게로 전화를 거니 그의 언니의 대답이 이미 세 시 차로 떠났다는 것이었다. 준보는 한참이나 우두커니 서서 실망이 컸으나 생각하면 실의 말마따나 그 편이 되려 성가시지 않고 개운하거니 하고 마음을 눅여도 보았다.

밤에 가게로 내려가니 언니는 금시 장난을 하고 난 아이같이 빙그레 웃으면서 말했다.

"기어코 가만히 떠나고 말았어요. 그애 성질이 원래 그래요. 여럿이 나가면 결국 울구불구해서 못 떠나구 만답니다. 잠시 적적은 하시겠으나 그 동안 건강하실 테니 되려 안심이라구 기뻐두 해요. 서울 가서 제 심부름을 보군 바로 동경 들어가기로 했어요. 서울서나 동경서 장거리 전화를 걸겠다구요."

"이젠 전화나 기다리는 수밖엔요. 무사하게나 다녀온다면 더바랄 것이 없죠. 날짜의 길흉을 몹시 가리더니 오늘이 그럼 대안날인가요."

"그렇답니다. 삼벽 대안이에요. 이것 보셔요."

하면서 가리키는 벽의 괘력을 바라보니 조그만 글자가 그렇게 짐작되었다.

"떠나두 대안, 돌아와두 대안, 대안날 제발 무사태평하구 만사형통하소서."

축원의 말을 마음속에 외이면서 준보는 두 주일 동안 만나지 못할 실의 자태를 머릿속에 떠올려 보았다. 달덩어리같이 훤한 얼굴과 포도알같이 맑은 눈이 분명하게 뚜렷이 떠올랐다. 맑은 목소리가 아울러 귀에 울려왔다.

"……제발 몸 주의하세요. 병원에 자주 다니시구 많이 잡수시구요. 제발제발 건강하세요."

실의 육체와 영혼의 한 방울 한 방울이 한 점 빈틈없이 준보의 속에 그대로 살아 있었다. 준보는 그것을 마음과 육체를 가지고 역력히 느끼는 것이었다.

(1942년 1월호)

　언제나 여인이 앉았는 목노상 안쪽이며 각색 안줏감이 들어 있는 진열창 하며 구석구석 그늘이 깃들어 있었다. 한가운데 늘이운 십육촉짜리 전등불 하나로는 어쩌지 못할 그늘이었다. 숯불을 피워놓아 큰 화로가 붉어우리 해 있으나 이 숯불도 그늘을 태운다기보다도 그늘을 피워놓기나 하듯이 화롯불 테두리에는 도리어 짙은 그늘이 서리어 있었다.

　목노상 바깥 그늘 속에서 청년은 강끼의 술을 마시기 전에 풍기는 냄새를 맡고 있었다. 언제 맡아도 향그러운 술향기 곧 술냄새는 술냄새가 아니고 없는 할아버지의 냄새다. 없기 바로 전에는 아무래도 독작이 외로우셨든지 번번히 자기에게 잔을 붓게 하시던 할아버지. 사실 그때껏 눈물을 모르시던 할아버지. 아버지가 당신의 손으로 당신의 상투를 잘랐다고 저런 자식은 내 자식이 아니라고 몽둥이를 들고 쫓든 할아버지이자 아버지가 서울로 도망을 갔다 불시에 송장이 되어 내려왔을 때도 눈물을 흘리시는 법 없이 불효막심한 자식 잘 뒈졌다고 노하시기만 한 할아버지. 이 할아버지가 외로우신 듯이 손주인 자기에게 잔을 붓게 하던 술냄새. 이 냄새는 자기가 한 잔의 술을 부을 적마다 언제나 할아버지와 함께 있었고 늦은 저녁 불 켤 것도 그만 둔 이 선술집 보다도 더 어두운 그늘이 깃들인 저녁과 함께 있는 냄새. 청년은 사실 언제나 늦저녁처럼 그늘진 이 목노집에서 술을 마시기보다도 술 강끼에서 풍기는 술향기를 맡으면서 없는 할아버지의 냄새를 생각해 내는 것이었다. 그러다가 여인이 화롯불에 나와 숯등걸을 헤집고 새 숯을 집어넣고 입술을 오무려 입김을 부는 숯불에 붉게 비최인 여인의 얼굴을 보고서야 청년은 정신이 들어 잔을 드는 때가 많았다. 그리고 청년은 또 이번에는 숯불이 이는 걸 잠깐 지키고 섰는 여인과 사나이들이 사냥해 온 짐승을 불에 굽느라고 불 앞에 섰는 원시 여인의 환영 과를 착각해보며 할아버지를 생각할 때와는 달리 저도 모르게 가슴을 울렁거리는 것이었다. 이런 환영과 여인의 육체를 그림으로 그려보리라.

그러는 동안에 청년은 이 선술집 단골이 되었다. 다른 단골이래야 온 몸에 검댕이칠을 해가지고 있는 굴뚝소제부 사내와 언제나 실소리 거짓소리를 주고 받기 잘하는 회사원 사내 둘과 언제나 조개귀를 화롯 불에 구워 안주하는 대님을 묶지 않고 바지가랭이를 걷어올리고 다니 는 사내와 그리고 막걸리 한 잔 아니면 두 잔을 마시고 들어올 때처럼 사뿐이 어디로인지 없어지는 남도 사내. 이 중에서 제일 오랜 단골이 나이도 제일 많은 굴뚝 소제부인 듯했다. 그리고 남도 사내가 그중 갓 오는 단골임에 틀림없었다. 이 남도 사내가 이곳에 처음 왔을 때 여인이 새로 부은 대포강끼를 자기 옆으로 내미는 것을 보고야 자기 옆에 누가 와있는 것을 알게 그렇게 이 남도사내는 조용히 들어왔고 이 남도 사내가 자기 앞에 온 대포잔을 가만히 내려다보며 조심히, 탁주 주이소 하자 여러 사람의 시선이 이 말세 다른 남도 사내에게 모였고 그러자 이삼십이 갓 넘을 듯한 남도 사내의 얼굴이 빨개지는 것을 이곳에 다니기 시작한 지 얼마 되지 않는 청년까지가 다 알고 있는 터이니까.

다음부터 남도사내가 조용히 들어왔을 때는 여인은 어김없이 꼭꼭 막걸리를 부어 주었다. 막걸리 사발을 들고 한모금 마시고 나서는 조용히 지금 마신 막걸리의 맛을 음미하는 듯한 자세. 그러나 남도사내는 한번도 낯에 그 음미한 결과 같은 것을 나타내본 적이 없었다. 그것은 도리어 막걸리의 맛이 그저 평범하다든지 해서가 아니고 전에 자기가 마셔온 것보다 분명히 못한 경우일지라도 단념하고 마는 그런 성미 탓임에 틀림없는 듯했다. 그러나 기름한 얼굴에 그렇게 고생으로 해 생긴 주름살같지 않은 잔주름이 몇 개 가로 건너간 이마와 ○라개 우리한 수염발이 잡힌 코밑과 턱은 어딘가 뒷날에 소홀치 않은 지체 속에서 생활해 왔다는 위엄을 발산하는 듯도 했다. 그것은 고독하고 사라리기까지 한 위엄임에는 틀림없었다. 이 남도 사내는 남선의 어떤 몰락한 양반의 하나이 아닐까? 상투를 갓 자른 듯한 치거슬레 뵈는 머리털과 망건지리가 잽혔든 듯이 다른 데보다 좀 헌 듯한 머리의 아랫도리 사실이 남도사내의 머릿도리보다 더 분명하든 아버지의 상투 자른 머릿도리와 자기의 머리채. 당신의 손으로 당신의 상투를 자르고 저런 자식은 내 자식이 아니라고 몽둥이를 들고 따르는 할아버지께 쫓기던 아버지, 쫓기다. 서울로 도망간 지 얼마 안 되어 무슨 학당엔가 다닌다는 소식이 있었고 그런지 불과 달포도 못되어 송장이 되어 돌아온 아버지. 그런 일이 있은 지 또 얼마 안 되어 이번에는 손주인 자기의 머리채를 손수 잘라주신 할아버지. 머리채가 댕기를 물고 떨어질 때 속이 섬뜩하던 일과 저녁맛을 잃고 앉았노라니까 무심 중 네 애비가 장하다 하는 말을 한 번 하시고 몇 번이고 담배를 피우시던 할아버지.

하루는 청년은 그늘 속에서도 분명히 얼마전부터 씻어내지 않은 남도사내의 귓속에 낀 때를 바라보며 문득 이 귀 옆을 지났을 갓끈 생각과 함께 자기 집의 옛날 坤殿에서 下賜가 계셨다는 珠纓 구슬이 떠오름을 어쩔 수 없었다. 여러 차례 화재를 겪고 내려왔으면서도 한알도 상처는 않고 그저 변색했음에 틀림없는 노라우리하게 빛나는 수정 구슬알들과 화재를 당할적마다 새끈을 갈군 했는데도 물낡은 끈 하나 할아버지가 없으신 뒤로 그렇게 꺼내보지 못한 새에 구슬알들과 끈은 또 얼마나 변했을까. 그리고 보면 갓끈이 옆을 지났을 남도 사내의 귓속과 얼굴도 퇴색한 것이다. 그리고 조용히 걸어나가는 걸음걸이도. 청년은 저도 모르는 새 이 남도 사내에게 관심이 감을 어쩔 수 없었다. 남도 사내가 접시에 언제나같이 멸치 한놈을 남겨놓고 돌아가는 일까지에도.

하루는 남도사내가 전처럼 접시에 멸치 한놈을 남기고 이제 언제나처럼 소리없이 일어설 참인데 굴뚝소제부가 자기의 내인 대포잔을 남도사내 앞에 내밀며, 자 대포 한 잔 하시소 했다. 남도사내는 곧 귀 밑으로 해서 목과 얼굴을 붉히고 있었다. 여인이 술을 부었다. 자 한잔

드시소, 쇠주가 술이지 막걸리도 술인가요 자아, 하며 굴뚝소제부가 전에 없이 취기로 해 몽롱해진 얼굴에 호의의 웃음을 지으면서 남도사 내에게로 가까이 가져갔다. 그러나 남도사내는 얼굴과 목을 붉힌 채로 언제나처럼 사뿐히 일어나 돌아서더니 그대로 밖으로 나가는 것이었 다. 그러자 굴뚝소재부는 대포잔을 들어서 휙 남도사내의 뒤를 향해 뿌렸다. 그냥 남도사내는 여느때보다 좀 빠른 걸음이었으나 언제나처 럼 가만한 걸음으로 한번도 뒤를 돌아보는 법 없이 나가버렸다. 굴뚝 소제부가 분연히 남도사내를 따라나가려는 것을 여인이 얼른 목노상 안에서 나오면서 붙들었다. 이거 노라우, 그놈의 할락꿍기 새끼 애전 에 혼내와 놓구말게스리, 경우가 무슨 놈의 경우란 말이노 글쎄, 좀 치 라우 애전에 본땔 뵈야지, 하면서 여인에게 비키라는 손짓을 했으나 언듯 여인의 오늘따라 미리 손의 취한 정도를 짐작 못한 후회를 띤 낯 색을 보자 굴뚝소제부는 자기자리로 도로 갔다. 그리고 목노상에 의지 하여 이번에 뒤로 고개를 돌렸을 때는 굴뚝소제부의 낯은 또 분노같은 것은 다 없어지고 그저 좀전에 자기가 뿌려버린 술이 아까운 듯이 입 맛과 함께 군침을 삼키고 나서 여인에게 잔을 내밀었다. 그러나 여인 은 술을 붓지 않았다. 굴뚝소제부는, 꼭 한잔만, 하였으나 여인은 종내 술을 붓지 않았다. 굴뚝소제부도, 내가 지금 췬줄 알아, 내가 여기 몇 해를 두구 다니문서 술 먹구 실수라군 해본적이 없어, 하였으나 그것 은 자기가 이 선술집에서는 제일 오랜 단골이라는 것 말해보는 것 뿐 임에 틀림없고 이제 다시 여인이 자기의 잔에 술을 부어주리라는 걸 바라는 눈치는 아니었다. 사실 여인은 이 자기의 주량을 자기가 알고 마셔오는 제일 오랜 단골한테도 이제부터는 정도를 보아서 술을 줘야 하겠다고 맘 먹고 있었다. 바지가랭이를 걷고 오는 언제나 안주로 조개귀를 구어먹는 사내에게는 넉 잔 정도 회사원 사내들에게는 허튼 소리가 나오기까지 그리고 청년에게는 두 잔 정도로 주듯이.

다음날부터 남도사내는 오지 않았다. 굴뚝소제부는 자기 때문에 이집 단골손님이 하나 준 게 안됐다는 듯이 여인에게 그때 내가 실수했어, 하였으나 술을 먹고는 그때 자기가 한 태도에 대해서 남도사내가 너무나 용렬한게 못마땅한 듯이 할락꿍이야 했다. 그러나 몇 날이 안 가서 굴뚝소제부는 잠잠해졌다. 여인도 사실 단골손을 한사람 잃었다는 데 남도사내가 뵈지 않는 걸 여간 서운하게 여기는 눈치가 아니었다. 그래 여인은 굴뚝소제부가 술을 마신 뒤에 할락꿍이가 할락꿍이야 남도사내를 나둘때마다, 영감 어디 그 사람만큼 점잖아보지 하군 하였으나 굴뚝소제부가 잠잠해지자 여인도 잊은 듯이 말없이 되었다.

이런 속에서 청년은 처음에는 굴뚝소제부가 남도사내의 뒤를 향해 술을 뿌린 것을 통쾌하게 여기고 남도 사내의 태도를 용렬스럽게 생각하면서 남도 사내가 뵈지 않는 걸 아무렇지도 않게 여기고 있었다. 그러나 날이 갈수록 청년은 이상하게도 남도 사내가 뵈지 않는데 어떤 서운함을 느끼게 되었다. 그것은 자기의 그림자같은 것을 잃고 문득 깨달으면서 느끼는 그런 서운함이었다. 그늘 속에 소리없이 들어와 앉았다 소리없이 일어나 나가던 남도 사내. 청년은 문득 남도사내가 자기 옆에 와 앉는 것같아 돌아다보면 갈비뼈를 주우러 들어온 거지이기도 하였다. 그늘 속에 어룽진 자기의 그림자이기도 하였다.

그러한 어떤 날 그날은 좀 늦은 때여서 벌써 회사원의 한 사내가 집에 쥐 한 마리 없이 하는 법 아느냐는 말을 꺼내가지고 건 이렇게 하믄 되거든, 쥐 한마릴 잡아서 말야, 독 속에 넣구 아무것도 먹을 걸 주지 않거든, 그래 정 굶어죽게 된 담에 쥐새끼 한마릴 넣주면 그걸 잡아먹지 않겠어? 그 담에 또 지영 굶겼다가 또 쥐새낄 잡아 넣주거든, 그렇게 몇 번 해가지고 놔주거든, 하문 이넘이 쥐구멍마다 찾아다니문서 쥘 다 잡아, 먹지 않아? 괭인 암만 쥘 잘 잡는대두 쥐구멍엘 들어가선 못 잡거든, 어때? 하자 상대편 사내는 또 맞받아 닭이 쉽게 잡는 법 알아? 괜히 숨차게 따라댕기문서 잡을게 없단 말야, 그저 인단이나 가오루 몇 알이면 된단 말야, 모이를 주면서 인단 몇 알만 뿌려주면 말야 이 넘이 먹구서는 옴짝 못한단 말야, 거저 한 알만 먹게 되는 날이문 당장 그 자리에서 간들간들 졸면서 옴짝 못한단 말야, 사람이 가쥐두 모르구, 참 묘하단 말야 하는 말을 하다가 돌아가고 바지가랭이 걷어올린 사내도 대포 넉 잔을 마시고 돌아가고 굴뚝소제부도 자기의 정도껏 마시고 돌아가고 청년도 자기에게 부어진 마지막 잔을 거의 다 마시고 났을 때였다. 청년이 자기 옆에 어떤 그림자같은 게 소리 없이 와 앉는 듯해서 그리로 고개를 돌린 것은. 그리고 청년은 그곳에 뜻밖에 자기의 그림자도 갈비뼈를 주우러 들어온 거지도 아닌 남도 사내 그 사내를 발견하였다. 청년은 놀람 때문뿐만 아닌 가슴의 둘렁거림을 느꼈다. 곧 남도사내의 앞에 막걸리 사발이 왔다. 여전히 조용히 막걸리 맛을 음미하는 듯한 자세. 그러나 역시 막걸리의 좋고나쁜 결과를 나타내보지 못하는 그러나 어떤 자존심같은 게 깃들인 듯한 얼굴. 곁을 안 주는 몸가짐새. 남도사내는 막걸리 한사발을 마시고 곧 들어올 때처럼 나가버렸다. 남도사내가 남기고 간 접시의 멸치를 내려다보다가 남도사내의 귓속과 걸음걸이처럼 퇴색한 이런 습관은 역시 자기의 어느 한 구석에도 같이 물림받아 있다는 것을 느끼자 어느새 가슴의 둘렁거림도 멎은 청년은 몇날 동안 남도 사내가 뵈지 않을 때마다 느끼던 서운함 대신에 이번에는 갑자기 불쾌해짐을 어쩔 수 없었다. 그것은 자기의 오랜 습성의 초라한 그림자를 깨달으면서 느끼는 그런 불쾌감이었다 그러자 청년은 뭔하는 모르게 술! 하고 부르짖었다. 여인이 청년의 얼굴을 들여다보면서, 낯색이 나빠요 했다. 그러나 청년은 강끼를 여인의 앞으로 내밀어 술붓기를 재촉했다. 여인은 또 청년에게 이 이상 술을 부어서는 안되리라는 걸 생각하고 있는 듯이 가만히 있기만 하였다. 그러나 오늘만은 한번 기어코 술을 한 잔 더 먹고야 말리라. 그리고 청년은 이번에는 일부러 강끼를 거칠게 머츠러쳐 여인에게 더 가까이 가져갔다. 여인은 여전히 가만히 있었으나 청년의 심상치 않은 얼굴빛에 그만 눌리듯이 술을 붓고야 말았다. 청년은 강끼를 끌어다 단숨에 들이키며 시작하였다. 술에서는 전의 향기 대신에 그저 입에 역하기만 하였다. 청년은 작고 찡그러지는 얼굴을 애써 피려다가는 지금 마신 술이 역하여 다시 찡기고 하면서 그곳을 나왔다. 그리고 남도 사내가 오기 시작한 이 선술집에를 다시는 오지 않아야겠다는 말을 거의 입밖에 내이다시피 중얼거리는 것이다. 사실 청년은 다음부터 여인의 선술집에 가지 않았다.

그러자 청년은 너무나 오래동안 그림과 떨어져 있는 것을 깨달으면서 습작첩을 펴들었다. 그러나 그림이 되는 게 아니었다. 벽에 붙은 할아버지의 갓과 감투와 담뱃대의 그림과 그리고 할아버지의 초상화를 바라보다간 다음에는 고개를 떨구고 입속으로 할아버지 할아버지 하고 몇 번이고 불러보다간 하다가 문득 지금 습작첩 속에 끄적이고 있는 연필 끝에 정신이 가자 놀래어 손을 멈추고 말았다. 자기도 모르는 사이에 어떤 여인의 뎃생이 그려져 있는 것이었다. 어딘가 선술집 여인에게 닮은 데가 많다는 느낌에 다신 한 번 놀래일밖에 없었다. 그러나 또 그림에는 선술집 여인의 생기가 도무지 들어있지를 않았다. 그리고 자세히 뜯어보면 그림에는 어딘가 지금 바로 옆에 붙어있는 할아버지의 얼굴 모습이 들어 있어도 보였다. 청년은 이번에는 습작첩을 탁 접어버렸다.

다음날 다시 습작첩을 펴다가 청년은 어제의 뎃생 위에 연필자국은 아닌 무슨 작은 점 같은 걸 발견하고 눈을 멈추었다. 그것은 어떤 작은 벌레의 찍혀 죽은 흔적이었다. 작은 한 점의 점으로밖에 못 남긴 벌레의 시체자국을 손톱으로 긁다가 문득 이 벌레의 시체자국은 어제 자기가 습작첩을 접을 때 찍힌 것에 틀림없다는 생각이 들자 청년은 오늘도 습작첩을 탁 접어버리고 말았다. 그리고 청년은 일어서다가 마침 맞은 벽에 붙인 담뱃대 그림이 사실 담뱃대나처럼 눈을 찌를 듯한 착각을 일으켜 되 주저앉았다. 그러나 다음 순간 저도 모르게 벌떡 일어서는 청년의 손은 어느새 벽의 담뱃대 그림을 찢어내고 있었다. 그리고 청년의 얼굴은 지금 자기가 찢어낸 도화지처럼 창백해지고 있었다. 청년은 발 밑에 흩어진 그림조박지를 아무렇게나 주워 움켜쥐고 밖으로 나섰다. 그리고 저도 모르는 새 청년은 대동강으로 갔다. 청년은 생각난 듯이 쥐고 온 그림조박지를 아무렇게나 강물에 던졌다.

그런 뒤로는 아무래도 할아버지의 담뱃대그림이 있던 곳이 허퉁하다. 다른 그림을 하나 붙여야겠다. 빈 자리에 선술집 여인의 화롯불을 부는 그림을 그리는대로 붙이면 어떨까. 청년의 가슴은 잠시간에 가쁘게 두근거림을 느꼈다. 그러자 문득 남도사내가 빈 자리에 떠오름을 느꼈다. 청년은 그대로 몸을 던지듯이 뒤로 누워버리며 아니다 아니다 하고 자기로서도 무엇이 아니다인지 모를듯한 아니다를 수없이 외우는 것이었다. 그러는 새 청년의 눈에는 또 저도 모르게 눈물이 떠올라 눈에 차 넘쳐 뺨을 흘러 내렸다.

그날은 청년이 담뱃대 그림이 붙었던 벽을 등지고 누워 있었다. 갑자기 어디선가 역한 냄새가 풍기어 왔다. 하기는 그 냄새는 지금 갑자기 풍기어 온 것같으나 역시 얼마전부터 안악에 차 있는 냄새이고 그것을 지금에야 느낀 듯하기도 한 냄새였다. 그리고 결코 밖에서 들어오는 냄새가 아니고 온 안악에 젖은 듯한 역한 냄새였다. 무슨 냄새일까 윗몸을 일으킨 청년은 바로 머리맡에 놓여 있는 책상 위에 있는 어항에 눈이 가자 어항 속에 떠있는 죽은 금붕어새끼를 발견하였다. 역한 냄새는 이 어항에서 나댔겠 생각과 함께 벌써 얼마동안을 어항에 물을 갈아 넣지 못한 생각이 지나갔다. 사흘? 나흘? 아니 닷새째다. 자기는 닷새동안 여지껏 때를 따라 갈아 넣던 어항의 물조차 갈아 넣지 않고 무엇을 했나. 청년은 다시 몸을 던지듯이 뒤로 누워버렸으나 곧 일어나 어항에로 갔다.

그새 물도 썩은 듯이 물이 잠겼던 어항벽은 파아란 물이끼가 붙어 있었다. 역한 냄새는 단지 썩은 고기새끼에서 풍기던 것만이 아니고 이 어항 속 물 전체에서 나는 것인지도 모른다. 청년은 어항을 들어 죽은 고기새끼를 물과 함께 뜨락에 내 쏟아버렸다. 그러나 그냥 냄새가 난다. 혹은 이 파아란 물이끼가 붙은 어항 전체가 썩은 고기새끼처럼 역한 냄새를 풍기는지 모른다. 청년은 들고 있는 어항을 그대로 뜨락을 향해 내던지고 말았다. 그래도 냄새가 난다. 문을 전부 열어 제쳤다. 그래도 냄새는 쉽사리 사라질 것 같지 않다. 다른 냄새로 이 안악을 채우리라. 담뱃대로 할어버지의 담뱃대로.

청년은 윗목에 놓여 있는 헌 상자로 갔다. 뚜껑을 여니까 상자 속에서는 먼저 할아버지의 냄새가 나왔다 할아버지의 냄새. 저녁과 함께 있는 냄새. 지금도 날은 저녁때다. 이맘때로부터 할아버지와 함께 있는 술냄새며 짬짬이 붙이시던 담배냄새. 어서 할아버지의 대를 찾자. 청년은 손을 넣어 상자 속 각색 잔가구들을 헤치기 시작하였다. 손에 거칫거리는 헝겊조박이 있었다. 꺼내니까 青紗團領이 있었다. 주영과 함께 곤전에서 하사가 계셨다는 이 청사단령. 그리고 주영과 함께 여러 차례 화재를 겪는 사이 주영 구슬알은 한 알도 상하지 않은 대신 이것만은 지금 청년으로서는 앞쪽의 한 부분인지 뒤쪽의 한 부분인지 조차 분간치 못하는 한 조각만 남은 청사단령. 이 한조각의 옛 옷도 그새 더 물이 낡은 듯하다. 다시 상자 속을 뒤지는 청년의 손에 닿은 것이 주영구슬께미였다. 이것도 그새 구슬을 꿰인 끈과 함께 구슬알들이 더 퇴색한 것 같다.

그리고 다음에 담뱃대인줄로 알고 꺼내니까 붓이었다. 붓토갑을 빼고 청년은 일전에 그림이 담뱃대처럼 착각을 일으킨 것처럼 이 할아버지가 쓰시던 큰 붓인듯 할아버지의 상투처럼 착각됨을 어찌할 수 없었다. 삼작으로 언제나 밴밴히 쓸어올리던 할아버지의 상투. 그럴 때마다 신체발부는 수지부모니 불감훼손이니라를 외우는 자기. 할아버지가 자기의 머리채를 떨굴 때 느낀 섬뜩함은 신체발부의 어느 한 부분이 떨어지는 것이 아닌 온 몸뚱이가 높은 데서 한순간 떨어지는 듯한 섬뜩함이었고 그런 섬뜩함이 당신 손수 자른 당신의 상투가 떨어질 때 아버지에게도 느껴졌을까. 이 섬뜩함만은 모르고 돌아가신 할아버지. 없는 날까지 밴밴히 쓸어올린 할아버지의 상투. 그러면서 언제나 몇 오라기 머리카락이 이렇게 날리던 할아버지의 상투. 지금 이 붓도 오랫동안 먹과 할아버지의 침을 먹지 못한 탓일까 털이 일어섰다. 청년은 전에 할아버지가 하시던대로 붓을 입술에 넣어 침으로 끝을 세워가지고 토갑에 꽂아 상자 속 깊이 도루 넣었다.

담뱃대는 담배지갑과 함께 있었다. 지갑이 담배를 대통에 눌러 담았다. 불을 붙였다. 한모금 깊이 빨아 내뿜었다. 그리고 눈을 감고 담뱃대를 맡아보았다. 할아버지의 마시고 내뿜든 담뱃대와 꼭 같지를 않다. 또 빨아 내뿜는다. 아무래도 다르다. 빨아 삼켰다. 내뿜는데서 달라지는 가보다. 담배모금을 빨 때마다 큰 목젖이 한 번 움직이고 그것을 삼킬 때 다시 한 번 목젖이 크게 움직이고 그러고나서 이따금 눈여겨 보는 청년에게는 숫태 오래처럼 느껴진 뒤에야 서서히 코로 내를 내뿜으시던 할아버지. 청년이 어렸을 때 몰래 담배를 붙여 할아버지처럼 삼켰다 사래들려 혼난 일이 있는 그 역하게 쓴 담배를 한결같이 오래 삼키곤 하시던 할아버지. 돌아가실 때만 해도 담배를 찾는 눈치시기에 대에 담배를 담아 물려드렸더니 여전히 속 깊이 빨아 삼키시다가 종내 한 대가 다 못 탄 담배를 입에서 떨구시며 운명하신 할아버지. 청년은 몇 대를 피워도 할아버지처럼 담배를 삼켰다. 내뿜을 수가 없었다. 그러나 아까의 고기새끼 썩은 냄새만은 없어졌다. 그리고 어느새 할아버지가 앉아계실 때처럼 저녁이 깃들어 왔다. 잔잔한 조수처럼 밀리어 들어오는 저녁 그늘. 청년은 조용히 담뱃대를 내려놓았다. 그리고 저녁 그늘 속에서 어두워가는 청사단령의 조각과 희미한 수정구슬 알들과 담뱃대를 내려다 보았다. 그러나 오늘은 청년의 눈에는 눈물이 내배는 법이 없었다.

그날은 또 담뱃대 그림이 붙었던 빈자리를 쳐다보며 습작첩을 펴며 하다가 대동강에로 나왔다. 강물은 한창 밀물이 오르는 때여서 검은 석탄배가 힘들이지 않고 위로 오르고 있었다. 강기슭에는 아직 푸지 못한 솔나무며 장작을 가득가득 실은 배며 독과 각색 항아리를 실은 배가 들어와 닿아 있었다. 언덕 한곳에 서서 청년은 눈이 가는대로 강에로 쏟아져 내리는 큰 하수도 아가리 앞에서 어떤 사내가 지금 열심히 무엇을 건져내고 있는 것을 내려다 보고 있었다. 무슨 양철 조박지 같은 것으로 밑의 모래를 긁어내면 모래 속에 묻혀 못이 몇 개 나왔다. 뚝에는 벌써 건져놓은 못이며 쇠줄조박이며 간즈메 통같은 것이 쌓여 있다. 다시 긁어내려고 물 속으로 잠그는 사내의 손이 뜻밖에도 맵시 있는 것을 발견하고 연달아 사내의 얼굴을 살핀 청년은 놀라고 말았다. 틀림없는 남도 사내인 것이다. 노라꺼리한 수염발이 잡힌 뒷날에 양반스러운 속에서 생활해 온 듯한 얼굴에는 지금 하수도 아가리에서 쏟아져 나오는 검은 물방울이 여기저기 튀어 맺힌다. 그러나 남도사내는 얼굴을 닦을 염을 않는 것이었다. 그것은 남도 사내가 막걸리를 음미하고도 그 음미한 결과 같은 것을 얼굴에 나타내지 않는 그런 단념 비슷한 것임에 틀림없는 것도 같다. 이것도 지금 하수도 아가리 밑에서 건졌을 백동전 한 닢이 끼워 있는 귀. 청년은 문득 때가 앉은 남도 사내의 귓속이 생각나면서 갑자기 터져나오려는 웃음을 느꼈으나 어쩐지 막상 웃음을 웃을 수가 없었고 청년은 곳 그곳을 떠났다.

그날 저녁 때 청년은 주영 구슬께미를 주머니에 넣고 여인의 선술집을 찾았다. 언제나 같은 그늘. 저편에 낯선 사내가 지짐을 뜯고 있었고 단골들 속에는 남도사내도 와 있었다. 여인이 부채를 들고 입김으로 화롯불을 불고 있었다. 숯불이 어리운 여인의 타는 볼. 이 그림을 그리리라. 여인이 화로아근에 더 어두운 그늘을 만들어놓고 목노상 안제 그늘 자리로 가며 청년에게, 낯색이 못됐쉬다네, 왜 어찌 앓았소? 했다. 술을 못 먹어서. 뭘 먹는 술 개구 그래요? 내 오늘 먹는 거 볼라우? 청년의 잔에 술이 부어졌다. 피어나는 술향기. 할아버지와 함께 있는 냄새. 저녁 그늘과 함께 있는 냄새. 지금도 이곳은 전등불 아래서 저녁 그늘이 짙어가는 때다. 청년은 강끼를 들어 단숨에 들이켰다. 그러자 절로 크으 해지면서 한 번 얼굴을 찡겼으나 오늘은 이상스레 과히 쓰지 않다. 여인에게 강끼를 내밀었다. 여인은 얼굴에 어울리지 않는 불안한 빛을 잠깐 띠었으나 다시 청년의 잔에 술을 부었다. 다시

피는 술향기. 할아버지와 저녁 그늘과 함께 있는 술향기. 강끼를 든 청년은 문득 저도 모를 기분으로 강끼를 옆의 남도사내에게 내밀며, 자 한 잔 듭시다 했다. 여러 사람의 시선이 청년과 남도 사내에게로 몰렸다. 그러고 여인의 놀래인 시선도. 남도 사내는 이곳에 처음 왔을 때 소주잔을 받고 탁주 주이소 하고 온 얼굴을 붉히던 것처럼 빨개지면서 잠시 머뭇거렸으나 고맙습니다 하는 말과 함께 청년의 강끼를 받았다. 그러고 한모금 마셨다. 평양 온 지 얼마나 됩니까? 하고 청년이 물었다. 한 이삭 되었습니다. 평양이 어떻습니까. 좋습디다. 평양의 대동강 모란봉의 좋은 맛을 알래면 먼저 쇠줏맛을 알아야 해요 하고 청년은 어울리지 않는 불안한 빛을 한 여인에게 자 나두 한 잔 주소, 술두 받는 날이 있대지요, 했다. 여인은 오늘은 청년에게 이 이상 더 술을 붓지 않는 게 좋지 않을까 하는 걸 생각하는 듯한 눈치였으나 청년의 어떤 기세에 못 견디듯이 새로 술을 부었다. 청년은 크게 한모금 마시고 나서 남도 사내에게, 실례지만 고향이 어딥니까? 했다. 경상도요. 저 친한 사람끼리 서로 만나문 이 문둥아 하구 쓸어안는다는 곳 말이지요, 하긴 노형두 이곳 와서 처음에 우습지요, 던차 던차 하는게, 그렇지만 건 원틀은 전차도 아니라우 던차라우 던차, 하고 청년은 지금 마신 술 때문뿐만 아닌 흥분으로 남도사내의 얼굴 가까이로 자기의 얼굴을 가져가며 노형 상투는 언제 자르셨소? 했다. 남도사내는 이 당돌하고 무례스러운 물음을 하는 청년을 한순간 못마땅한 듯이 쳐다보고 있었으나 곧 빨개져 있는 얼굴에 이번에는 또 단념하고 마는 듯한 웃음을 띠었다. 흡사 늙은이의 웃음이었다. 노형 손수 자르셨소, 누구한테 잘라달랬소, 상투가 떨어질는 어드렇습디까 속이. 그냥 남도 사내는 늙은이의 웃음을 띠고만 있었다. 청년은 저도 모르는 새 주머니에서 주영 구슬을 꺼내고 있었다. 그리고 청년은 구슬꼐미를 남도사내에게 들어보이며, 이게 뭔지 아우, 노형이야 이게 뭔지 아시겠지요. 그제야 남도사내가, 이게 주영구슬이 아니요? 하고 부르짖듯 했다. 예 맞았쉐다, 달렸든 구슬이 우리 십대조 정 꼭 에누리 없이 십대조웨다. 그 십대조 할아버지께서 곤전에서 하사받은 갓끈에 달렸든 구슬이웨다. 그 할아버지께서 太傅를 지내셨는데 그때 황태자님을 가르치신 공이 많으시다구 청사단령과 함께 곤전에서 하사가 계신 갓끈이지요, 끈은 제 끈이 아니웨다만, 이 구슬만은 지금꺼지두 이렇게 한알두 상하지 않구 있쉐다, 했다. 남도 사내는 이번에는 흥분으로 더한 듯한 빨개진 얼굴로 그저 청년의 손에서 구슬꼐미를 조심스러이 받아들었다.

그러나 다음 순간 남도사내의 손이 가늘게 떨렸는가 하는 데 그만 구슬꼐미를 떨어뜨리고 말았다. 그리고 구슬꼐미는 떨어지면서 끊어져 구슬알들이 흩어졌다. 남도사내가 땅에 엎드려 돌아가며 구슬알을 줍기 시작하였다. 같이 땅에 엎드려 남도사내가 주는 구슬알을 받다들고 청년은 구슬알이 깨지지 않고 온전함에 그만 저도 보르게 소리를 내며 웃기 시작하였다. 그리고 청년은 웃음 사이사이, 아 너무 웃더니 눈물이 다 난다, 눈물이 다 난다, 하고 혼자 중얼거렸다. 사실 청년의 눈에는 눈물이 고여 있었다. 그러다가 청년은 문득 주워주는 남도사내를 보고 노형은 웃지도 않았는데 웬 눈물이요, 했다. 남도사내의 눈도 눈물도 빛나고 있었다. 아마 자기의 화려했던 과거를 추억하는 게라고 청년은 생각했다.

청년은 그늘 속에 희미하게 빛나는 온전한 구슬알을 남도 사내에게서 받아들고는 저도 모를 웃음을 웃군웃군 하였다.

(1942년 3월호)

山길

신발을 신고, 대문께로 나가는 발자취 소리까지 들었으니, 뭘 더 의심할 여지도 없었으나, 순재는 일부러 미닫이를 열고 남편이 있나 없나를 한 번 더 살핀 다음 그제야 자리로 와 앉는다.

앉아선 저도 모르게 호— 한숨을 내쉰다.

생각하면, 남편이 다른 여자를 사랑한다는, 이 거추장스러운 문제를 안고, 비록 하룻밤 동안이라고는 하지만, 남편 앞에서 내색하지 않은 것이 되려 의심쩍을 일이기도하나, 한편 순재로선 또 제대로 여기 대한 다소간이 남아 마음의 준비 없이 뛰어들 수는 없었던 것이다.

아직 단출한 살림이라 아침 볕살이 영창에서 쨍— 소리가 나도록 고요한 탓이다.

이제 뭐보다도 사태와 관련 지어 자기 처신에 대한 것을 먼저 정해야 할 일이었으나, 웬일인지 그 모든 것이 한껏 부피고 어지럽기만 해서 막상 머리에 떠오르는 생각이라는 것이 기껏 어제 문주와 주고받은 이야기의 내용이었다.

바로 어제 이맘때의 일이다.

일요일도 아닌데 문주가 오기도 뜻밖이거니와, 들어서는 참으로 그 난처해하는 표정이라니 일찍이 문주를 두고 상상할 수는 없었다.

학교는 어쩌고 왔느냐고 순재가 말을 건네도 그저

"응? 응―"

하고 대답할 뿐, 통 그 말에는 정신이 없었다. 그러더니 별안간

"너희 분 그동안 늦게 들어오지 않았니?"

하고, 불쑥 묻는 것이다.

순재는 잠간 어리둥절한 채

"그건 왜 묻니?"

하고 물어볼 수밖에 없다.

"그래 넌 조금도 몰랐니?"

문주는 제 말을 계속한다.

"모르다니, 뭘 몰라?"

"연히허고 만나는 걸 말이다."

"연히, 허고?"

순재는 뭔지 직감적으로 가슴이 철썩했다. 그러나 너무도 꿈밖이고 창졸간이라, 어찌된 셈인지 종시 요량키가 어려웠다.

"벌써 퍽 오래 전부터래―"

문주는 처음 말을 시작하느라 긴장했던 마음이 잠깐 풀려 그런지, 훨씬 풀이 죽어 대답했다.

“누가 그러든?”

다시 순재가 물은 말이다.

“연히가 그랬다.”

“연히가?”

“그럼.”

순재는 한순간 뭐라고 말을 이을 수가 없었다.

문주가 말을 꺼내기도 벼락으로 꺼냈거니와, 너무도 거창한 사실이 그야말로 벼락으로 앞에 와 나자빠진 셈이다.

말없이 앉아 있는 순재를 보자

“어떻게 얘기를 꺼내야 할지 잘 엄두가 나지 않아서 주저했지만, 언제까지 모를 것도 아니고, 그래서 오늘은……”

하고, 이번엔 문주가 말을 시작했다.

“그래 오늘에서야 알리러 왔단 말이냐?”

순간 그는 여태껏 막연했던 남편에 대한 분함과, 연히에 대한 노여움이 한꺼번에 쏟아진 것처럼 애꿎은 문주를 잡고 참았던 언성을 높였다.

“나무란대두 할 말은 없다만, 사실은 너 때문에 만이 아니고 연희 때문에두……. 저야 무슨 짓을 했건 나를 동무로 알고 이야기 하는 것을 내 바람에 말할 순 없지 않니?”

문주는 처음과는 달리 훨씬 말이 찬찬해졌다.

“연히만이 동무냐?”

순재는 여전 말소리가 어지러웠다.

“혹 니가 먼저 알고 물어봤다면, 연히 말을 너헌테 못하듯 나는 너를 속이지도 못했을지 모른다.”

“지금은 물어봐서 얘길 허니?”

이번엔 순재도 비교적 침착했다.

“니가 묻기 전 먼저 연히가 부탁했다.”

“나헌테 알리라구?”

두 사람은 잠깐 동안 말이 없었다.

“나한테 알리란 부탁까진 난 암만 생각해도 잘 알 수가 없다. 연히한테 가건 장하다구 일러라.”

순재는 끝내 페발듯 일어섰으나, 다음 순간 어디로가 뭘 잡아야 할지 얼울한 그대로 다시 자리에 앉고 말았다.

“이런 것을 혹 운명이란 것에 돌린다면 누구 한사람 단지 미워할 수만은 없을 거다.”

조금 후 문주가 건넨 말이다.

순재는 얼른 대척이 없었으나, 이 순간 그에게 이것은 분명이 역한 수작이었다. 사실 그는 몹시 역했기 때문에 훨씬 침착할 수 있었는지도 모른다.

제법 한참 만에서야 순재는

“누가 미워 한다디?”

하고 말을 받았다.

“이따금 몹시 미우니 말이다.”

두 사람은 다시 말이 없었다.

순재는 평소에 문주를 자기네들 중 제일 원만한 성격으로 보아 왔었다. 그러기에 누구보다도 공평한─때로는 어느 남성에게도 지지 않을 좋은 판단과 이해력을 가졌다고 믿어 왔었다. 그러나 어쩐지 이 순간만은 이것을 그대로 받아들일 수가 없었다. 이제 자기를 앞에 두고 홀로 침착한 그 태도에 감출 수 없는 적의(敵意)를 느낀다기보다도 점점 아존해지고 차근차근해지는 말투까지가 더할 수 없이 비위를 거슬렀다.

"얘기 더 없니?"

급기야 순재가 건넨 말이다.

"혼자 있고 싶으냐?"

문주가 도로 물었다.

순재는 뭔지 더 참을 수가 없었다.

"가거라!"

지극히 별미 적은 말이었으나, 문주는 별루 아무렇지도 않은 양, 가만히 웃어 대답할 뿐이었다.

그 웃음이 결코 조소가 아닌 것을 알수록 그는 웬일인지 거듭 더 참을 수가 없었다.

책상 우에 턱을 고인 채 순재는 여전 몽총하니 앉아 있다. 문득 창 너머로 앞산이 미기 이마에 내려질듯 가깝다.

순재는 전일 그렇게 앉아서 보는 산이 그리 좋지가 않았다. 뭐보다 그 너무 차고 쇄락한 것이 싫었다. 그러나 이제 이렇게 앉아 있는 동안 웬일인지 산은 전과 달리 뭔지 은은하고 너그러운 것 같기도 해서 다시 이것을 잡고 한 번 더 바라다보려는 참인데 퍼뜩 마음 한 귀퉁이를 스치는—산은 사람보다도 오랜 마음과 숱한 이야기를 지녔을 게다—하는 우스운 생각과 함께 별안간 덜미를 쥐고 덤비는 고독(孤獨)을 그는 한순간 어찌할 수가 없었다.

조금 후, 그는 처음으로 남편이 자기와 관련되어 머리에 떠오르는 것이었으니, 역시 모를 일이다. 평소 남편을 두고는 도저히 상상할 수도 믿을 수도 없는 일이다.

그러나 생각하면 이제 순재로서 믿기 어렵다는 뜻은 남편으로서 그런 짓을 해서는 못쓴다는 의미도 될지 모르고, 또 이것은 두 사람의 마음의 평화한 요구(要求)이고, 거래(去來)일지도 몰랐다. 하지만 가령 이 믿을 수 없는 사실이 기실 믿어야만할 사실일 때는, 두 사람은 벌써 그 마음의 거래를 달리 할 수밖에 없다. 이러기에 만일 이것이 정말이라면 그는 지금 스스로 감당해야 할 노여움이라든가 곤란한 감정도 기실은 군색하기 짝이 없는 것이어서—첫째 노여움의 감정이란 또 하나 구원(救援)의 표정이기도 하다면—이제 그로서 남편에게 뭘 바라고 요구할 하등의 묘책이 없는 것이다.

생각이 점점 이렇게 기울수록 그는 무슨 타산(打算)에서보다도 아직 흐리지 않은 젊은 여자의 자존심으로 해서도 연히에게는 물론, 남편에게까지, 뭘 노하고 분해할 면목이 없고, 염치가 없을 것만 같다.

순재는 그대로 앉은 채 여전 생각을 번거럽히고 있었다.

별로 어머니가 그리운 것도 같은 야릇한 심사를 겪으면서 우정 죽은 벗이라든가, 앓는 벗들의 쓸쓸한 자취를 더듬고 있었으나, 역시 그

리 간단치 않고 만만치 않은 것은 남편이었다. 설사 순재로서—그분
은 '남편'인 동시 '자기'였던 것이고, 연히는 내 동무인 동시 아름다운
여자였다고—마음을 도사려 먹기 쯤 그리 어려울 것도 없었으나 문
제는 이게 아니라 이제 남편에게까지 이 싸늘한 이해(理解)라는 것을
하지 않고는 당장 저를 유지할 수 없는 사정이 더할 수 없이 유감되
기보다도 야속하기 짝이 없다.

순재는 자기도 모르는 사이

(저를 의지하려는 마음이 남을 의심할 때보다 더 괴로운 이유는 대
체 어디에 있는가?)

하고 가만히 일러 보는 것이었으나, 생각이 여기까지 미치자 그는 웬
일인지 몹시 피곤해져서 암만해도 뭘 더 생각해 나갈 수가 없었다.

베개를 내려 베고 뭘 꼬집어 생각하는 것도 없이 멍청이 누워 있으
려니

"아주머니 점심 차려 와요?"

하고, 심부름 하는 아기가, 문을 연다. 그는 관두라고 하려다가,

"그래 가져온."

하고 대답했다. 그러나 쪼르르 저편으로 가든 아이가 되돌아오면서,
누군지

"김순재씨가 댁예요?"

하고 외치는 소리가 들린다.

어데난 용달이다.

그는 편지를 손에 든 채 잠깐 주저했으나, 뜻밖에도 연히에게서 온 것을 알자, 놀라지 않을 수 없다.

남편이 사랑하는 여자가 연히인 것을 어제 문주에게 들어 처음 알기는 했으나, 근근 두 달 동안이나 무단이 소식을 끊고 궁금함을 끼치던 연히를 두고는 차마 믿기 어려웠던 것처럼, 그는 다시금 아연해질 뿐, 미처 두서를 잡을 수가 없다.

(무슨 까닭으로 편지를 했을까?)

그는 겉봉을 찢으면서도 종을 잡을 수가 없다.

그러나 편지는 지극 간단해서 ‘街’라는 찻집에서 기다릴 테니 네 시 정각에 꼭 좀 만나 달라는―이것이 그 전부요 내용이었다.

쭈뼛이 서 있는 심부름꾼이

“가랍니까?”

하고 회답을 재촉했을 때야 비로소 그는,

“전했다고 일르시오.”

하고 방으로 들어왔다.

마악 자리로 와 앉으려고 하는데, 이번엔, 객쩍으리만치

“네니 내니 하고 어려서부터 자라온 동무는 아니래도 그래도 친했댔는데……”

하는 당찮은 생각 때문에 한동안 모든 것이 그저 야속하기만 했다.

“상관이 뭐람―”

그는 다시 중얼거려 보는 것이었으나 역시 무심해야 할 일이었다.

순재는, 좌우간 아직 시간이 많이 남은 것을 다행으로, 아까만 양 베

개를 베고 드러누웠다.

오두커니 천정을 향한 채—어제 문주는 무슨 이야기를 하려고 했던 가? 혹 문주는 여기서 바로 연히에게로 갔는지도 또 오늘 연히가 만나 자는 것은 어제 문주를 만났기 때문인지도 모른다는, 이러한 생각을 한참 두서없이 늘어놓고 있는 참인데 웬일로 눈앞에 연히가 별안간 뛰 어드는 것이다.

허둥허둥 연히를 좇아 달음질 할 수밖엔 없다.

아무리 보아도 그 시원스런 눈하고 뭔지 다겁할 것도 같은 이쁜 입 모습이랑 대체 그 어느 곳에 이처럼 비상한 용기와 놀라운 개성이 들 어 있었는지 암만 생각해도 모를 일이다.

그는 여전 이 당돌하리만큼 정면으로 다가서는 아름다운 여자를 눈 앞에서 놓치려고는 않는다.

하긴 지금 순재 앞에 있는 이 짧은 편지로도 능히 시방 연히가 무엇 에도 누구에게도 조금도 구애(拘礙)받고 있지 않단 것을 알아내기엔 그 리 어렵지가 않을 뿐더러, 만일 연히로서 아무런 질서(秩序)에도 하등의 구속 없이 한갓 괴로움이 있을 따름인데 순재로서 굳이 완고하단 건 어리석은 일이다. 설사 순재의 어떤 고집한 비위가 만나기를 꺼려하는 경우라고 한대도 연히로서 만일 — 저편이 노한 것이라고, 생각을 한다 면 이건 당찮은 손이다.

순재는 벌써 노하는 편이 약한 편인 것을 잘 알고 있기 때문이다.

—거진 한 시간이나 앞서 순재는 자리에서 일어났다.

화장도 하고, 일부러 장 속에 있는 치마까지 내어 입었다.

그리고 한 번 더 거울을 본 다음에 집을 나섰다.

그러나 붐빈 거리만은 그래도 싫었든지, 광화문통에서 내려 황금정으로 가는 전차를 바꿔 탔다.

타고 가다가 어디서고 길이 과히 어긋나지 않을 지점에서 어느 좁은 길로 해 찾아 갈 요량이다.

×

봄날이라고는 해도 고대 한식이 지났을 뿐, 더욱 해질 무렵이라 그런지 아직 겨울인 듯 쌀쌀하다.

두 여자는 여전 말을 잃은 채 소화통(昭和通)으로 들어, 다시 갈 길을 잡았다.

순재는 조금 전 찻집에서도 그러하였거니와, 이제 거듭 보아도 연히는 그동안 놀랄 만치 예뻐진 대신 또 놀랄 만치 자기와는 멀어진 것만 같았다.

단 두 달 동안인데 그처럼 가깝던 동무가 대체 무슨 조화로 이처럼 생소하냐고 스스로 물어본댔자 그저 당장 기이할 뿐이다.

첫째 만나면 손이라도 잡고 반겨해야 할 사람이 제법 정중이 일어선 채 깍듯이 위해 인사하는 폼이 비록 순재로 하여 얼굴이 붉어지는 쑥스러움을 느끼게 했다고는 할망정, 웬일로 자기 역시 전처럼 대담할 수 없었던 것도 이 기이함에 하나였거니와, 이러한 종잡을 수 없는 느낌이 한데 뭉쳐 점점 어두워지고 무거워지는 마음 위에 급기야 모든 것이 한껏 너절하게만 생각되는─ 보다 먼 곳에의 고독감도 결국 이 순간에 있어 기이한 현상의 하나였다.

한동안 그는 아무것에도 격하고 싶지 않은 야릇한 상태를 겪으며 잠자코 있었다.

어디를 들어왔는지 두 여자는 수목이 짙은 좁다란 길을 잡고 개천을 낀 채 올려 걸었다.

방금 지나온 곳이 유달리 번화한 거리라서 그런지 바로 유곡인 듯 호젓하다.

"난 이제 새로이 뭘 후회하고 있진 않습니다. 단지 여태 잠자코 있어 괴로웠을 뿐예요!"

하고, 비로소 연히가 말을 건넨다.

순재는 여전 쑥스러운 채,

"잘 압니다."

하고, 연히 말에 대답을 했으나, 뭘 잘 안다는 것인지 스스로도 모를 말이다.

"날 비난하시려면 맘대로 하세요, 허지만 이제 내게도 말이 있다면 그분을 사랑했다는 것—사람 앞에서 조금도 거짓말을 하지 않았다는 것입니다. 이것으로 내일 지옥엘 가도 그건 내가 몰라 좋을 겁니다."

연히는 다시 말을 이었다.

순재는 연히가 전과 달리, 몹시 건방진 것 같아서 그것이 가볍게 비위를 거슬리기도 했으나 이보다도 뭔지 그 말에서 느껴진 절박함 때문에

"지옥엔 천사가 있다는데, 어딜 간들 뭐라겠어요."

하고, 짐짓 천천히 말을 받았다.

그러나, 이 약간 조소적인 말에도 연히는 별로 돌아볼 배 없이

"그분을 사랑하고 싶은, 그분이 사랑하는 단 한 사람이고 싶은 마음 때문에 나는 아무 겨를도 없었습니다. 하지만 역시 그분 앞에 아름다운 여자는 당신이었어요—"

하고, 똑바로 앞을 향한 채 혼잣말하듯 가만가만 이야기를 계속했다.

순재는 힐끗 연히를 쳐다보았으나 그 깎아낸 듯 선이 분명한 측면 어느 곳에서도 전날 예쁜 눈이 그저 다정하기만 하던 연히를 찾아 낼 수는 없었다.

그가 잠깐 대답을 잊은 채 걷고 있는 동안 연히는 다시 말을 이었다.

"혹 이것이 내 최후의 감상(感傷)인지도 또 나보다 아름다운 사람에 대한 노여움의 표현인지도 알 수 없으나 아무튼 꼭 뵙고 싶었습니다."

"만나 무슨 이야기를 하려구요?"

비로소 순재가 물어본 말이다.

두 사람은 처음으로 눈이 서로 마주쳤으나 웬일인지 피차 강잉하게 무심한 표정이려고 했다.

"글쎄요—결국 당신이 이겼다는—내가 졌다는 이야기를 하려고 했는지요."

하면서, 연히는 뭔지 가벼이 웃었다.

순재는 별안간 얼굴이 화끈 달아 왔다.

"그럴 리가 있어요?"

하고 우정 눙치면서도 애꿎게 왈칵하는 감정을 어쩔 수가 없었다.

"이제 우리 두 사람을 나란히 세워 놓고 누구의 형상이 흉 없는가 한번 바라다 보십시오. 내 모양이 사뭇 고약할테니."

연히는 여전 같은 태도로 말한다.

"아내란 훨씬 늙고 파렴치한 겁니다. 더 자랑을 가지세요!"

순재는 결국 그 노염을 이렇게 표현할 수밖엔 없었으나, 말이 멎자 연히의 표정 없는 얼굴이 무엇인지 기로하고 있는 것을 놓칠 수는 없었다. 과연 모를 일이다. 이제 막 순재가 한 말은 순재로서 대단히 하기 어려웠던 말일 뿐 아니라 또 어느 의미로 보아선 정말이기 때문이다.

"두 사람의 관계가 이미 삼자로선 상상 못할 정도로 깊어졌다면 어쩌겠어요?"

잠자코 있던 연히가 별안간 건넨 말이다.

아무리 호의로 해석한데도 이만까지는, 안 해도 좋을 말이다. 순간, 그의 머리를 솟구치는―연히는 내가 얼마나 비겁한가를 자기류로 시험해 보고 싶은 게다―하는, 맹랑한 생각 때문에 그는 끝내

"깊고 옅고 간에 결국 같을 겁니다."

하고, 자기도 모를 말을 중얼거렸다.

그러나, 이 애매한 말을 연히가 어떻게 들었는지

"그야 그렇겠지만, 난 그것보다도 그분을 얼마나 사랑하는가를 물은 겁니다."

하고 다시 건너다 봤다.

순재는 마치 덜미를 잡히고 휘둘리는 사람처럼 당황한 얼굴이기도 했으나, 역시,

"당신한테 지지 않을 겁니다."

하고 대답할 수밖엔 없었다.

머리를 숙인 채 잠자코 걸으면서도 그는 일이 맹랑하기 짝이 없다. 조금 전까지도 오히려 쑥스러움을 느낄 정도 없으니 무엇에 요동할 리 없었고 또 연히를 만나기까지도 물론 저편이 연히라 다소간의 봉변은 예측한 바로 친데도 기실 은연중 곤경에 빠질 사람은 연히라고 생각했기 때문이다. 무엇보다도 불쾌한 것은 점점 평온하지 못한 자기 마음의 상태다.

순재가 마음속으로 다시 조금 전 연히가 한 말을 들추고 있으려니,

"다른 건 다 이겨도 그분을 사랑하는 것만은 나한테 이기지 마세요. 여기까지 지게 되면 나는 스스로 타락할 길밖에 도리가 없습니다."

하고, 뭔지 훨씬 서글픈 어조로 연히가 말을 이었다. 그리고는 인차 순재가 뭐라고 대답할 나위도 없이

"그분은 누구보다도 자기 생활의 질서를 소중히 아는 사람입니다. 설사 당신에 비해 나를 더 훨씬 사랑하는 경우라도 결코 현실에서 이것을 표현하지는 않을 겁니다."

하고, 제 말을 계속했다.

이리되면 세상 못할 말이 없다. 순재는 이젠 당황하기보다도 대체 무슨 까닭으로 이런 말을 하는 지가 알 수 없다. 그러나 불행히도 그는 이 욕된 경우에 있을 말의 준비가 없었다. 평소 남편의 사람됨을 보아 이것이 정말일지도 모르기 때문이다.

순재가 아연 잠자코 있는 것을 보자 이번엔,

"아내인 것을 다행으로 아세요?"

하고 연히가 다시 재쳤다.

순재는 더 참을 수가 없었다.

"꿈에두요!"

"정말요?"

"네—"

"웨요?"

"아내가 아닌 당신과 꼭 같은 위치에 나란히 서보고 싶어서요."

"자유로운 선택이 있으라구요?"

"네—"

별로 천천히 말을 주고받는 두 여자의 얼굴은 꼭 같이 핼쑥했다. 연히는 한동안 가만히 순재를 바라보고 있었다. 아무 표정도 없었으나 결코 무표정한 얼굴은 아니다.

순재는 자기도 모르게 얼굴을 떨어뜨렸으나 순간 굴욕이 이에 더할 수가 없었다.

조금 후

"무서운 사람이에요, 가장 자신 있는 사람만이 능히 욕을 참을 수 있는 겁니다."

하고 연히가 혼잣말처럼 중얼거렸다.

순재는 거반 지쳐 그대로 입을 다물고 말았으나 연히야말로 무서운 여자였다. 단지 간이 큰 여자가 아니라, 어디까지 자기를 신뢰하는 대담한 여자다, 인생에 있어 이처럼 과감할 수가 없다. 도저히 그 체력을 당할 수 없어 순재로선 감히 어깨를 겨눌 수가 없었다.

—어디를 기나왔는지, 문득 널따란 산길이 가로 놓인다.

차차 어둠이 몰려 와 근역이 자욱했다.

×

심부름 하는 아이가 우정 커다란 목소리로,

"아주머니 이제 오세요?"

하고 마주 나오는 품이 남편이 돌아온 모양이다.

이제 막 문밖에서 다짐한 마음과는 달리, 별안간 두근거리는 가슴을, 그는 먼저 부엌으로 들어가,

"벌써 오셨구나! 진지는 어쨌니?"

하는, 허튼 수작으로 겨우 진정한 후 그제야 방으로 들어왔다.

남편은 두 팔을 벤 채, 맨바닥에 그냥 드러누워 있었으나 웬일인지 아내가 들어와도 모른 척 그냥 누워 있었다.

순재가 바꿔 입을 옷을 꺼내 들고 나올 때쯤 해서, 그제야 남편은―

"어딜 갔었소?"

하고 돌아다 봤다.

순재가 다시 들어오려니, 이번엔 철석 엎어져 누은 채 뭔지 눈이 퀭― 해서 있다가,

어딜 갔었소?

하고, 한 번 더 묻는 것이다.

"연히가 만나재서 갔댔어요."

하고, 아내가 대답을 했으나, 남편은 여기 대답 대신 이번엔 후딱 일어 앉아 담배를 붙였다. 그러더니,

"연히가 당신을 뭣 하러……."

하고, 혼잣말처럼 중얼거리면서,

"그래 만나서 뭘 했소?"

하고, 물었다.

순재는 뭐든 잠자코 있어선 안 된다고 생각하면서도 뭔지 지금껏 으박질렀던 감정이 스스로 위태로워 얼른 말을 꺼낼 수가 없었다.

아내가 잠자코 있는 것을 보자,

"괜히 당신한테까지 이런저런 생각을 끼치기도 싫었고, 또 나 혼자서도 충분히 해결 지을 자신도 있고 해서, 잠자코 있었으나 결국 사람의 의지란 한도 있었나 보오. 생각하면 대단 유감스런 일이지만 이미 지나간 일이니 이해하시오—"

하고, 남편은 별로 천천히 말을 시작했다.

순재는 말을 하려면 한이 없었으나 결국 할 말이 없어 역시 덤덤히 앉아 있으면서도 이제 남편이 말과 연히의 말을 비추어 두 사람의 관계의 끝간 데를 알기는 그리 어렵지가 않다.

"사실은 당신으로서 이해하기가 어려운 게 아니라 암만해도 무사해지지 않는 '마음'이 어려운 거지만 사람은 많은 경우 힘으로 불행을 막을 수 없는 대신 닥쳐온 불행을 겪는데 지혜가 있어야 할거요."

하고 남편은 다시 말을 계속했다.

조금도 옳지 않은 말이나, 역시 옳은 말이기도 한 것이, 딱했다.

그는 끝내 참기 어려운 역정으로 해서, 자기도 모를 당찮은 말을

"많이 괴로워요?"

하고, 배상 바르게 내던지고 말았다.

남편은 제법 한참만에서야

"괴롭다면 어쩌겠소?"

하고 되물었다.

"괴롭지 않을 방도를 생각하셔야지."

"괴롭지 않을 방도란?"

"그걸 내가 알게 뭐예요─"

여전 배상 바른 말씨다.

조금 후 남편은

"당신 실수라는 것 생각해 본 일 있어?"

하고 다시 물었다.

"없어요─"

"연애란 건?"

"……."

"있을 수 있습니까?"

남편은 재차 물었으나 그는 잠자코 있었다. 어쩌면 둘 다 있을지도

모르기 때문이다. 그러나 다음 순간 그는 끝내,

"그래 실수를 했단 말예요?"

하고 물어볼 수밖엔 없었다.

이 훨씬 조소적인 말을 남편이 어떻게 받는 것인지

"그럼 연애라야만 쓰오?"

하고 마주 보면서 이번엔 훨씬 혼잣말처럼

"아무 것이고 해서는 못 쓰는 겁니다."

했다.

"못 쓰는 일을 왜 했어요?"

"그러게 사과 하지 않소—"

"사과를 해요?"

"맞았소."

순재는 뭔지 괜히 참을 수가 없었다. 그는 무슨 까닭으로 이 순간 연히를 생각해냈는지

"연히가 개가 무슨 봉변이겠어요……. 당신 개한테도 나한테도 나쁜 사람이에요—"

하고는 허둥허둥 모를 말을 중얼거렸다.

남편은 뭔지 한동안 물끄러미 아내를 보고 있더니,

"그래 맞았소, 당신 말이—"

하고 대답하는 것이었다.

"뭐가 맞았어요, 그런 법이 어디 있어요?"

하고, 거반 대받이를 해도, 남편은 역시 같은 태도다. 그러더니, 별안간

"사과 할 길밖에 도리 없다는 사람 가지고 왜 자꾸 야단이요? 왜 따지려고만 드오, 따져선 뭘 하자는 거요? 당신 날 사랑한다는 것 거짓 말 아니요? 왜 무조건하고 용서 할 수 없소?"

하고는 벌컥 하는 것이다.

이리되면 이건 언어도단이다. 너무도 이기적이라니 그 정도를 넘는다. 그러나 알 수 없는 일은 지금까지의 어느 말보다도 오히려 마음을 흔들어 주는 것이 스스로도 섬뜩하고 남을 일이었다.

밤이 이슥해서 두 부부는 모처럼 베개를 나란히 하고 여전 이야기를 주고받았다. 차차 남편은 웃음의 말까지 하는 것이었으나, 순재는 여전 뭔지 맘이 편치 못했다. 이것은 밤이 점점 기울수록 더 날카로워만 갔다.

생각하면 남편은 역시 훌륭하다. 가만히 곁눈질을 해 보아도 그 누워 있는 자세로부터 말하는 표정까지 그저 늠름하기 짝이 없다. 만사에 있어 능히 나무랄 건 나무라고 옹호할 건 옹호하고, 살필 건 살피고 뉘우칠 건 뉘우쳐서 세상에 거리낄게 없다. 어느 한곳에도 행여 남을 괴롭힐 궁색한 인격이 들었던 것 같지 않고, 팔모로 뜯어 봐야 상책이 한곳, 나왔을 것 같지 않다. 단지 전보다 '하나'를 더 겪었을 뿐, 이제 그 겪은 바를 자기로서 처리하면 그 뿐이다.

"연히 보고 싶지 않소?"

별로 쑥스럽고 돌연한 물음이었다. 그러나 남편은 이미 객쩍은 수작이라는 것처럼 시무룩이 웃어 보일 뿐, 굳이 대답하려고도 않는다.

"어째서 그렇게 무사하냐 말에요."

하고, 한 번 더 재치려니, 이번엔 뭐가 몹시 피곤한 것처럼, 얼굴을 찡그린 채,

"사랑하는 사람을 두고 또한 여자를 사랑한다는 건 한갓 실수로 돌릴 수밖에. 당신네들 신성한 연애파들이 보면 변색을 하고 돌아 설진 모르나 연애란 결코 그리 많이 있는 게 아니고, 또 있대도 그것에 분별 있는 사람들이 오래 머물 순 없는 일이거든. 본시 어른들이란 훨씬 다른 것에 많은 시간이 분주해야 하니까."

하고, 제법 농조로 웃으면서,

"내가 만일 무사할 수 있다면 그것은 당신 덕택일거요. 하지만 이것보다도 몇 달을 두고 법석을 할 텐데, 우리는 단 몇 시간에 능히 화해할 수 있지 않소."

하고, 말하는 것이다.

순재는 뭔지 기가 막혔다. 세상이 편하게 되었다다니, 천길 벼랑에 차 내처져도 무슨 수로든 다시 기어 나올 사람들이다. 그는 그저 잠자코 남편의 이야기를 듣고 있었으나, 다음 순간,

(평화란 이런 데로부터 오는 것인가? 평화로워야만 하는 부부 생활이란 이런 데로부터 시작되는 것인가?)

하는, 야릇한 생각에 싹둑 걸린다. 문득 좌우로 무성한 수목을 헤치고 베폭처럼 희게 뻗어나간 산길을 성큼 성큼 재처 올라가던 연히의 뒷모양이 눈앞에 떠오른다.

역시 총명하고 아름다웠다.

누구보다 성실하고 정직했다.

(1942년 3월호)

"그러면 그렇지, 유 선생이 내 집에 드셨다가, 사글세를 되로 얻어 가신대서야 말이 됩니까. 집을 구하러 같이 가시자는 바에야, 열 번 백 번은 못가겠습니까. 아, 정말 기쁩니다. 가고말고요."

모처럼 집을 한 채 방 구해보러 가자는 유의 청을 들은 주인은 이렇게 말을 맺고, 한바탕 유쾌한 웃음을 웃었다. 친불친은 어쨌든, 남에게 사글세를 주고 지내는 터에, 주인으로선 의당 지나가는 말이라도 이렇게 할 만한 것이었다.

"주인 선생 덕이 워낙 크면, 내 복이 적드라도, 괜찮겠지요. 흥흥."

유는 스스로 코웃음을 쳤다.

"아니, 내 말을 좀, 들어 보서요. 요전전 번에는 머릿방에서 사시던 댁이 이천 원에 집을 사 가지고 나가지 않았습니까! 어쨌든 그 댁과도 육 년 동안을 한 집안에 살았지만, 젊은 여인이 아들 형제를 다리고 시굴서 갓 올라와 우리집 머릿방에 처음 들었을 제는 그야말로 그 정상이 딱했었지요. 페일언하고 굶기를 먹듯 하지 않았습니까. 보다 하도 딱하면 나 먹던 양식 되라도, 안 보태준 건 아니지만, 언발에 오줌 누기지, 됩니까 어데! 정말 그 부인 고생 무척 했지요. 하루는 굳게 닫힌 문 안에서 신음하는 소리가 들리잖겠어요 허허. 이 부인이 병이 났나보다 싶어 약을 지어올 생각은 하였지만, 병 증세를 알 도리가 있습니까! 방문을 열 수는 없고, 문 밖에서 증세를 물을 수밖에요. 방 안에서는 마지못해 억지로 하는 대답이, 거짓말 조금도 안 보태고 꼭, 모기소리만 하겠지요. 아픈 이야기보다도 괜찮단 말을 더 많이 하잖겠습니까. 약 두 첩을 지어다 대접을 하였지요. 사실, 그 부인의 형편이, 약 두 첩 쓸 만한 형편도 못 되었거든요. 그렇게 형편이 어려웁던 이입니다. 큰아들이 상점 고용을 다니어 약간 번대야, 스무 살 안 벌이로, 으레 그럴 것 아닙니까. 규모가 무서웠지요. 규모를 안 부릴래 안 부릴 도리가 있나요. 김치 한 가지면 한 가지였지, 반찬 두 가지를 먹는 법이 어데 있어요. 이렇게 몇 해를 지냈습니다그려. 시건 쓰건 세월은 넘어가고 나이는 먹었을 것 아닙니까. 나이 한 살이라도 더 먹을수록 아들의 수입은 한 푼이라도 늘었지 줄 리는 없지요. 용은 한 푼이라도 덜 쓰려 들었지 더 쓰려들든 않았지요. 차차 저축이 좀 있을 것 아닙니까. 모르면 몰라도 십 원대에서 백 원대로 올라가기란 그렇게 수월한 게 아니었을 겝니다. 백 원대에서 천 원대로 오르기란 여간 십 원대에서 백 원대로 오르는 것 같겠습니까. 진심갈력 몇몇 해에 돈 천 원이나 착실히 모았던 모양이지요. 이렇게 돈 천 원이나 모아놓으니 돈은 동무를 찾아오기 시작합니다그려. 남편한테서 오백 원이 오들 않었겠습니까. 첩을 얻어 가지고, 머나먼 타관 항구에 가서 술장사를 한다는 남편이 보태어 집을 사라는 것이었지요. 살던 본 시굴서 오백 원이 또 오지 않았겠습니까. 시아버지와 단 둘이 떨어져 살던 시어머니가 영감을 여의고 서울 며느리와 합산을 하고자 시굴 살림을 정리한 돈입니다. 오백 원에다 오백 원을 보태고, 있는 돈 천 원을 합하면 이천 원이 되었습지요. 이천 원만 가졌으면 작은 집 한 채는 넘겨다 볼 수가 있다는 것이겠지요. 그러니까, 이 돈 오백 원 두 자욱을 물어들인 것은, 있는 돈 천 원이었지요. 그럴 것 아닙니까, 주먹에 주인 돈 천 원이 있기에 집 살 마음이 났고, 그 돈 천 원을 믿기에 오백 원 뭉치가 따라든 것이 아닙니까. 내 정말 요공이 아니라, 이 집을 고르러 다녔는데, 애를 좀만 썼다고 할 수는 없지만, 아닌 게 아니라, 애는 써도 마음은 기뻤지요. 그 돈 천 원 아니었으면 낸들 애써볼 뻔이나 하였겠습니까. 그러니까, 남의 도움을 받는 것도, 먼저 제 정성을 들여야 하는 것 아닙니까. 내 어떻게 심악스리 복덕방을 찾아다녔던지 어떤 실없는 영감쟁이는 나를 보고 소실집을 구하느냐지 않았겠습니까. 하하. 따은 그렇게 볼 듯도 한 게, 여인을 앞세우고 다니지요, 제 일처럼 열심히 나는 다니지요, 항용 그렇게 볼 듯도 한 일이지요. 하하. 아니 정말, 주인치고 제게 있던 이가 잘되어 나가는 게 좋지, 못되어 나가는 게 좋을 까닭이 있습니까."

주인의 짧지 않은 이 이야기를 듣기에 유는 담배를 한 개 반이나 태워버리었다.

"그는 다 끝이 퍼진 이야깁니다그려. 끝이 퍼졌으면 여간 퍼졌습니까.”

유는 은근히, 장차 올 내 신상의 이야기를 예상함직한 말이었다.

“아무렴요, 사람은 끝이 퍼져야지요. 뒤끝이 훨쩍 퍼져야 할 것이 아닙니까. 송곳 같이 끝이 빨어서야 됩니까. 끝이 다다 퍼져야지요.”

주인은 내내, 말끝마다 열을 식히지 않았다.

“끝이 빨을수록, 뾰족할수록, 송곳은 무엇을 뚫을 수가 있잖습니까. 허허.”

유는 이러고, 주인의 열을 식히지 않을 만한 정도로 웃어 보았다.

“뾰족해야, 기껏 뚫는 것밖에 더 있겠습니까. 남는 게 있어야지요.”

주인은 내내 내 철학을 굽히지 않는 모양이었다.

“대추씨처럼, 위아래가 뾰족하고, 가운데 배만 불룩한 게 있지 않습니까. 고놈이 또한 별자거든요. 흥흥.”

유는 이러고 코웃음을 치기 딴은 주인의 새로운 대답을 예기하기 딴이 아니었다. 주인의 새로운 이야기의 씨가 이 속에 묻히었을 줄은 그도 과연 몰랐던 것이었다.

“대추씨가 어떻다고요? 위아래가 뾰족하고 가운데 배만 불룩하다고요? 내 말씀을 좀 들으시오. 우리 건넌방에 들었다가 나간 댁이 한 분 있습니다. 한 사십된 부인넨데, 한 이십된 아들 하나에, 식구란 단 두 식구였지요. 아들이 자동차 회사를 다닌다 하여, 자동차 운전순가 하였더니, 나중에 알고 보니, 아직껏 운전수가 되려고 욕을 보는 사람이 아니었겠습니까. 조수 겸 소제부 겸 다니던 모양이었지요. 수입은 물론 어머니에게 벌어다 주기는서레 어머니게서 용을 다면 얼마씩이라도 타 가야 될 형편이 아니었겠습니까. 그러면 대체, 이 부인네는 어떻게 벌어서 목구멍에 풀칠이라도 하느냐가 문제가 아니겠습니까. 분명한 남의 소실이었지요. 아들은 역시 의붓아들이 되는 수밖에 없고요. 남의 소실이라 하였으니, 호강은 따라다니는 줄 알아서는 안됩니다. 이 여인네, 비록 남의 소실 노릇은 할망정, 좀 색다르게 한단 말입니다. 남편을 큰마누라에게서 앗어올 생각은 않고, 시굴 남편이 일 년에 몇 차례씩 찾아주는 것만도 감사하게 아는 모양이 아니겠습니까. 남편이 오면 고기를 산다, 술을 받는다, 오글보글 찌개를 끓인다, 이웃방에서 회가 동해 못 배길 판이었지요. 이렇게 장만한 음식을 먹고, 이튿날은 십 원짜리 몇 장을 집어주는 것이, 곧 이 여인네의 중요한 자원이 되는 것 아니겠습니까. 이것을 가지고 먹으며 드문드문 오는 남편을 기다리자니, 아들이 하는 반찬투정은 예사로 들을 수밖에 도리가 있나요. 끼니를 뛰어 건느면 건넜지, 안할 도리가 있나요. 분명한 남의 소실로 굶주린단 말을 들으면, 남은 비웃고, 금방 박차 버리지 못하느냐, 할지 모르나, 그들의 정은 그래도 그렇지 못하야 자주 못 볼수록 연연한 모양이 아니었겠습니까. 어차피 남편을 독차지 못할 바에 다른 데 맡기는 것보다는 큰마누라한테 맡기는 게 오히려 괜찮다. 그것만 참고 믿었던지도 모르지요. 이러한 살림살이에 하루는 반가운 소식이 들어왔습니다. 아들이 시험에 통과를 하여 정말 운전수가 되었다는 것이 아니었겠습니까. 그 뒤로 아들은 수입이 좀 늘은 것을 빙자로 용을 나우쓰려 드는 것을 억누르고 이 여인이 또한 돈을 모으기로만 작정이었으나 아들의 손아귀서 나오지 않는 돈을 어찌할 도리가 있겠습니까.

그러다 이미 잦아지고 없어진 돈을 부른다고 와요. 이러던 차에, 또 하나 기쁜 소식이 이 방에 날아들어 왔습지요. 시굴 남편이 금광 바람에 돈 만 원이나, 뜬돈을 잡았다는 것이 아니었겠습니까. 이 여인네는 여기에 착미들 무던히 하였겠지요. 그 수다한 여인의 궁리와 뱃속을 누가 알 수 있습니까마는, 시굴 남편이 올라와 집을 보러다니고 집을 사겠노라 여인네가 왼집안에 자랑을 하였으니 남편 돈 생긴 참에, 이 여인네 집이 생기는 것은, 알 수 있는 게 아닙니까. 아니나 다를까, 동대문 밖에다, 초가 한 채를 샀지요. 도배에 얼마가 들고, 지붕 해 이는데 얼마 든 것까지 파다하게 이 집안 사람들은 알지 않았습니까. 그 보십시오. 내 집에서 분명코 두 댁이 집을 사 가지고 나가지 않았습니까. 비록 돈의 성질은 다르다 하나 사글세를 살다 집을 전채 사 가지고 나갔으면 퍼졌지 줄어들었다고 할 수 있습니까. 이듬해에는 이 여인이 아들 장가를 들였지요. 아들이 장가를 들고는 마음을 잡는댔으니, 이 집안이 통통해졌으면, 여간 이만저만 통통해졌습니까. 이 집에 오면 여인네는 자기네 집구경을 오라고, 청이 기맥혔는데, 이건 천만 꿈밖에 불이 났습니다그려. 하룻밤 새에 홀짝 사라올리들 않았겠습니까. 집이야 어쨌든 세간살이야 어쨌든, 사람 다치지 않은 것만, 만 번 다행이 아니냐고, 남들은 위로를 해주지 않았겠습니까. 이야말로 대추씨처럼 되었지 뭡니까. 위아래가 뾰족하고 가운데 배만 부르고. 탓은 불을 주의 안한 탓이겠지만, 원 그럴 수가!"

주인은 아직껏, 못내 애석해하였다.

"허, 그것 참 안되었습니다."

유도 따라서 탄식을 하였다.

"아니지요, 그래도 남은 것은 있거든요! 불이 났거든, 땅까지야 탔습니까. 집은 탔어도, 터는 남는 것이 아닙니까. 그 터에다 다 찌그러진 초가집 대신, 새 개와집[기와집]을 지으면 될 것이 아닙니까. 개와집이 초가만 못할 리는 없겠지요."

주인은 또 한바탕 유쾌한 웃음을 웃었다.

"그야 물론, 그렇다면 그렇지요."

유 또한 주인의 비위를 이만큼 맞추어 주었다.

"한데, 문제는 어데 있는고 하니, 우리집에서 사시던 분은, 나갈 제는 집을 사 가더란 것입니다. 머릿방에 있던 댁이 그랬고, 건넌방에 있던 댁도 그랬고 한데, 이번은 아랫방, 뜰아랫방 유 선생 차례가 되었단 말씀입니다. 나로서는 그야말로, 기쁜 일이 아닙니까."

주인은 되도록이면, 기쁜 재료만을 추켜들어 가지고 기뻐하려 들었다.

"그야 참으셨다, 내가 집을 사든 뒤에 하실 말씀이고, 소창 겸 한번 나가 보시지요. 나로서는 한번 안 나가 볼 수가 없으니 말씀이지요. 허허."

유는 말을 마치고 일어섰다.

"아무렴요. 가다뿐이겠습니까."

주인도 따라 일어섰다. 주인의 방 앞마루에는 이른봄 햇볕이 따스히 올라왔다.

○

"어데 한번 높직하게 더듬어 볼까요."

축축한 고샅길로 나선 주인은 이렇게 운을 띄웠다.

"높직하게라니요? 아현정 막바지나, 현저정 막바지 말씀입니까?"

유는 이렇게 반문을 하였다.

"원 천만에, 누가 까치집처럼 터만 떨름 높은 것을 말하였습니까. 드높은 추녀에 높은 마루가 있는 집을 말하였지요."

주인은 이러고도 빙그레 웃는 품이, 그럴만한 신력이 유에게 있으려니는 갑자기 믿어지지 않는 모양이었다.

"아시다시피, 적고 못생긴 집일수록 좋지요. 그럴수록, 값이 적지 않습니까. 탓은 결국, 주머니에 있지만도."

유는 스스로 냉소를 하였다.

"적어도 한이 있지, 적기만 하면 됩니까. 용신은 할 만해야 될 것이 아닙니까. 실단은 적은 집이 오히려 큰집보다 비싼 법이랍니다."

주인은 유의 뜻을 어길래서 어긴 것은 아니었다. 자기의 짐작이 너무도 잘 들어맞는 데, 제물 싫증을 낸 것인지도, 딴은 모를 일이었다.

"달팽이집이 제 아모리 적기어든, 달팽이 제 용신 못하겠습니까. 허허."

유는 실상 자기의 의견을 고집하기 위하여 한 말은 아니었다. 가로질린 사실을 모재어본 데 불과한 것이었다.

"대관절 얼마짜리를 구하십니까? 그것부터 먼저 정해야 될 것이 아닙니까?"

주인은 역시 묻지 않아도 알 듯한 말을 묻고야 말았다. 비록 일의 순서가 좀 늦었다고는 할지 모르나, 그래도 이것이 일에 착수를 하는 보법이라고, 생각을 하였는지도 모른다.

"예, 그렇습니다. 그런 것이, 나의 생각에는, 서울 집값이 왜 그냥 비싸냐는 것입니다. 턱이 없이 비싸다는 것입니다. 깊숙한 산발치, 그까짓것 한 평에 십 원 이내라도, 나는 절대로 싸다고 생각을 않는데, 백 원이라도 싸다니, 대체 싸다는 근거가 어데 있습니까. 시세가 그렇다지요. 백 원을 달라는데 내 안 샀으면 그만이 아닙니까. 팔자는 데 안 산대도, 시세 문제가 붙습니까. 애초에 십 원을 주었다며, 백 원 시세를 본다는 것이거든요. 내 정말 돈도 없었지만, 집 한 칸이라도 사기 위해선 서울 집값이 떨어지기를 바랬지요. 집 한 채에 백 원 이내는 너무 심하다면, 천 원 이내짜리를 산다는 데야, 그것도 지나친 욕심이라면, 평생 가야 우리 같은 군네 집구경 해 보겠습니까. 그러기에 누가 큰 거야 바랍니까, 다다 적을수록 괜찮단 말이거든요. 허허."

유는 모처럼 긴 이야기를 하였으나, 걸음을 걷기에 별로 숨찬 줄은 몰랐다. 걸음과 숨과 말을 얼러얼러 넘긴 관계라고 할런지 모른다.

"허, 속으로 은근히 횡재를 꿈꾸십니다그려. 허허허."

주인은 걸음걸음 새에 약간 숨찬 웃음을 웃었다.

"횡재요? 가령 지금처럼 길을 가다가 돈 뭉치를 줏었다고 합시다. 그 돈 뭉치를 줏었을 제, 줏은 그 사람의 가슴은 얼마나 울렁거리겠습니까. 누가 혹 보지 않았는가, 보았으면 어떡하나, 그럴 것 아닙니까. 마음이 좀, 불안할 것 아닙니까. 여기에 가장 편리한 방법이 있지 않습니까. 든 손 갖다 파출소에 맡길 일이지요. 사례금은 생길지언정, 누가 보았나, 들키면 어쩌나, 하는 불안은 없을 것 아닙니까, 불안을 없애는 편리한 방법이란 게 이겁니다. 허허허.”

유는 이렇게 은근히 주인의 말을 거부하였다.

“흥정은 결국 안 되고 말 게 아닙니까, 허허허.”

주인 역시 그대로 물러서든 않을 모양이었다.

“흥정이 못 되다니오?”

유는, 내려가는 갈커막이에, 짐짓 이렇게 한번 묻지 않을 수가 없었다.

“그럴 게 아닙니까? 비싼 건 비싸다고 안 살 것이고, 싼거리는 싼거리라고, 횡재라고 안 살 것이고, 그 중간 비위를 누굴 표준해 맞춥니까. 집은 사기가 매우 힘이 들 모양이 아닙니까. 허허허.”

이번에는 주인이 걸음을 멈추면서까지 웃었다.

“그러니, 주인 선생 덕을 톡톡히 보자는 것이지요. 그렇지 않습니까. 허허.”

유는 무단한 힐난을 뚝 끊고, 이렇게 말끝을 슬쩍 돌려보았다.

“덕을 가지고 따질 게 있습니까. 다니면 설마 열 코에 한 코는 걸리겠지요.”

주인은 말을 마치고는, 걸음을 돋구어 걷기 시작하였다. 유 또한 따라서 걸음을 돋구어 걸을 수밖에 없었다.

그들은 자기네 동네를 뒤로 두고, 꽤 멀리 나왔다. 대경성으로 치면 복판이었으나, 옛날 문안 문밖, 하는 식으로 치면 역시, 서울의 변두리임에 틀림이 없었다. 안으로 길게 뚫린 골목 안에, 봄바람 부는 대로 삼벳자락이 펄렁거렸다. 복덕방 영감들이 때마침 문을 열어제끼고, 다

스한 볕을 쪼이고 있었다.

"여기 집 좀 한 채 볼 것 없습니까?"

주인은, 공손하나 위엄 있는 목소리로, 이렇게 물었다.

"예, 몇 칸짜리를 고르시오?"

영감 중에 텁석부리 영감 하나이 차고 나서 대꾸를 하는데, 그의 게슴츠레한 눈은, 상대자의 위아래를 훑는 품이 요건 또 몇 칸짜린가, 궁거울 뿐이 아니라, 공걸음 시킬 가짠가, 실속 있는 진짠가까지 알아맞히고 싶은 모양이었다. 알고 보면, 좌중이 모다 똑같은 눈치였다.

"몇 칸, 몇 칸짜리가 있습니까?"

주인 또한, 서둘 것은 없으나, 못지않게 반문을 하였다.

"쉰다섯 칸짜리도 있고, 서른 칸짜리도 있고, 스무 칸짜리도 있고. 그중에서 맘대로 골라잡으시오."

영감은 이렇게 말을 내어던지고는, 너희들 멋대로 해라 나는 모른다는 듯, 담배만 뻐끔뻐끔 빨았다.

"그 스무 칸짜리 한번 보시려오? 새집에 앞뒤가 돌고, 부연 다 달았소. 마당 넓고, 지대 좋고, 집이야 백모로 따져도 나무랠 데 한 군데 없지요."

좌중에 또 하나, 코틸 긴 다른 영감이 이렇게 가로차고 나섰다.

"매칸 얼만데요?"

주인은 내내 묻기로만 작정이었다.

"칠백 원이면 되겠지요. 값도 상당하지요. 요새 물재에 새로 지을랴면 어림도 없습니다."

영감은 권하는 품이 어쩌면, 스무 칸짜리로 그들을 금쳤는지도 모른다.

"그 아래뻘로 없습니까?"

이번은 유가 가로질러 이렇게 물었다. 이랬대서, 주인의 마음이 거슬렸을 리는 만무였다.

"아래뻘요?"

코털 긴 영감은 다시 한번 유의 위아래를 훑어보았다.

"적으면 적을수록 좋습니다. 초가면 어때요. 초가가 좋소이다."

유는 자기가 필요한 구절만 잘라서 던져보았다.

"초가가 있습니다. 보잘 건 없지요. 그렇기에 싸지 않습니까. 삼천 원만 주면 판다니요."

코털 긴 영감은 한풀 신명이 꺾인 모양이었다. 보아하니 싹수가 벌써 틀렸단 수작인지도 모른다.

"그 아래로는 없단 말이지요?"

유는 다시 한 등급을 낮춰 물어보았다.

"없소이다."

영감은 한마디를 던지고, 다시는 모른 체 해버렸다.

모른 체 하는 걸 구태여 알은 체 할 것도 없이, 유는 그의 주인과 같이 내친 길을 걸었다.

복덕방을 들르는 족족, 냉대를 결국 받고야마는 이유는 오직 값 너무 적은 집을 사련다는 그 이유였다.

"여보서요, 주인 선생, 천 원짜리가 없으면 일천오백 원짜리란대도, 산다는 것이 아닙니까. 나는 내 힘껏 오백 원까지를 양보를 한 것이 아닙니까. 그래도 없다! 여전히 냉대가 아닙니까. 허허허.”

유는 결국 이렇게 투덜대었다.

“시세가 그런 걸 어찌합니까.”

주인은 이렇게 말은 하면서도, 유를 위하여 단념을 하지 않은 표로는, 아직도 오던 길 반대 방향을 걸으며 복덕방이란 복덕방은 모조리 뒤지는 것이었다.

애쓴 보람이 있었다. 아현정 막바지로 거의 다 기어올라가서였다. 일천이백 원짜리가 한 채 있었다.

집도 미처 보기 전에 유의 귀에 척 안긴 것은, 일자 다음 한 자 건너 이자가 달린, 이 일천이백 원이란 소리였다.

안방이 있고, 대청이 있고, 건넌방이 있고, 뜰아랫방이 있고, 마당이 제법 넓다. 명색이 또한 기와집이었다.

정말 훌륭하다마는, 땅은 남의 땅이었다. 집 임자 각각, 땅 임자 각각이었다.

“유 선생, 남의 땅이면 상관 있습니까. 집 헐어가라는 것 아니요, 일년에 땅세 얼마 물어주면 될 것 아닙니까. 그저 두 말할 것 없이, 이 집 흥정을 하도록 합시다.”

돌아올 길에 주인은 이렇게 간절히 권하였다.

“글쎄올시다. 마음에 합당치 않은 것은 아닌데요.”
하고, 유는 아직도 결단을 못한 것이 있는 모양이었다.

“그저, 더 별로 생각하실 게 없습네다. 건넌방은 사랑 겸 서재로 쓰고, 뜰아랫방은 남 세를 주고. 유 선생에게는 꼭 안성맞춤이지 뭡니까.

허허허.”

주인은 내처 권하였다.

“아, 내가 또, 남 세를 주어요. 허허, 그렇게 대뜸 뛰어오르다가는 현기가 나지 않을까요! 허허.” 유는 연거푸 웃었다.

“하루라도 속히, 집주인 노릇 좀 해 보셔야지, 평생 남을, 주인으로만 두실랬습니까. 그저 얼른 속히 결정하시는 게 상책이지요.”

주인은 어느 쪽으로든지 권하는 것이 목적이었다.

“오늘밤 상의를 해 보아야지요. 나 혼자 될 것이 아니니까요.”

유는 본담 토정으로 이렇게 말머리를 돌리었다.

“아무렴, 부인과도 난만상의를 하서야 되겠지요. 하지만 일은 서둘러야 될 겁니다. 다른 사람에게 빼앗기기 전에 말이지요. 내일이라도 곧 나와 같이 가서 계약금을 치르도록 하시지요. 내 이런 일에 기뻐서도 가만히 있을 수가 있습니까. 허허허.”

주인은 미리 서둘러 기뻐하였다.

“부부간 상의는 고사하고, 우선 친구를 만나 보아야겠습니다.”

유의 토진은 이것이었다.

“허, 집 사는데 친구의 의견까지 듣자면, 수속이 너무도 창창하지 않습니까.”

주인은 잠깐 눈을 까막이었다.

“돈이 친구에게서 나오거든요. 내가 청했습니까, 친구가 자발적으로 그렇게 해보란 것이었지요.”

유는, 자기를 위해 애쓰는 주인에게 이만큼은 고백을 않을 수가 없던 모양이었다.

"아, 그렇습니까. 고마운 이야깁니다. 그 여간 어려운 일입니까. 그러면, 오늘밤에 가셔서 볼일을 보시고, 내일은 계약을 하도록 하지요."

주인은 다시 한번 부탁을 하여두고, 유와 같이 같은 내 집으로 돌아왔다.

○

이튿날 아침, 주인댁 마루에, 유는 다시 주인과 나란히 걸터앉았다.

"어젯밤에는 아마 늦게 들어오셨지요. 내가 꽤 늦도록 잠을 안 잤어도, 들어오시는 줄을 몰랐는데요."

주인은 이렇게 말 허두를 내었다.

"늦게 왔어요. 술잔이나 먹고 이런 이야기 저런 이야기를 하니, 자연 그럴 수밖에요."

유는 이러고, 두 손바닥으로 얼굴을 싹싹 비비었다.

"잘들 노셨구면요. 이사 잔치를 미리 잡수셨습니다그려. 미리 몰족 잡수서서 안될 걸요. 좀 남겨 두서야 할 걸요. 뒤로 오는 손들도 적지 않을 테니요. 허허."

주인은 내내 유쾌히 웃었다.

"미리 다 먹어버렸지요. 그러나 주인 선생 드릴 약주는 깊이깊이 간직해 두었습니다. 허허."

유도 따라서 웃는 도리밖에 없었다.

"대관절, 오늘은 계약금을 치르러 가야 할 것 아닙니까?"

주인은 결국, 오늘 아침에 제일 묻고 싶은 말을 묻고야 말았다.

"계약금만 치르면 무엇합니까. 뒷돈을 댈 수가 없는 바에야."

유는 또 한번 손바닥으로 얼굴을 쓸었다.

"그야 물론이지요. 계약금 뗄 줄 알며, 계약금을 치를 까닭이 있습니까. 그러면 일이 틀리셨구면요?"

주인은 짐짓 이렇게 한번 묻는 것이 보통 예의라고 생각을 하였는지도 모른다.

"일이 틀렸다고만 볼 수는 없겠지요."

유는 못내 코웃음을 쳤다.

"그러면 장차 또 여망이 있단 말씀이지요?"

주인은 다시 한번 파물었다.

"아니지요, 그만 일에, 친구에게 누를 끼치지 않겠단 일로서는, 틀린 게 아닌 것이 아닙니까. 내가 이번 일로 인하여 손해를 본 것이야 있습니까. 손해를 본 것은 결국 친구 편이겠지요. 나는 친구의 청을 들으려 하였으나, 친구는 자기의 말을 스스로 실행치 못하였으니요."

유는 한바탕 웃고 말리라 하였다.

"세상에 남의 주머니를 어떻게 믿습니까. 어렵지요."

주인은 전과는 딴판으로, 웃음을 멀리하였다.

"주머니를 누가 믿습니까. 친구는 나를 믿고, 나는 친구를 믿은 것 아닙니까. 마음 먹은 대로 쏟아논 건, 믿는 벗 새의 일이요, 주머니 주머니대로 틀린 건, 때의 형편이 아니겠습니까. 먹었던 마음이 변하였단들, 먹었을 그때의 마음이야 감사히 사줄 필요가 있지 않습니까. 그러면 그만이 아닙니까. 허허허.”

유는 유달리 소리를 떨쳐 웃었다.

“원 그 말이 됩니까. 이번이 세 번째, 이번은 꼭, 유 선생이 집을 사 가지고 가실 차렌데요. 그러기에 나는 어제도 절로 신이 나서 쫓아다닌겐데요! 말이 되나요 원!”

주인은 못내 애석해하였다.

“그런 계제 아니면, 나 같은 사람이 서울서 집 사러 돌아다녀 보겠습니까. 그것만도 다, 친구의 덕택이요, 주인 선생의 덕택이라면 어떻습니까. 그저 폐일언하고 주인 선생께 미안한 말씀은 따로 드리려니와, 봄날 하루 소창한 셈만 잡으면 그만이 아닙니까. 허허허.”

유는 일어나 창공을 바라보고, 깊은 호흡을 하였다.

(1942년 5월호)

처음에는 고기를 잡는 재미에 가나 차츰은 낚는 맛이요. 낚는데 자리가 잡히면 그로부터는, 하필 물에 가야만 낚시질이 아닌 듯하다. 밝은 날 아침에 떠나기 위해 이날 저녁 등 밑에서 끊어진 실을 잇는 것이나, 뜰망이나 어통을 매만지는 것부터 이미 낚시질이며 물 동무와 함께 누워 지난 어느 한때의 낚고 끊기면 이야기로 흥을 돋음도 또한 낚시질이니 지금 내가 이럴 이야기를 쓰는 것조차 한 낚시질일 수 없지 않을 것이다.

○

한편 송전(松田)서, 한번 인천(仁川)서 배를 타고 나아가 낚시질을 해 보았다. 그것으로 바다낚시질을 말하는 것은 심히 망령될 것이나 바다낚시질은 좀 소란하고 좀 노동에 가깝고 꽤 물리는 날은 직업적인 결과를 갖게 되는 것만은 사실인 것 같았다.

맑고 고요하고 짐스럽지 않기는 아모래도 민물낚시질이라 생각한다.

내가 서울서 처음 민물낚시질 가본 데는 동대문 밖 중랑천(中浪川)이다. 논물이 빠지는데다가 회기리(回期里)쪽으로부터 하수도도 이리 합치는 모양으로 물 냄새가 퀴퀴하고 물리는 것도 미여기따위 잡고기가 흔한데 반두질꾼, 주앵이질꾼, 미역감는 패, 잡인이 너무 모여 시비부도처(是非不到處)는 아니었다.

다음으로 가본 데가 소래(蘇來)저수지다. 경인선으로 가 소새(素沙)서 나려 마침 버스가 있으면 대야리(大也里)까지 타고 없으면 장찬 십리 길을 걸어야하는데다. 얕은 줄 밭이 많고 깊은 데는 돌로 쌓은 둔덕에 앉게 됨으로 바닥도 좋지 못하고 사람도 너무 뜨거워진다. 그러나 가끔 손아귀가 번 붕어를 낚을 수 있는 맛에 공일날 같은 때는 무려 삼사십명은 모이는 데다.

서울서 과히 떨어지지 않은 망우리(忘憂里)고개 넘어 수택리(水澤里)에 좋은 늪들이 서너 자리나 있는 것은 훨씬 뒤에 알게 되었다. 이시미가 나와 송아지를 먹고 들어갔다는, 좀 오래고 깊은 소(沼)나 늪에는 으레 있는 전설이 여기도 있지 만치 두 간반 낚싯대에 으레 길반은 서는 깊은 물이었다.

고기만을 탐내지 않은 바에는 역시 앉을 자리 좋은 데가 으뜸으로, 자리를 가려 앉으면 물도 맑은 편이요, 울멍줄멍 먼 산의 전망도 일취있는 곳이다. 붕어도 소래서보다 더 큰 것이 가끔 나타났고 어쩌다는 잉어가 덤벼 줄을 끊어도 소래서보다 더 큰 것이 가끔 나타났고 어쩌다가는 잉어가 덤벼 줄을 끊거나 한눈 파는 사이 낚싯대 채 끌고 다라나기도 일쑤였다. 은비늘이 물 우에 솟아 뛰고 해오라지 한가히 조는 모양으로 수향경치로는 제격 이었다.

그러나 원체 사람이 너머 모여 들었다. 버스를 내리는 데서부터 경쟁들이다. 잘 물리는 자리에 앉으려는 것은 욕심이라기보다 누구나의 상정일 것이나 젊은이도 십오 분은 걸리는 데를 늙은이가 뛰는 것은, 뛰다가 결국 떨어지고 마는 것은, 더욱 좁은 논틀길이여서 더 뛰지 못하는 늙은이를 떠다밀고 앞서 달아나는 것은 어느 쪽이나 함께 아름다워 보일 리 없다.

「물립니까?」

남의 옆을 고요히 지나는 교양이 별로 없다. 또 잘 물리어도 잘 물린다고 대답하는 정직도 그리 없다. 곤드레가 한 시간만 까딱 안하면 벌써 탄식이 나온다. 두 시간만 되면 그만 자리를 옮긴다. 다음 자리에서부터는 욕이 나온다. 용왕님이 옆에 있기만 하면 얻어맞았지 별수 없을 것이다. 온 늪엣 고기를 제자리에만 끌어 모을 듯이 깻묵과 반죽 미끼를 아낌없이 퍼 붓는다. 옆에 친구가 여간해서는 그냥 견디지 못하고 미끼 던지는 경쟁이 일어난다. 이렇게 고기들은 낚시를 찾을 겨를이 없이 그만 배가 불러버리는 것이다. 제일 질색인 것은, 큰 고기에 마음이 들뜬 친구다. 소위 낭에라고, 납이 호두알만치나 달린 것으로 남은 다 쫓아버릴 듯이 혼자 텅버덩 대고 돌아다니는 것이다. 시정에서 부리던 얌치와 악지와 투기를 그냥 가지고 오는 사람이 거의 전부인 것이다.

「좀 멀더라도 이런 사람들한테 시달리지 않을 데가 없을까?」

수십 년 잊어버렸던 데가 진작부터 생각났고 희미한 기억이 차츰 소명해지는 데가 있었다. 강원도 동주(東州)의 어느 산촌으로, 산촌이면서 물이 많아 용못이란 이름을 가진 동리다. 어려서는 자주 가보던 외가댁 동네다.

외조부님께서 낚시질을 즐기셨다. 손수 낚싯대를 다듬으시고 손수 줄을 다리셨다. 지금 우리가 사다 쓰는 도구와는 다르다. 참대가 귀한 데라 서울인편이 있을 때, 대설대보다는 배나 굵고, 한발은 훨씬 넘어서 자르면 끝이 간필 붓두껍만할 대와, 길이가 그것과 거의 비등할 왕대를 쪼갠 죽편을 사온다. 통대는 불에 쪼여 굽은 곳을 바로잡고, 대설대 만들 듯 마디를 뚫는다. 자루엔 소뿔을 깎아 아로새겨 박고 끝은 터질 염려가 없도록 명주실로 감은 후에 밀을 먹인다. 죽편으로는 그 끝에 꽂을 휘추리를 다듬는 것이다. 이것도 굽은 곳을 잡은 다음, 처음에는 칼을 쓰고 다음에는 사금파리로 다듬어, 다시는 트집도 아니 가고 물도 아니 먹게 기름칠을 해가며 끝에 돌을 달아 몇 달이고 매달아두는 것이다. 이것을 거꾸로 꽂으면 통대 속에 잠겨버리고, 바로 꽂으면 전체가 꿩의 장북을 든 것처럼 중둥이 쳐지는 법 없이 쪽 삐어야 쓰는 것이다. 어려서 몇 번 들어본 기억이나 요즘 사다 쓰는 낚싯대처럼 중둥이 무거운 법은 결코 없는 것이다. 실도 명주로 세벌이로 드려 가락나무 물을 드리고 그것을 청석돌에 감어 기름을 먹인 뒤 밥솥에 쪄내는 것이다. 여간 공이 아니었다. 낚시도 머슴아이를 시켜 휘이는 것이라 미눌이 커서 여간해선 고기가 떨어지지 않는 것이요 목줄도 흰

말총을 뽑아다 매는 것으로 물속에 들어가면 투명해 고기 눈에 잘 뜨일 리도 없다. 고기족댕이는 장마 때 같은 때 댑싸리로 손수 거르셨고 받침대에는 무슨 글인지 한문인데 잔글씨로 여러 줄 새긴 것을 본 생각이 난다.

이 외조부님께서는 담금질이라고, 앉아서 하는 낚시질만 다니시었다. 내가 몇 번 따라가 본데는 쇠치망이라는 데다. 동네 앞을 지나 나려오는 약간 흐린 개울물과 금학산(金鶴山) 깊은 산골자기에서부터 칠송정이니 선비소니 여러 소를 이루며 흘러나려 오는, 차고 맑은 한내천이 합수되는데다, 석벽 밑은 아무리 가문 때라도 바닥이 들여다보이지 않는다. 이시미가 나와 소를 잡아먹어 쇠치망이란 이름이 생겼다는데로, 고기도 흐린 물것과 맑은 것이 다 모이는 데다. 싯누런 붕어도 있고, 무지개처럼 오색이 영롱한 무당치리도 있다고 은비늘에 청옥빛이 도는 참마자떼와 검고 가시는 세나 맑은 물고기 중에서도 제일급인 꺽지도 있다. 비가 오는 때거나 비가 든 직후여서 물이 붉은 때에는 지렁이미끼로 붕어와 드럭마자와 미여기를 잡는 것이요 물이 맑아지면 여울담에서 돌미끼를 잡아 참마자와 꺽지를 낚는 것이다. 메아리 소리뿐, 그리고 저— 아래 여울담에서 물소리뿐, 무한 고요한 주위였다. 내가 갑갑해하는 눈치면 외조부께서는 낚시는 담가 놓은 채 나를 이끌고 원두막으로 가시었다. 참외는 진흙 밭에서 아침 이슬에 딴 백사과였다. 희고 동글고 홈마다 푸른 줄이 있는 것인데 배꼽을 따면 불그스름한 것은 무르익은 표였다. 요즘 멜론을 연상시키는 향기와 단맛인데 그 연삭삭한 맛은 멜론이 당치 못할 것이다.

그러나 나는 외조부님보다는 외삼촌들을 따라다니기가 더 즐거웠다. 외삼촌들은 담금질은 갑갑하다고 하지 않았고 구물을 가지고 선비소로 가거나 낚시질이면 여울노리를 하였다. 담금질보다 낚싯대도 경쾌하고 낚시도 파리 한 마리를 끼이면 고만이게 적다. 곤드레도 수수깡 속보다는 훨씬 가는 무슨 나무의 속을 뽑아 쓴다. 여울에 들어서서 낚시를 흘리는 것이다. 여울고기는 여간 민활하지 않아, 곤드레가 미처 채일 새가 없이 고기 그것처럼 노는 것이다. 물은 흘러내려가고 고기는 거슬러 끌려올라옴으로 낚싯대에 실리는 탄력은 갑절이나 더하다. 장마 뒤이면 가끔 호화스러운 무망치리가 끌려나온다. 은어 비슷하게 생긴 것으로 등은 검으나 몸은 푸른 바탕에 붉은 빛이 거칠게 죽 그어졌다. 배에는 약간 누런빛까지 돌아 여울노리에서는 가장 유쾌한 꽃고기다. 가뭄 때에는 이보다 맑고 기름지기는 더한 갈베리 날베리들이 물린다. 선비소에서부터 진소까지 오리도 못 되는 데를 나려가는 동안, 두 사발들이 족댕이가 차버리는 것이 항용이다. 낚시를 물만한 놈이면 적어도 찌뽐짜리에서부터 굵은 놈은 거의 한자에 이르는 놈이 간혹 있다.

구물을 가지고 선비소로 갈때는 족댕이는 안 된다. 아예 옥수수나 오이를 따려 다니는 다래키를 들고 간다. 큰 바위를 둘러 구물을 치고 돌을 들어다 바위둥을 드으득 갈면 신짝만한 꺽지, 뚝지, 날베리들이 나와 구물을 쓰는 것이다. 선비소는 물이 맑고 강변이 깨끗하여 철렵들은 많이 오는 덴데, 옛날, 어떤 선비가 여기 바위 위에 나와 글을 읽다가 책이 바람에 날려, 그것을 집으려다가 빠져 죽어서 선비소란 이름인 만치 도깨비 많기로도 유명한데였다. 낮에라도 아이들끼리만은 무서워 못 오는데다. 그러나 조금도 어두운 인상을 주는 데는 아니다. 산등성이가 잣나무 숲인 석벽이 좌청룡(左靑龍) 우백호(右白虎)로 둘리어 남향 볕이 언제든지 뜨거웠고 속속들이 자갈이여서 아무리 헤엄을 쳐도 물이 흐리지 않는다. 탐스런 들 백합이 석벽에 늘어져 웃고 구름을 인 금학산은 늘 명상(瞑想)에 조는 처사(處士)의 풍도였다. 나는 용못을 생각하면 먼저 선비소부터 그리워지곤 하였다.

우리가 서울 온 후로 외가와 내왕이 드물어졌고, 더욱 나는 공부로, 세상살이로 서울서도 다시 나돌아 전전하기를 여러 해에 외조부님도 이미, 내가 강호(江戶)에 있을 때 옥루(玉樓)에 오르셨고, 외삼촌들도 누대 살아 오던 용못을 버리고 만주 어디로, 북지 어디로 흩어졌다 하니, 나와 용못은 점점 인연이 멀어지고 만 것이다.

그러던 것이 낚시질로 인해 물을 찾게 되였고, 들녘에 앉아 떠오르는 데는 진작부터 용못이었다. 그러나 길이 외지고 이제는 찾아 가야 누가 낯을 알만한데도 아니어서, 나 혼자 전설의 하나로 즐길 뿐이더니, 낚시터를 찾아다녀볼수록 사람멀미가 못 견딜 지경이요, 청유(淸遊)가 아니라 때로는 욕되는 적이 없지 않아, 그 메아리 소리뿐이요, 그 들백합의 웃음뿐인 쇠치망과 선비소에 한번 낚시를 다녀 보고 싶은 욕망이 더욱 간절해지어 그예 지난여름에는 뜻을 정하고 여러 날 앞서부터 행장을 갖추다가 바람 잔 날을 택해 새벽차로, 어느 고은님을 뵈려 가는 길이 그처럼 설레랴 싶게 용못을 찾아갔던 것이다.

○

아아! 십년이면 산천도 변한다는 십년이 두어 번 지났기로 과연 세월에는 산천도 못 믿을 것이든가! 동네 한가운데 있는 큰 돌다리 밑에 소녀 하나가 나와 걸레를 헹구는데 흙탕이 이니, 개울이 아니라 그만 조고만 도랑이 되어 버렸구나! 전에는 겨울에도 얼음 위에서 떡메로 때리면 얼음이 설가는 바람에 손 벽 같은 붕어가 자빠져 뜨던 데다. 이 개울물이 어찌해 이다지 줄었느냐 물었으나 걸레 빠는 소녀는 예전 개울은 본적도 없으니 내 묻는 것만 부질없다. 농사가 한참 바쁜 머리라 동네는 비인 듯 고요하였다. 누구를 만난다야 서로 알아볼 리도 없겠기에 예전 외가이던 집이 있는 윗마을 쪽은 바라만보고 우선 낚시부터 다녀 보고 싶은 욕심에 쇠치망으로 향하였다.

걸을 만치 걸었다. 저만치 어디쯤이 쇠치망이려니 하는데서 나는 더욱 요령을 잡을 수 없어 한참이나 망설이었다. 분명 쇠치망일 데를 산을 뭉개 메우고 빨―간 진흙 길이 비탈을 돌아간 것이다. 김매는 농군에게 물은즉, 거기가 쇠치망이 옳다한다. 뒷산 골짜기에 광산이 생겨 화물자동차가 드나들려고 길을 닦아 쇠치망의 소(沼)는 없어진지 오래다 한다. 그 앞에 다가가 보니 흐르는 물도 좁은 못으로는 성큼 뛰어 건널 정도다. 다시 농군에게 돌아와 물으니, 앞개울 물은 수리조합 저수지에 수원을 빼앗겨 겨우 논에서 빠지는 물이나 내려 오는 것이며 선비소를 거쳐 흘러오는 한내천조차 수도수원지가 되어 읍엣 사람들이 먹어 말리는 때문이라 했다. 그러면 선비소도 물이 줄었느냐 물으니, 물이 뭐요 아마 그냥 갯장변이라 한다. 허무한 노릇이다. 왔던 길이니 옛 추억이나 더듬을까 하여 땀을 흘리며 선비소로 올라가니 등성이에 잣나무 숲은 백골 치듯 하얗게 깎이고, 공동묘지가 된 듯 무덤이 뒷박 덮이는 듯 했다. 그새 여기사람이 저렇듯 많이 죽었는가! 물이 보일만한 곳인데 보이지 않는다. 가까이 가니까 물소리가 난다. 흐르는 소리가 아니라 한번 나고 그치는 소리인데 어떻게 되어 난 물소리인지 이상하다. 거름에서 나는 것이 아닌 자갈 밟는 소리가 들린다. 그쪽을 살피니, 웬 하ー얀 귀신같은 노파가 선비소의 바로 석벽 밑에서 올려 솟는 것이다. 나는 등골이 오싹해 거름을 멈추었다.

　무엇일까? 주춤 주춤 자갈밭으로 올라서더니 구부정하고 엎드린다. 자갈을 주어 치마폭에 담는 것이다. 한참 담더니 허리를 펴고 돌아서 주춤 주춤 석벽 밑으로 내려가는 것이다. 물은 보이지 않으나 물소리가 난다. 아까 들은 것도 자갈을 물에 쏟는 소리였었다. 파뿌리 같은 머리가 또 올려 솟는다. 주춤주춤 자갈밭으로 올라서더니 또 자갈을 집히는 대로 치마폭에 담아 가지고는 다시 나려간다. 나는 판단하기에 곤란하였다. 선비소에는 여러 가지 도깨비의 전설이 있다하나 밤도 아니요, 낮이라도 운권청천인데 도깨비라 보기에는 내 자신의 상식을 너무 멸시해야 된다. 사람이야 보기에는, 이런 처소에 움직이지 않은 백발 노파일 뿐 아니라 돌을 주어다 물을 메운 다는 것이 이해할 수 없는 행동이다. 사방을 둘러보니 산밭에서 김매는 사람들이 처처에 있다. 나는 용기를 얻어 부러 자갈소리를 크게 내이며 석벽 밑에서 물소리를 내이고 다시는 주춤 올라서는 노파를 향해 나아갔다.

「여보쇼?」

　노파는 탁 푸러진 뿌ー연 눈으로 헐떡이며 마주 보기만 한다.

「돌을 왜 담아다 물에 넣소?」

대답이 없다. 꾸부정하고 그저 자갈을 줍더니 또 물로 나려간다. 또 올라오는 것을 소리를 질러 물었다.

「물을 아주 메워 버리려고 그러시오?」

그제야 노파는 고개를 끄덕인다.

「왜요?」

역시 말은 없이 자기의 행동만 계속한다.

쇠치망만 그리 못하지 않게 깊고 넓던 여기가 자갈이 내려 밀려 평지처럼 변작이 되었는데 물줄기가 여기는 아주 끊어져버리었다. 다만 석벽 밑에만 겨우 두어 간쯤 되게 자작자작한 물이 남았을 뿐인 것을 이 알 수 없는 노파가 부지런히 메우고 있는 것 이었다.

금학산만은 예와 같았다. 흰 구름을 이고 태평스럽게 졸고 있다. 석벽을 더듬으니 들백합도 몇 송이 시뻘겋게 피어 있기는 하였다. 연목구어(緣木求魚)란 말을 생각하며, 어구(漁具)를 벗어놓고 불볕에 앉아 한참 쉬여가지고는 다시 동네를 향해 들어오는 수밖에 없었다. 노파는 쉬지도 않고 땀을 철철 흘려가며 지성으로 돌을 물에 나르고 있었다.

차미막을 겨우 하나 찾았다. 맨 요샛 긴마까뿐이다. 백사과니 감사과니 먹사과니는 이제는 절종이 되었다는 것이다. 그것도 개화 속에 맞지 않아 그런지 긴마까처럼 잘 열리지 않고 잘 찾지도 않는다는 것이다.

차마까지도 고전이 되어버리는가! 나는 종로에서 사 먹는 것보다 좀 신선하기는 한 긴마까를 먹으며 이 차미막 주인에게서 그 선비소의 백

발노파의 수수께끼를 겨우 풀었다.

그는 도깨비도 망령 난 늙은이도 아니라 한 슬픈 어머니었다. 그의 작은 아들이 병신을 비관하여 선비소에 빠져 죽었다는 것이다. 넋이라도 건져주려 물굿을 했더니 물에서 나오는 넋은 자기 아들이 아니라 의외에도 자기 아들보다 몇 십 년 앞서 빠져 죽은, 안마을 어떤집 종년이었다. 물귀신은 그렇게 언제든지 대신 들어가는 사람이 있어야 나온다는 것으로, 다시 누가 빠지기 전에는 암만 물굿을 한들, 자기 아들의 넋은 건질 도리가 없었다. 살아서도 병신으로 구석으로만 돌던 것이 죽어서까지 외딴 벼랑 밑 우중충한 물속에서 일구영천 천도될 길이 없을 것을 생각하고는 몇 번이나 그 어머니는 자기를 그물에 던지었으나 빈번히 큰아들에게 건짐을 받아 작은 아들을 대신할 물귀신이 되지 못하다가, 마침 선비소가 물이 줄고 장마 때면 자갈만 내려쓸려 변작이 되는 통에, 옳구나 하늘이 무심치 않다! 하고 날마다 나와 그 얼마 되지 않은 물을 메우기 시작한 것이라 한다. 허황하니 이 또한 인생의 얼마나 진실한 사정이기도한가!

나는 윗마을로 올라가서 우리 외가댁이던 집을 찾았다. 중년할머니가 손자인 듯 갓난애를 업고 마당에서 밀 멍석에 닭을 쫓고 있었다. 지나가던 사람인데 사랑구경이나 하겠노라 청하니, 아들이 출타하고 없으나 들어가 쉬라 한다.

사랑마당에 들어서니 기억은 찬찬하나 눈에 몹시 설어진다. 누마루가 어렸을 때 우러러 보던 것처럼 드높지는 않다. 삼면 둘리 걸 분합이던 것이 우리창이 되었다. 전면에 호상루(濠想樓)란 현판이 붙었었는데 없어졌고, 붕어 달린 풍경도 간데없다. 사랑방은 미닫이가 닫혀 있었다. 누마루 밑을 돌아 연당으로 가보았다. 연은 한포기도 없이 창포만 무성한데 개구리들만 놀라 물로 뛰어 든다. 밤이면 개구리들이 어찌 시끄럽도록 울었든지, 외조부께서 잠드실 동안은 하인을 시켜 돌멩이를 던져 울지 못하게 하던 연당이다. 연당 건너 초당이 그저 있다. 삼간사랑이 겨울이면 너머 휑그러니 한다고 단칸방에 단칸마루를 달아 지어, 삼동에만 드시던 초당이다. 새 주인은 이 초당은 돌보지 않은 듯, 이영 썩은 물이 벽과 기둥에 흉업게 흘렀다. 영창 바로 우에 무슨 글 여러 줄의 흔적이 있다. 종이가 몹시 삭았다. 이것이 이집에 남은 우리 외조부님의 유일한 필적이나 아닌가해 반가이 나아가 살펴본즉, 안노공(顏魯公)체의 둔중한 운필이 과연 그 어른 모습다웠다.

坐茂樹以終日濯淸泉以自潔採於山美可茹釣於水鮮可食起居無時惟適之安……

더 읽을 수가 없이 아래는 종이가 삭아 떨어져버리었다. 그 초당에 잘 어울리는, 속기 없는 좋은 글이다. 나중에 돌아와 상고해보니 한퇴지(韓退之)의 글이었다. 글은 비록 남의 것이나 한때 생활은 바로 이 어른의 것이다.

(기거무시 유적지안……)

나는 초당마루에 걸어 앉아 멀─리 금학산 머리에 구름을 바라보며 이런 생각을 입속에 다스렀다.

(이 초당 주인께서 지금까지 살아 계시다면 오늘의 쇠치망과 선비소에 심경이 어떠실 것인가?)

잘 사시다 가시었다!

자연도 주인과 함께 오고 주인과 함께 가는 것인지 몰라!

기거무시의 생활부터 없으며 이제는 전설일 밖에 없는 그런 청복을 시정에서 파는 속취 분분한 물 감칠 한 낚싯대로 더불어 낚으러 다닌다는 것은 그 생각부터가 한낱 부질없는 꿈이런가!

외가댁 문중에서 아직 몇 집은 이 동리에 계신 줄 짐작하나 나는 수긋하고, 그 아들의 넋을 물에 메꿈으로써 건지기에 골독한 늙은 어미의 애달픔을 한편 내 속에 맛보며 길만 걸어 동구 밖을 나서고 말았다.

한 사조의 밑에 잠겨 산다는 것도, 한 물 밑에 사는 넋일 것이다. 상전벽해(桑田碧海)라 일러는 오나 모든 게 따로 대세의 운행이 있을 뿐, 처음부터 자갈을 날러 메울 수는 없을 것이다.

(1942년 6월호)

남을 이긴다는 것은 덮어놓고 기쁜 일이다. 달음질도 좋고, 팔씨름도 좋고, 하다못해, 먹기 내기라도 이기고 보면 누구든지 맘속이 후련—히 좋아지는 것이다.

"그까짓, 니쓰꾸리 잘 헌대서 자랑될 게 뭐야? 일평생 제약회사서 직공질만 해먹을 겐가."

'니쓰꾸리' 경쟁에서 나는 이등보다도 서른다섯 상자나 더 해 무난히 일등을 했던 것이다. 상을 타가지고 나올 때 석구란 녀석이 이런 말로 빈정대고 있었다. 만일 싸움을 건다면, 그것마저 이길 작정을 했으나 그 녀석은 비겁하게도 숲속으로 구렁이 사라지듯, 어느 결에 피하고 말았다.

상으로 받은 봉투 속에 돈이 들었다는 것은 미리 알았다. 같은 직공들 보는 데서는 봉투를 뜯기가 민망스러워 집으로 돌아가는 길에야 전차 속에서 알맹이를 꺼내 보았다. 셀룰로이드 같이 뻣뻣하고 윤나는 십 원짜리 한 장이 튕겨나오듯 한다.

나는 남대문에서 효자정으로 바꾸어 탈 것이로되, 곧장 조선은행 앞에까지 갔다. 오래전부터 눈독만 올려놓고 사지 못한 『바이올린 명곡집』을 누가 먼저 가져갈까 보아 진고개로 바삐 걸었다. 나만을 기다린 듯이 그 책은 먼지도 앉지 않은 채 있었다. 나는 그 십 원을 척 내어주고 이 원을 거슬러 받았다. 아까운 생각은 조금도 없으나 집에 돌아가 아버지 어머니한테 꾸중 들을 것이 걱정이 되었다. 그러나 그다지 내 맘을 괴롭히는 것은 아니었다. 한 달에 한 번씩 월급날이면 으레 걱정을 듣는지라 지금 와서는 한 습관으로 되고 말았다.

"이 창알머리 없는 놈아, 애비는 인력거 끌고 에미는 행랑 사는 판에 이놈아 글쎄 어쩌자고 속을 못 채리니? 응 월급 받으면 한 푼이라도 몽구릴 생각은 않구, 그놈의 깽깽에다 돈 쳐들이고, 또 진사 급제나 할 것인지 책은 책대로 사 보구. 이놈의 고생을 언제나 면할 작정이냐."

어머니는 나를 방구석에다 몰아놓고 쥐어박으며 이런 말을 섬기며 야단야단친다. 어떤 때는 조용히 달래보기도 하고 다소 어성을 높여 야단을 치기도 하고 발을 구르기도 한다. 이럴 때마다 나는 태연한 얼굴로 웃는 시늉을 하노라면 어머니는 자기로도 싱거운 듯이 그만 나간다. 그랬다가 바이올린 줄을 새것으로 갈고 있거나, 사가지고 온 책을 읽고 있는 것을 보면

"흥 망혈 녀석. 것두 사주팔자 소관인가부다." 하고서는 혀를 차며 문을 닫아버린다.

한 가지 다행한 것은, 아버지는 혹시 술이나 만취해서 들어올 때, 내

가 바이올린을 하고 있노라면

"그깐 놈의 깽깽이 좀 집어치워라. 거게서 돈이 쏟아지는 게냐 길거
리서 약 광고를 해먹을 테냐."

이런 정도로 몇 마디 하고서는 이내 잠이 들어버린다. 물론 여느 때
는 내가 바이올린을 하건 책을 사들이건 도무지 상관이 없다. 그래 어
머니는

"애비라고 못난충이여. 아들 하나 나무랄 줄도 모르고, 한 푼이라두
벌기만 하면, 그놈의 술에다가 톨톨 털어 바치고 그저 애먹어 죽는 년
은 나뿐이지 머야."
하고 아버지에게로 달려든다.

나로서 어머니의 심정을 모르는 것은 아니다. 내외분의 나이로 보아
인력거 끄는 거나 남의 집 행랑 사는 거나 앞으로 십 년이 못되는 판
이니, 그동안 살림 밑천을 장만하자는 생각으로 그렇게 조급히 서두는
것은 물론 이해되는 것이다. 그러나 내 용돈을 줄이고 줄인다 해도 십
원 안에 들 것이니 그것으로는 언 발등에 오줌 누는 푼수밖에 안 된
다. 정말 정신 차려야 할 사람은 아버지다. 인력거로 버는 돈이 하루
평균 사 원 꼴은 되는데, 그 중에서 인력거 임자에게 주는 월세, 그밖
에 다른 비용을 덜면 오륙십 원은 가즈란히 떨어질 수 있다. 이것만
고스란히 저축한다면 일년에 칠백이십 원, 십 년에 칠천이백 원이 갈
데 없을 것이다. 그러나 아버지는 너무 친구를 좋아하고 술을 좋아하
는 것이 큰 병통이다. 아무 의미 없이 나가는 이 돈을 붙들어 놓는 것
이 우리 세 식구를 살리는 꼭 한 가지 길이다.

그러나 내가 쓰는 용돈이란 누구 앞에서든지 말 못할 바 아니다. 내가 비록 소학교밖에는 못 나왔지만 바이올린으로 기어이 성공하겠다는 희망과 이상은 날이 갈수록 굳어지고, 또 내 자신이 그런 희망과 이상에로 가까워지는 것 같다. 나보고 바이올린을 그만두라는 것은 정말이지 자살하라는 것과 다를 바 없다. 바이올린을 위해서 부모 말씀을 거역하는 것은 조금도 불효되는 것이 아니라 생각한다. 뒷날, 바이올린을 가지고 확실히 부모를 기쁘게 할 자신이 내 가슴 속에 깊이 들어 있는 까닭이다. 아버지나 어머니가 걱정할 때 나는 먼저 내 가슴 속에 물어본다. 확실히 성공한다는 이 대답이 부모의 귓속에 담겨지지 않는 것만 안타까운 노릇이다. 그러나 모든 것은 시간이 해결해 줄 것이 아닌가. 이런 성공을 믿으매 지식에 어두움을 나는 두려워한다. 그래 매일 잡지도 받아보고 다른 책도 사들이자니, 몇 푼 안 되는 돈이나마 자연 내던지게 된다. 『바이올린 명곡집』이 그렇게 욕심이 나면서도 팔 원이란 돈이 아까워 월급날을 몇 번이나 허송한 맘속을 부모들이 알아줄 법도 하건만 그것은 아직 이른 모양이다.

명곡집을 사들고 보매 나는 성공에까지 가는 길이 훨씬 빠른 것만 같다. 상으로 십 원 탄 것을 부모에게 이야기 안 할 수는 없으나, 맘먹지 안 한 돈이니, 한목에 샀다고 말하리라 생각하며 걸었다. 장곡천정으로 해서 효자동까지 사뭇 걸었다. 걷는 동안 나는 연송 악보를 넘기며 휘파람을 불었다. 바이올린의 활을 놀리듯 손을 저으면서 걸었다. 사람과 마주쳐서야 나는 내 모양을 깨닫고 잠자코 걸었다. 그러나 이것도 잠깐 동안이었다. 나는 무엇보다도 명곡집 속에 내가 제일 장기로 잘 하는 사라사데 작품 「집시의 노래」와 배우다가 만 「유모레스크」
가 담겨 있는 것이 매우 반가웠다.

오— 이날이 어찌나 유쾌한지 참을랴 참을 수 없다. 길 위에 보이는
사람마다 말을 걸어보고도 싶다. 이날이 내일되고, 또 모레 되고, 내
성공의 날이 올 때까지 줄곧 계속될 수는 없을까 나는 속으로 축원하
였다.

어머니는 주인집 빨래를 나가 저녁 때에야 돌아온다 하니, 맘 놓고
바이올린을 할 수 있었다. 나는 우선 들창만 열어놓고 방문은 안으로
잠갔다. 주인집 아이들을 비롯해서 동네 아이들이 모여들어 방해 놓는
것을 막자는 뜻이다. 옷은 갈아입을 겨를도 없이 양복저고리만 벗고
선반에서 바이올린을 내려 들었다. 나는 명곡집을 악보대(樂譜臺) 위에
펴놓았다. 이름이 악보대지 사실은 한 치 폭 가량 되는 판자를 벽에
붙여놓은 것이다.

나는 「집시의 노래」를 먼저 해보았다. 눈은 악보를 보는 양 하지만
이 곡은 어떻게 많이 했는지 제절로도 되는 것이다. 그 다음 「유모레
스크」만은 처음부터 악보를 뜯어보면서 시작했다. 역시 후반은 맘에
흡족하도록 되지 않았다. 몇 번이고 되풀이했다. 거듭할수록 제법 되
는 성 싶었다. 얼굴과 팔의 땀을 닦고 자세를 단정히 만들은 다음, 마
치 무대 위에 선 것처럼 긴장해가지고 시작했다. 한창 흥이 돋아지는
판인데 빨갛게 깎은 대가리 하나가 들창으로 쑥— 올라온다.

"깽깽이 자식."

하고 그 중머리가 한번 놀렸다간 금세 없어진다.

이윽고 이번은 대가리가 아니고 손만 보이자 돌덩이 하나가 악보대에 떨어지더니 그만 판자가 힘없이 쓰러져버린다. 밖에선 아이들의 웃는 소리가 돌담 무너지는 듯하다. 나는 하던 바이올린을 멈추고 들창밖을 내다보니, 먼저 보이는 중대가리한 놈이 뒤를 해롱해롱 돌아보면서 도망칠 치고 있다. '경상도집'이라는 별명을 가진 부잣집의 아이였다. 악보대가 망그러진 분한 생각대로만 한다면 들창을 뛰어넘어 붙잡겠으나 나는 누굿이 참았다. 다만 바이올린 활을 잠간 멈추었다가 끝까지 했다.

악보대는 다음에 고치기로 하고 나는 피곤해 드러누웠다. 세 시간 니스꾸리 경쟁에서 생긴 피곤이 한꺼번에 쏟아지는 모양이다. 팔의 뼈가 온통 살로 된 것처럼 힘이라군 내어볼 수가 없다. 그렇다고 눈은 감기지 않는다. 이날에야 깨달은 「유모레스크」를 누가 있어 비판을 해주었으면 하는 생각뿐이다. 나에게는 어찌 지도자가 없는가. 이것이 항상 내 머릿속을 헝클어놓는 장본이다. 이런 때마다 생각되는 것은 우리집 주인을 찾아댕기는 한 사람이다. 나는 그분을 처음부터 선생님이라고 속으로 불렀다.

이야기가 나왔으니 말이지, 우리집의 원주인은 훌륭한 피아노가 있어도 누구 한 사람 쳐보는 일이 없었다. 아니 칠 줄 아는 사람이 없고, 또 찾아오는 사람도 없었다. 그러다가 무슨 일인지 갑자기 시골로 내려가고 그 친구라는 지금의 주인이 임시로 집을 들게 되었다.

주인이 바뀔 때 내가 가장 관심을 가졌던 것은 피아노가 생겨난 구실도 못한 채 시골로 굴러가버리는가 하는 것이었다. 그랬던 것이 피아노는 자리도 옮기지 않고 사랑방에 그대로 두었다. 새로 들어온 주인마저 피아노를 부릴 줄을 모르는 모양이다. 남자주인은 취직하지 않고 소설만 쓴다 하고, 안주인은 어느 고등여학교 선생님으로 다닌다. 그러나 웬일인지 누구 하나 피아노를 칠 줄 몰랐다. 나는 적이 실망했다. 나 역시 피아노 칠 줄은 모르나, 칠 줄 아는 사람이 있다면 같은 음악가라는 데서 반갑고, 또 이보다도 내가 지도나 받을 수 있을까 하는 희망에서 그렇게 관심을 가졌던 것이다.

그러다가 지금 주인의 친구라고 하는 그 '선생님'이 처음 찾아왔을 땐데 사랑방으로부터 피아노 소리가 들려왔다. 이날이 마침 공일이어서, 나는 처음부터 피아노 소리를 들을 수 있었다. 어찌나 반가운지 나는 방 안에서 공연히 서성거렸다. 나는 바이올린이나 해볼까 했으나, 손에 잡히지 않고 피아노 소리에로만 귀가 기울여졌다. 그 곡조는 하나도 이해할 수 없었다. 그러나 피아노를 정통으로 배운 분이라는 것만은 판단할 수 있었다. 방 안에서 듣다못해, 계면쩍은 일이었으나 나는 사랑마당으로 살며시 들어섰다. 추측한 것과 같이 그 손님이 와이셔츠 바람으로 피아노를 치고 있는 것이었다. 몸을 좌우로 힘 있게 흔들면서 피아노를 마구 잡두리나 하는 것처럼 열 손가락으로 치고 있었다. 그 소리는 폭포 물이 바위 위로 쏴락쏴락 쏟아지는 것 같다가 금세 산골 물이 조약돌 위를 졸졸 흐르는 것 같았다. 나는 정말로 황홀했었다. 피아노 치는 것을 학교에서도 들었었고, 부민관에서도 두 번이나 들은 일이 있었건만, 그것은 모두가 거짓인 것 같았다. 나는 맘속으로 그 손님을 향해서 몇번이고 고개를 수그렸다. 피아노와는 떨어져서 신문을 보고 있는 주인까지도 이날은 한결 숭고하게 보였다.

"여보게 자네가 항상 독창하는 노래가 있지? 그 「아베 마리아」라는, 노래 말여. 내 반주할 테니 한번 부르소."

그 손님이 피아노를 멈추더니 뒤를 돌아다보며 재촉처럼 말했다. 주인도 마음에 제법 당기는지 벌떡 일어나더니 목을 가다듬었다. 「아베 마리아」. 나에게 있어서는 가장 반가운 노래다. 내가 부를 줄도 알고, 바이올린으로도 제법 해낼 수 있고, 또 내가 대단 좋아하는 곡조다. 그 중에도 구노 작보다도 슈베르트 작을 즐겼다.

주인이 부르는 노래는 이 슈베르트 작품이었다. 나는 주인과 함께 속으로 불렀다. 있는 목청을 모다 뽑아서 크게 부르지 못함이 몹시 섭섭하였다. 그만큼 나는 이때가 기뻤던 것이다.

주인의 노래가 끝나자 나는 전신에 짜릿짜릿 배어드는 기쁨을 참지 못해 부리나케 내 방으로 들어갔다. 바이올린을 해서 이때를 놓치지 않고 그 손님의 귀를 두드리자는 뜻이었다. 물론, 맨 처음 한 것은 「아베 마리아」였다. 다음엔 「집시의 노래」였다. 필시 사랑으로부터 나를 불러주리라 했었으나, 그런 소식은 없었다. 그래 이번은 동리 아이들의 웅성대는 것도 상관 않고 방문을 열어제낀 채 「아베 마리아」를 몇 번이나 되풀이하였다. 그러나 역시 불러주지는 않았다. 나는 울고 싶었다. 바이올린을 들고 사랑방으로 뛰어가고 싶었으나 용기가 거기까지는 미치지 못했다.

그 후부터 나는 그 손님에게 관심을 조금도 늦추지는 안 했다. 한번은 주인이 외출했을 때 누가 찾기에 나가보니 바로 그 손님이었다. 나는 익숙한 선생님이나 만난 것처럼 절을 단정히 하고 성명을 물었다. 이것은 주인에게 전하자는 것보다도 내가 알고 싶어서였다.

'송민하 씨' '송 선생' '송 선생님'

나는 이런 순서로 외워보았다.

송 선생은 평균해서 한 주일 동안 두 번은 찾아오는 모양이다. 송 선생이 온 줄만 알면 나는 무슨 일을 하던 중이든 간에 바이올린을 해서 그분에게 알렸다. 어떤 때는 바이올린을 할 적에 송 선생이 찾는 일도 있었다. 주인집에 심부름하는 아이가 있건만 나는 빨리 뛰어나가 대문을 열었다. 금세 바이올린을 하던 사람은 곧 나라는 것을 알릴 작정으로 애도 써보았다. 그러나 그는 내 인사에 고개만 깐당하고 사랑으로 들어갈 뿐이다. 바이올린을 한 사람이 나로 아는지 딴사람으로 아는지, 이것은 알 수 없었다. 한번은 아버지와 어머니와 함께 점심을 먹다가 피아노 소리를 듣자 나는 숟갈을 놓고 바이올린을 들었다. 이번은 좀 크게 들리게 하자는 뜻으로 「아베 마리아」보다도 「유모레스크」를 정성을 들여 타고 있는데 "이놈이 미쳤나?" 하는 소리와 함께 아버지의 그 억세고 큰 손이 내 뺨을 몹시 아프게 쳤다. 하마터면 바이올린을 떨어트려 큰일을 낼 뻔했으나, 이건 면하고 아버지 발에 숭늉 그릇이 채여 온 방바닥이 물세례를 받게 되었다. 사단은 이것으로 끝나지 않았다.

"서울 장안 골목골목으로 인력거를 끌고 허덕이는 애비를 생각해봐라. 뭣이 좋아 항상 그놈의 깽깽이냐? 그놈의 걸 부숴버릴 꺼다."

취하지 안 한 아버지한테선 처음 듣는 꾸지람이다.

"흠, 깽깽일 부숴보슈. 저놈이 늙은 에미라도 팔아서 또 살걸. 자식 하나 있는 것이 속을 채려야지."

어머니는 내가 바이올린을 하는 것이 아버지가 술 자시는 것보담도 미운 모양이시다. 어쨌든 아버지나 어머니는 바이올린을 하는 것이, 도대체 음악이란 것이, 일종의 오락이고 돈 있는 사람들의 계집질하는 것과 같은 방탕한 노름으로 여기는 것이다. 그렇다고 나는 부모를 이해시키랴 들기는 싫다. 장래 바이올린으로 대성을 해보겠다는 희망뿐이고, 지금 당장의 욕망은 송 선생이 나를 발견하여 나의 음악가적 소질을 인정해주고 앞으로 지도해주었으면 하는 것뿐이다.

그러나 그 후로도 송 선생은 나를 무시해버렸다. 그 원인이 나의 바이올린 실력은 인정하면서도 행랑자식이란 꼬리표를 붙이고 무시하는 것일까. 이렇게 생각하면 혼자 실없기도 하고 분도 치밀었다.

어느 일요일 아침이었다. 일찍부터 피아노 소리가 들려왔다. 귀에 익은 곡조였다. 나중에 송 선생한테서 알았으나, 송 선생이 올 때마다 치고 가는 쇼팽의 원무곡(圓舞曲)이었다. 지금 냉정히 생각해도 그때의 내 심리를 이해할 수 없다. 물론 송 선생에 대해서 오랫동안 쌓이고 쌓인 불평이 폭발되었다고도 말 못할 배는 없으나 이렇다고만 해서 그런 대담한 행동을 했으리라고는 말할 수 없을 것이다.

쇼팽의 「원무곡」이 끝나기도 전에 나는 바이올린을 들고 사랑방으로 들어갔다. 이때 나는 맘과 몸이 떨리도록 흥분되었든 것이다. 피아노 치던 송 선생은 손을 멈추고 눈을 다소 크게 뜬 채 나를 쏘아보고 있었다. 의자에 앉아서 담배를 피우고 있던 주인은 금방 호령이나 할 것처럼 나를 노려보고 있었다.

"선생님 용서해주십시오."

나는 송 선생 앞으로 바싹 당겨서서 인사를 했다. 다시 주인에게까지 인사할 겨를도 없이

"선생님 오늘은 제 바이올린 좀 들어주시라고 이렇게 왔습니다. 용서하십시오."

이렇게 말할 때의 나의 표정은 확실히 애원적이었을 것이다.

이리해 송 선생의 낯빛도 보드라워지고 주인은 빙긋이 웃는 얼굴을 지었다. 아마 나의 행동이 귀엽고 우스워서 그랬을 것이라고 지금도 생각한다.

"네가 문간방에서 바이올린을 하는 아이니?"

"네. 네."

나는 송 선생이 진즉부터 난 줄 알았다는 것이 몹시 반가웠다.

"그 제법 잘 하더구나."

"뭘요. 헌데 저는 선생님만 오시면, 악을 쓰고 바욜린을 했습니다."

"그건 왜?"

"선생님한테 비평을 받고 배우기도 할랴구요. 암만 그래도 선생님이 무시하시기에 오늘은 이렇게 저……."

내 말이 끝나자마자 주인 선생은 소리를 내어 웃었다.

"그럼 바욜린으로 송 선생을 마구 해멜 작정으로 왔구나그려."

두 선생은 일시에 웃음을 터트렸다. 나도 웃었다.

나는 「집시의 노래」로부터 바이올린을 시작했다. 사라사데 작품 중에 아는 것은 모조리 했다. 다음으론 「유모레스크」도 했고 「아베 마리아」도 했다. 이 곡을 할 적에는 송 선생도 흥이 나는지 고요하게 반주를 맞추어주었다. 바이올린을 만진 후 피아노 반주를 가지게 된 것은 이것이 처음이었다. 어찌할 바를 모르도록 기뻤다. 송 선생이나 주인 선생이나, 내 실력 앞에는 새삼스럽게 놀라는 것 같았다.

"너 누구한테 그렇게 배웠니?"

「아베 마리아」가 끝나자 송 선생은 재촉하듯 이렇게 물었다.

소학교 일학년부터 육학년까지 줄곧 담임을 한 박 선생이 나의 음악 소질을 사랑하는 나머지, 바이올린을 가르쳐주고 나중에는 자기의 가지고 있던 바이올린 두 개 중에서 하나를 주었다는 이야기까지 해주었다.

"그래 그 선생님은 지금 어데 계시니."

"육학년 때 돌아가셨습니다. 정말 저는 누구보다도 서럽게 울었어요. 그 가족은 모두 시골로 내려가서 농사를 하고 지낸답니다. 참 고맙고 훌륭한 선생님이었어요. 제게뿐만 아니라 다른 애들께도 잘 해주셨어요. 그 선생님 말씀을 들으면 친구들이 음악가로 나서라고 권해도 자기는 아이들 가르치는 것이 제일 좋다고 하신다구 그랬어요. 돌아가셨을 때 학부형회에서 동정금을 모집한 것이 이천삼백 원이나 되었어요. 돈 안 낸 아이가 하나도 없고 우리 반 급장 아이 아버지는 천 원을 내고 신문까지 났었어요."

나는 묻지도 안 한 말까지 했다. 박 선생님의 이야기라면 한정 없이 섬기고 싶었다. 두 선생들도 열심히 들어주었다.

"그리구 우리 선생님이 노래도 짓고 곡조도 지은 게 있어요. 제목은 「별만은 나를 알리라」 하는 게랍니다."

"거 한번 해보렴 응."

송 선생은 호기심을 일으켜 이렇게 청했다. 나는 바이올린을 하기 전에 한번 내가 바이올린을 배우러 갔을 때 박 선생님은 술을 얼근히 취해가지고는

"너 이 곡조 들어봐라. 내가 진 것이다. 그래 가지구 너도 배워야 해. 이것은 친구도 정말 나를 모르고, 이 내 아내도 모르지만, 그러나 별만은 하늘의 별만은, 나를 안다는 것이다. 예술은 거짓이 없고 솔직 하구 결백해야 하는 게다. 사람도 옳게 살랴면 꼭 예술과 같아야 해."

이런 뜻으로 말씀하신 것도 나는 두 선생에게 말했다. 송 선생은 무 엇을 생각하는지 감개무량한 표정을 짓고 있었다.

나는 옛 은사를 맘속으로 사모하고 존경하면서 「별만은 나를 알리 라」를 들려주었다.

"정말 좋다. 곡조도 내용처럼 깨끗하다. 아까운 선생을 잃었구나."

박 선생님의 창작곡을 송 선생이 나쁘게 말하면 어쩌나 하고 대단 송구한 맘으로 있을 제 이렇게 칭찬해주니 정말로 기뻤다. 그러나 두 눈두덩이 찌르르 울리며 눈물이 나오랴는 것은 어찌할 수도 없었다.

"선생님. 돌아가신 박 선생님이 바욜린을 가르쳐준 사람은 저뿐이래 요. 그 선생님 이름을 후세까지 전할랴면 제가 바욜린을 썩 잘해야 할 게 아닙니까?"

"음 그렇지. 그래서?"

"그러니 잘 좀 지도해 주셔야겠습니다. 어떤 짓을 해서라도 성공하렵니다."

"배우긴 내한테 배워가지고 이름 전하는 건 돌아가신 박 선생이구? 그럼 나는 헛일만 하는 게 아니냐."

"그 그렇지만……."

송 선생 말에 나는 말문이 막혔다. 어떻게라도 해서 박 선생님을 다시 돋구어 말하려고 속으로 애를 태우고 있노라니

"이제 한 건 장난 말이구 나는 바욜린은 네한테 되려 배워야 할 형편이다. 하여간 그만하면 훌륭히 성공하겠다. 앞으로 좋은 선생을 만나고 열심히 하면 틀림없이 성공하겠다. 너는 확실히 소질이 있다. 다만 곡을 음악적으로 이해하는 힘을 항상 길러나가야 하겠다. 네 선생은 내가 소개해줄테니 염려 말구. 참 그리구 너 몇 살 됐니?"

송 선생이 내 용기를 상할까보아 일부러 꾸며 하는 말로만 알다가 나이를 묻는 데는 다소 안심되었다.

"열다섯 살입니다."

"거 참 숙성하구나. 아조 조숙했는데."

"왜 모―잘트는 여섯 살 때부터 작곡을 했다고 박 선생님이 그러시든 걸요."

나는 양편 어깨 쪽에 간질간질한 쾌감을 느끼며 말했다. 속으로 몹시도 기뻤던 것이다. 사오 명의 손님이 와서 나는 섭섭하게도 그 방을 나오게 되었다.

송 선생은 나를 보내기가 아까운 듯이 번지도 일러주고 길 약도(略圖)도 그려주며 언제든지 놀러오라고 친절히 말했다. 나를 지도해줄 터이니 오라는 것은 아니라 피아노 반주를 해줄 터이니 오라고 항상 겸손해서 말했다.

어느 날 밤 나는 바이올린을 가지고 송 선생을 찾아갔다. 집은 가회동으로 한참 올라가 샛길로 들어서 있는데, 적은 집이 큰집들 틈에 끼어 있어 찾기에 힘들었다.

송 선생은 나를 반가워하며 건넌방으로 안내했다. 방 윗목에 피아노가 놓여 있는 것이 맨 먼저 눈에 띄었다. 크기도 우리 주인집 것보다 적고 윤택도 그보담은 둔해 보였다.

송 선생은 부인이 손수 차를 들고 오게 한 다음, 나를 지나치게 칭찬해서 소개해주었다. 부인은 자기 일처럼 반가워했다. 부인도 음악을 하실 줄 아는 게라고 나는 단번에 알았다.

"나나 당신은, 이 최군과 같은 정열이 없단 말요 희망을 잃었으니깐 정열이 없는 거야. 허긴 희망을 잃은 게 아니라 우리가 그걸 움켜잡을 만한 힘이 없는 게 아뇨 결국은 내 자신을 탓할 수밖에 없어. 우리는 타락을 한 거야. 무슨 일에든지 정열을 가진 사람이 행복한 사람이거든."

이렇게 말하는 송 선생의 표정과 음성이 어찌나 심각한지 그 말 한마디 한 마디가 그대로 내 머릿속에 못 박히듯 하였다. 이리해 나는 송 선생이 말하는 정열이라는 것을 절실히 느낄 수 있었다. 송 선생이 갈수록 나를 사랑하고 어떤 의미로는 나를 존경하는 것 같이 보이는 것도 내게 정열이 있는 까닭이라고 생각되었다.

"최군 베-토벤의 「소나타」를 할 줄 아나?"

"두어 번 해보았으나 잘 안 돼요."

『세계명곡집』에 들어 있기에 혼자 뜯어보았으나 막히는 대목을 틔워주는 사람이 없으니깐 대단 어려웠다.

"이건 피아노와 바욜린이 합주하는 데 적당한 곡이다. 내 피아놀 칠 테니 먼저 들어보렴."

나는 가지고 온 악보를 맞추어 보며 송 선생의 「소나타」를 들었다. 다음에는 피아노에 맞추어 바이올린을 하니 훨씬 쉽게 나갈 수 있었다. 여섯 번인가 되풀이하자 혼자도 능히 할 수 있었다.

"바욜린으로 존 걸 하나 들려줄까?"

송 선생 부인은 포터블 축음기를 가져오더니 손쉽게 찾아낸 레코드를 걸었다. 나는 단번에 에르만이 독주하는 「세레나데」인 것을 알았다. 이것은 박 선생님이 가장 즐기는 곡이고 언제나 레코드에 맞추어서 한 것이다. 그래 나도 이것은 제법 다룰 수 있었다. 송 선생과 그 부인도 내가 「세레나데」를 무난히 하는 것을 보고서는 더욱 놀랬다.

내가 다니는 제약회사는 경영자가 갈리게 되어, 사장과 전무가 새로 들어오고 전 서무주임은 새 경영자와 잘 안대서 지배인으로 오르는 등, 회사는 큰 변동을 일으키게 되었다. 우리 회사는 제약보다도 경영자가 자주 갈리는 것이 더 유명했다. 내가 들어간 후로만도 이번이 세 번째다. 그런데 이번은 새 경영자가 들어오면서 종업원들을 위안한다고 이웃에 있는 학교 교실 하나를 빌려서 연회를 열게 되었다. 처음 있는 일인 만큼 누구나 좋아했다. 연회 뒤에 여흥이 있다는 것이 더 한층 일반의 환심을 사게 되었다. 여흥에 출연할 사람을 뽑는데, 나쓰꾸리부에서는 석구의 타프댄스와 용식의 유행가와 나의 바이올린이었다.

"요전 니쓰꾸린 네가 일등했지? 이번은 내 타프가 환영받나, 네 바욜린이 환영받나 내기하자꾸나."

연회장으로 가면서 석구란 놈이 내 옆으로 와서 말을 걸었다. 이 애는 나이론 나와 동갑이나 말과 행동은 열 살 먹었다는 것이 옳을 것이다.

"너 왜 대답을 않니? 기권이냐."

석구는 바싹 대들었다.

"타프허구 바욜린을 어떻게 비교한단 말이니? 타프는 장난꾸러기나 할 것이지 바욜린처럼 예술은 못 돼."

"예술? 예술이라니?"

"바욜린은 훌륭한 음악이란 말이다. 너 하얀 쌀밥허구 누―런 조밥허구 어느 게 좋냐면 말이 되니?"

"이 자식 미친 자식!"

석구는 이렇게 말만 했을 뿐 덤비지는 못했다.

여러 사람 앞에 나서서 바이올린을 하기는 이번이 처음은 아니다. 학예회 때는 으레 내 바이올린이 끼게 되었던 것이다. 그러나 소학교를 졸업한 후로는 이것이 처음이다.

석구는 다섯 번째 나가고, 나는 일곱 번째였다. 석구는 제 차례까지 기다리기가 조급스러운지 안절부절하고 전후좌우 사람들을 돌아다보았다. 큰 어른들은 남도 소리도 하고 노랫가락이란 것도 하고 지배인은 나니와부시도 했으나 누구 한 사람한테서도 진지한 맛은 찾아볼 수 없었다.

마침내 석구는 무대에 나섰다. 그가 캡을 거꾸로 쓰고 소매 긴 와이셔츠를 입은 것부터 사람들의 웃음을 자아냈고 그가 타프를 하는 동안 웃음이 끊기지는 않았다. 다만 석구의 타프를 웃음거리로만 알았는지 재청을 하지는 안 했다. 그 다음 직공감독의 요술부림이 끝난 후 내 차례가 되었다.

나는 처음부터 이 자리가 바란 것도 아니고, 기대를 가진 것도 아닌 만큼 별로 느껴지는 것이 없어 태연하게 바이올린을 어깨에 대었다. 「세레나데」를 하는 동안 실내는 죽은 듯이 조용하다가 끝나자마자 재청이란 소리가 박수소리와 함께 요란스러웠다. 나는 사양하는 뜻으로 두어 번 인사를 하고 나서 이번은 「유모레스크」를 하였다.

모두가 내 바이올린만은 정중하고 믿음직스럽게 알아준 것만으로 나는 유쾌했다. 석구의 표정을 옆눈질해 보니 제법 당황한 모양이었다.

동무들 속에 휩쓸려 회사를 나오려고 할 때였다. 지배인이 직접 나를 부른다. 하기에 나는 반신반의의 태도로 사무실로 들어갔다. 거짓은 아니었다. 사장과 전무만 보이지 않고 모다 있는데, 지배인이 나를 보자 전에 없이 반기는 눈치를 보인다.

"최군, 바욜린을 언제 그렇게 배웠니? 응 참 천재여 숨은 천재란 말여. 우리 회사의 자랑이구. 그런데 아까 군의 바욜린을 듣고 모다가 군을 승격시키자는 의견이 났어. 어때 반갑지?"

나로서는 물론 반가웠다. 첫째 수입이 늘 터이니 좋고, 제일 하급 노동인 니쓰꾸리를 하직하게 될 것 같으니 반가웠다.

"고원(雇員)으로 승격시킨단 말여. 그리구 지금까진 일급 구십 전인 것을 인젠 월급 사십 원으로 해준단 말이다. 이렇게 단번 뛰어서 승급시키는 것은 회사로도 처음 하는 일이다. 응, 알겠지."

지배인은 모두가 자기의 주선이란 것을 보이자는 것인지 눈을 크게도 떠보았다가 수염을 쭝긋거려 웃어보기도 하였다. 나는 바이올린 덕으로 십일 원을 더 받게 되니 이것을 저축한다면 어머니가 내 바이올린 하는 것도 인젠 이해해주겠지 하는 것이 가장 기쁜 일이었다.

"고맙습니다."

나는 고개를 수그려 인사를 하며 감사함을 표했다.

"그래 맡은 일도 변경됐는데 저— 그것으로 말하면, 왜 우리 회사서 새로 만든 '하라곤'이란 약이 있지? 약은 썩 좋은데 아직 선전이 들 됐단 말이다. 그러니 군은 사람 많이 모일 만한 곳을 찾아댕기며 바욜린을 하면서 이 약을 광고하는 거여. 가끔 시골로 돌아댕기면서도 광고하구. 물론 반대는 없겠지?"

"뭣이 약 광고요? 난 못하겠소. 사람을 그렇게 무시하고 하는 말이 어데 있습니까."

나는 전신이 확확 달은 것처럼 흥분되었다. 지배인은 너무도 예상 외인 것에 더욱 화가 나는 모양이다.

"어째 이놈 무시하는 말이라구?"

"그럼 뭐요? 난 바욜린을 장난거리로 공부하는 줄 아쇼? 내 일생의 사업으로 허는 거요. 그래 당신네들 약 파는 데 써먹자고 내 신성한 예술을 꺼낸단 말요?"

제약과장은 내 어깨에 손을 얹고,

"안 하면 그만이니 공손히 말하고 나가거라."

하며 타일러주었다.

"하여간 이런 욕을 받는 회사는 그만두겠습니다."

나는 이 말을 던져버리고는 씽씽 나왔다. 사무실 밖에서 엿보고 있던 동무들은 나를 에워싸고 어찌된 것인가를 물었다. 석구만 보이지 않고 거의 있었다. 더구나 동창생인 금순이는 내 옆으로 당겨서서 말은 걸지 못하고 애만 태우는 모양이었다.

"나는 내일부터 이 회사엔 오지 안 한다. 바욜린 가지구 약 광고를 하고 다니라는구나."

"허면 어때서 그러니? 힘든 일 하지 않구 좀 좋아?"

여흥할 때 유행가를 한 용식이가 이렇게 말했다. 다른 동무들도 함께 걸어오면서 나를 여러 가지로 만류했으나 끝까지 내 주장을 세웠다.

거니는 동안 내 눈앞에 아버지와 어머니가 몇번이고 나타났다가는 사라지고 하였다. 집에 가는 길로 사실 이야기를 모조리 할 작정이었다. 어떤 일이 있더라도 회사는 사직하고, 바이올린을 끝까지 지키겠다는 것은 한 발 한 발 떼어놓을수록 굳게 결심하였다. 다른 데로 취직자리를 구하기로 했다. 한 달에 십오 원도 좋고 이십 원도 좋다. 송 선생의 권유대로 중등야학을 다닐 수만 있다면 족하다.

해는 오후 세 시나 되었을까 한낮과 같았다. 볕은 몹시 쨍쨍하였다. 나는 집으로 가는 것보다도 송 선생을 먼저 찾기로 했다. 오늘의 이야

기도 하고 이번 공일날 바이올린 선생에게 나를 소개해주겠다는 것을
또 한번 듣고 싶어서였다. 송 선생이 한번 약속한 것이매 틀릴 배 없
을 것이나, 말이라도 또 듣는 것만으로 나는 유쾌할 것 같아서였다. 나
를 지도해줄 선생이란 바이올린 연주를 미국 각 도회지에서 여러 차례
해 환영도 받았고 그동안 동경에서 개인교수를 하다가 얼마전 경성으
로 이사 온 분이라 한다. 송 선생과는 음악학교 동창이고 유달리 친한
사이니 나를 잘 지도해줄 것이라는 것이었다.

가회정으로 가려고 안국정 네거리에서 버스길로 갈 적이었다. 휘문
소학교 옆 넓은 공지에는 사람들이 잔뜩 모여 있고, 그 가운데서는 어
떤 신사복 입은 사람이 바이올린을 놀며 무엇이라 씨부렁대는 것이었
다. 내 발은 저절로 그리 옮겨갔다.

그 사람은 나보다 열 살은 훨씬 더 먹었을 것 같았다. 그 사람은 방앗
간 말처럼 뺑뺑 돌아댕기며 몸과 팔을 정신없이 내두르면서 바이올린을
놀리고 있다. 그러나 어떤 곡조가 있는 것이 아니라, 활을 아무렇게나
줄에 대 그어대니 듣기 싫은 소리만 날 뿐이었다. 그의 말을 잠간 들어
약 광고인 것은 단번 알 수 있었다. 그가 바이올린을 할 줄 모르고 아무
렇게나 놀리는 것이 퍽이나 다행한 일이라고 몇 번이나 거듭 생각하면
서 나는 다시 걸었던 것이다. 나의 바이올린이 저 지경이 된다면 얼마나
비참한 일일 것인가 생각만 해도 위기일발을 치른 것 같았다.

송 선생은 집에 없었다. 부인이라도 있으면, 바이올린을 한번 꼭 하
고 싶었으나, 역시 집에 없었다. 십 분 가량 기다리다가 저녁에 다시
오겠노라 이르고 나왔다.

나는 당장 바이올린을 하고 싶어 못 견디었다. 이렇게 간절하기는 처음이었다. 집에 가서 해보기는 시간과 길이 너무도 멀었다.

나는 흥분된 맘자리를 다소 풀 수 있을까 하고 산책 삼아 가회정 뒷산을 넘어 삼청정 공원을 지나 효자정으로 빠지기로 했었다. 가회정 뒷산 언덕에 이르자 동리 아이들 십여 명이 소나무 밑에서 한창 어울려 놀고 있었다. 나는 단번 바이올린 할 때마다 모여드는 우리 동리 아이들이 생각되었다.

"야― 너들 이것 들으면서 놀잖겠니?"

나는 생각할 사이도 없이 바이올린을 꺼내어서 까불며 아이들을 불렀다. 아이들은 한 사람 남지 않고 우― 몰려왔다. 나는 길에서 조금 들어가 나무그늘 밑을 찾아 그들을 데리고 갔다. 바이올린을 시작하자 아이들은 나를 뺑 둘러쌌다. 곡은 그들이 이해할 리 없으니 처음부터 내 맘에 당기는 대로 했다. 그래도 아이들은 신기하고 기쁜 듯이 벙글벙글 야단이었다.

"야들아 너들 노래할 줄 모르지? 내가 이걸 하면 너들은 그냥 소리만 질러라 응. 소리만 질러."

아이들은 우 열심히 소리를 질렀다. 내 바이올린도 열심으로 소리를 내어주었다. 나는 뛰고 싶도록 기뻤다. 소리도 지르고 싶었다. 안국정에서 약 광고 하는 있는 사람이 언뜻 연상되기도 하였다.

나는 우리 동리 아이들을 모아놓고 이렇게 한번 놀겠다 하고 걸음을 빨리 하였다.

(1942년 10월호)

공간(空間)
· · · 이기영

　벌써 사흘 전에 부엌 고칠 역사를 맡아 간 일꾼이 그저 안 온다. 오늘도 날씨가 좋지 않아서 비가 올는지 모르는데 어디서 모주한테 재수 없이 걸렸다고— 성화를 하던 차에 일꾼은 그제야 연장망태를 걸머지고 들어 왔다.

　공연히 도급을 맡겨서 일꾼이 능장을 부린다고 어머니는 화를 내셨다. 일공으로 사원씩을 달라기 때문에 너무도 엄청나서 그랬던 것이다. 그런데 재목은 어디서 파는지도 모르고 사오자면 또 운임을 먹히게 된다. 이런 것을 옴니암니 따지자면 차라리 도급으로 맡기는 편이 유리하겠다 했었는데 그리고보니 또 일꾼은 저 볼일을 다 보고 나서 여벌 일로 대하는 것 같은 것이 눈꼴틀려 못 보겠다.

　일꾼은 저도 한 깐이 있는지라, 들이닫는 길로 우선 일감을 붙들었다. 그는 곡척과 연필을 번갈아 쥐고 터전의 칸살을 견양낸다. 그리고 사흘전에 리어카로 실어다둔 널판을 톱으로 자르기 시작한다.

　몸집은 작달막하나 그대신 옹골차게 생긴 사람이었다. 그는 주독이 올라서 코끝이 빨갛게 멍들었다. 한데도 그의 두눈은 열기가 다래다래하고 행동이 날렵해 보인다.

　아버지는 감독을 하기겸 그와 함께 일자리에 붙어 있었다. 일꾼은 담배도 안피우고 몰아친다. 그는 기둥을 세우고 우선 판장울부터 송판으로 둘러쳤다. 그렇게 점심때까지 붙박이로 일을 하면서도 입은 잠시를 놀리지 않는다. 그는 누가 묻지도 않은 자기의 경력담을 늘어놓는데─「제가 이런 일은 하지만두 못해본 경난이 없답니다. 집을 여러 채 지어두보고 없애두 보았지요.─ 인천가서 미두를 해서 한밑천 잡았던 것은 아─ 고만 계집을 잘못 얻어서, 술장살 하다가 홀딱 까불려 버렸습죠─ 고게 누구 주머닐 둘씩 찬줄 알었어 얍지요 하하…… 하하하하……」
하고 그는 마치 남의 말을 하듯 하며 쾌활히 웃는 것이었다.

　일꾼은 이렇게 우스운 소리를 해가면서 점심을 먹은 후에도 또 한참을 몰아친다. 그것은 능률을 많이 내서 해가 지기 전에 역사를 끝낼 수 있게 하였다.

　「빠가 엄마의 말이 맞았구려…… 그이가 일은 잘하고 붙임성이 있어서 돈도 잘 벌지만 똑 술 한가지로 해서 지금까지 고생을 못 면한다더니만…… 그저께. 술을 먹느라구 우리집 일을 벼때렸지 뭐에요」

　어머니는 아버지한테 이런 말씀을 하시며 감심하는 모양이었다. 빠가엄마는 기남이의 수양어머니다.

　「글쎄 그 사람두 여간내기가 아닌 것 같소」

아버지는 이렇게 대꾸하였다.

　부엌이 예상한 것 보다 쉽게 되고 보니 인제는 솥걸 일이 남았을 뿐이었다. 그런데 솥거는 사람을 불러대자면 한 개 오원씩이나 주어야 된다는 것이다. 아버지는 그래도 걸자는 걸

「고만 두어요 솥두 제대로 걸 자리가 못되는데 십원씩이나 품삯을 주고 걸어요. 솥은 내가 걸테니 그 돈을 날주세요」

하고 어머니가 반대하였다. 과연 이튿날 어머니는 큰 솥과 옹솥을 건넌방 부엌에서 떼다가 새 부엌에 걸기 시작했다.

「그까지껄 못 걸 껀 뭐 있어요…… 당신은 흙이나 익혀주세요」

　어머니가 서두는 바람에 아버지는 괭이로 진흙을 익히고 기남이는 건넌방 솥건 자리에서 황토흙을 연신 퍼날랐다.

　한나절안에 솥을 걸어 놓았다. 솥을 걸어놓고보니 날씬한 새부엌이 되었다. 그리하여 우리집 이사는, 이것으로 원만하게 끝이 났다.

　세가구나 살던 집을 인제는 두 집에서 쓰게 되었다. 그만큼 터전이 넓어지고 집안이 단출하다. 우리집 장독대는 아래채 뒷 곁으로 옮겨갔다. 그바람에 자리 한잎까리쯤 빈터전이 생겼다.

　어머니는 거기다가 남새밭을 꾸미자했다. 우리들은 화단을 만들자 했지만…… 한가운데에 상추와 쑥갓씨를 뿌리고 갓으로는 강낭콩과 옥수수를 돌려 심었다. 목화씨를 두어개 심고 한옆으로 고추모도 부었다.

　이것들이 죄다 자라난다면 어디서 어떻게 크란 말인지 모르겠다. 하지만 어머니와 우리들은 신이나서 씨앗을 구하는 족족 뿌려두었다.

　물론 아버지는 아무 참견을 안하셨다. 그는 언제나 글을 읽지 않으

면 빈방안에 원종일 혼자 앉아 있었다. 마치 그는 책만 파먹는 좀과 같았다.

우리들은 날마다 남새밭을 들여다 보았다. 기남이는 옥수수를 따먹을 것을 미리부터 좋아하며 고대하는 모양이다. 나는 학교에서 돌아오면 저녁때마다 물을 주었다.

그뒤 일주일쯤 지났다. 그동안 감감무소식이든 채마전에서는 싹이 나오기 시작한다. 강낭콩은 흙덩이를 떠들고 대가리를 불끈 내솟았다. 그놈은 기운이 억세어 보인다. 두잎씩 갈라진 싹은 나날이 달라졌다. 쑥갓은 톱니같은 새놈이 중간에 생긴다. 상치와 고추모가 제 모양을 나타낸다. 그것들은 신기하게도 각각 제씨를 용하게 찾아났다.

기남이와 차숙이도 덩달아서 채마전을 들여다보며 신기해 한다.

「누나 이건 무슨 싹이야? 또 저거는……」

하고 기남이는 예의 질문을 시작한다. 그래 묻는대로 설명을 해줄라치면,

「옥수순 그럼 나만 먹을테야! 차숙인 주지말구 응!」

기남이는 이렇게 욕심을 부린다.

「왜 차숙이두 좀 줘야지…… 혼자 먹으면 돼지야.」

「난 싫어ㅡ. 차숙이 넌 안줄걸 뭐!」

기남이는 예의 심술을 피우며 차숙이에게 도끼눈을 모로 뜬다. 그는 금방 해낼 것처럼……

「기남이 넌 욕심꾸러기야.」

차숙이도 지지않고 대거리를 한다. 그가 처음에 왔을 때는 무척 순

하였다. 순하였다느니 보다 기가 아주 죽었었다. 그는 묻는 말도 잘 대답을 않고코 고개를 지두숙인다. 그리고 할긋 할긋 온 집안 사람들의 눈치만 보았다.

「아이구 어린것이 벌써부터 눈치꾸러기가 되었구나…… 세상에 가엽은 일두 많다.」

어머니는 차숙이가 처음 와서 하는 거동을 보시고 측은해서 눈물이 글썽하였다.

차숙이는 웬일인지 입을 함봉 하였다.

어머니가 먹을 것을 주시면서 차근차근 다정한 말씨로 캐어 물으니까 그제야 그는 귓속말로 마지못해 말대꾸를 하기 시작했다ー. 상남네 아이들은 저를 구박하며 거지같은 년이 남의 집에 와서 왜 사느냐고, 어서 나가란다는 말과 그들은 저희 남매끼리만 놀고 저와는 놀지도 않는다는둥 그리고 음식을 먹을 때도 저희끼라만 노나먹는다 한다. 상남 할아버지와 할머니도 저를 미워하는데 오직 안미워하기는 상남아버지 뿐이란다.

「너두 상남 아버지더러 아버지라 부르지?」

어머니는 어쩌나 보느라고 이렇게 물으니까 차숙이는 그때 고개만 살래살래 내졌고 대답이 없었다.

「그럼?」

「상남 아버지가, 왜 우리 아버진가 뭐……」

차숙이는 샐쭉해서 이와같은 맹랑한 대답을 한다.

「늬 아버진 어디 갔다니?」

어머니는 또 어쩌나 보느라고 일부러 이렇게 물었다.

「죽었어요…… 병원가서 죽었대요.」

차숙이는 시름없이 대답하였다.

「죽었어…… 그럼 언제 온다니?」

「죽었는데 뭘와요…… 영차 타고 화장터로 갔는걸!」

「글쎄 말이다. 아이구 애비두 참 야속하구나…… 어쩌자구 니들을
저 신세를 만들어놓고 죽었단말이냐…… 죽을라면…… 너희들이 생기
기 전에 진작 죽든지…… 그나마두 자식 하나를 못두고…… 흑흑!」

어머니는 마침내 돌아가신 외삼촌을 생각하시며 서러워하였다. 그런
때는 우리들까지 마음이 좋지 않았다. 아버지도 그러신 모양이었다.

그 아저씨가 돌아가신 지도 벌써 일년이 가까워 온다. 우리도 몇번
인가 문병을 갔었는데 아저씨는 그때마다 오지말라는 것이었다. 그것
은 병이 전염될까 염려함이었다.

결핵은 마침내 위장을 침범하고 다시 후두로 올라와서 목이 잠기고
기침을 세게하였다. 병세가 이렇게 날로 침중하더니만 필경 뇌막염을
일으켜서 일주일만에 기어코 돌아가셨다.

아저씨는 교외의 어떤 사립학원에 선생으로 있었다. 우리들은 해마
다 몇번씩 그곳으로 놀러가는 것이 다시없는 즐거움이었다. 그중에도
여름 방학철에 나가서 지낼 때가 제일 좋았다.

거기는 아늑한 산속이다. 동리 앞에는 큰내가 흐르고 내뚝에는 버드
나무 숲이 우거졌다. 우리들은 그리로 낚시질을 다니고 밤저녁엔 등목
을 하러 가기도 하였다.

달밤에 아저씨와 같이 원두막으로 나가서 참외를 사먹으며 이윽도
록 놀기도 하였다.

아! 그런데 인제는 아저씨가 안계시니…… 아저씨는 왜 좀더 못사셨
는가. 차숙이 형제가 불쌍해서도 어떻게 두 눈을 감으셨는지 모른
다……. 그런 생각을 하면 철모르는 우리들도 하염없이 처량해 진다.
외가 없어진 뒤로는 우리들도 거기를 나가지 않았다.

「고것들 싸워싸서 어디 견디겠나. 차숙이란 년을 아마 제 어미 한테
로 보내야 할까봐.」

어머니는 요새 가끔 이런 말씀을 하시며 양미간을 찌푸렸다.

차숙이가 들르어온 지도 어느덧 한달이 지났다. 그는 기남이와 동갑
인 여섯 살이다. 동갑이라도 그가 몇 달인지 손위 누이가 된다. 그런데
도 그는 기남이 한테 쩔쩔매어 지내드니만 요즈음은 차차 까불기를 시
작한다. 어머니 말씀마따나 맹랑해졌다.

「고년이 맹랑하건든― 요새는 기남이한테두 안지려고 꼭꼭 대거리
를 하려든단 말야……」

어머니는 한켠으로 그를 불쌍해 하시면서도 기남이와 싸우는 것이
언짢은 모양이었다.

기남이는 그대로 내집 텃세를 하려든다. 그는 수틀리면

「니 집에 가!」

하고 윽박질렀다.

그럴라치면 차숙이는

「우리집이 어디야? 여긴데……」

하고 말꼼이 마주 쳐다보는 것이었다. 그것은 참으로 측은한 정경이다.

「이게 니 집야 우리집이지 이년아……」

기남이는 주먹을 둘러메고 덤빈다.

「니 집이 우리집란다…… 아주머니가…… 그…… 그랬는데…… 아이 내 안 그럴께!」

차숙이는 기남이가 대들면 피하려고 뒷걸음질을 친다. 두손으로 싹싹 빌면서.

그러다가도 어머니를 보면 차숙이는 금방 기운을 내며 마주 대드는 것이었다. 그는 어머니가 귀여워하는 줄 알고 누구보다도 제일 따른다.

「차숙아 너 엄마 보고프지 않으냐?」

어떤 때 어머니가 이렇게 물어보실라치면

「아니……」

차숙이는 무심한 대답을 하였다.

「왜?……」

「상남이네 집으로 갔는걸 뭐……」

차숙이는 한참 있다가 못마땅한듯이, 또한 원망스러운듯이 고개를 빼또름 하고 말한다.

「상남네집이 니 집 아냐?」

「우리집 아니야……. 엄마는 상남네 아버지더러 나보고두 아버지라

하란대여」

「그래 너두 그렇게 불렀지?」

「안…… 안불렀어.」

차숙이는 고개를 쌀내쌀내 흔들며 다시금 시름없는 표정을 보인다.

「상남 아버지가 왜 우리 아버진감!」

어머니는 더 말을 묻지않고 물끄러미 차숙이를 바라본다. 어머니의 눈에는 어느덧 눈물이 글썽글썽하였다.

「니 어멈두 생각을 잘못했지…… 가더라두 니들이나 좀더 키워놓고 갔으면 저런 꼴을 보지 않을걸…… 전실 자식들 밑에서 저두 고생이구 어린 자식들 눈칫밥 먹이구 그게 원 무슨 짝이란 말이냐……」

어머니는 다시금 이런 말을 하시며 못내 언짢아하였다.

차숙이 동생은 올해 세 살이었다. 명숙이가 사내만 같았어도 집안이 아주 망하진 않았을걸 그년마저 계집애가 되었다고 어머니는 한탄하였다.

차숙이는 어린 소견에도 그래서 싫어하는지 저의 어머니 있는데 보다는 우리집에 있기를 좋아하는 모양이었다. 그는 그 집식구들이 구박을 하기 때문에 저의 어머니까지도 정이 떨어진 것 같았다.

그런데서 눈칫밥을 먹는 것보다는 차라리 우리집에서 살려는 것이 아닌가.

「아범은 죽고 어미까지 빼앗긴 너희들 신세야 말로, 참 가련하다! 차라리 니 같은 인생들은 생겨 나지나 말었드면…… 세상에 참 답답한 일두 다보겠다.」

어머니는 지금도 이렇게 혀를 끌끌차면서 그들을 측은히 생각하였다.

그것은 우리도 서글픈 생각을 들게 하였다. 아주머니만 그대로 있었대도 우리들까지 얼마나 좋았을지 모른다.

채마밭의 새싹들은 나날이 커올랐다. 세잎 네잎씩 새잎이 나오면서 먼저 나온 입새는 나발 나발하게 폭이 벌어진다. 그대로 채마는 어울려간다. 하더니만 미구에 그것은 모짜리를 부은 것처럼 씨가 보였다.

어느날 식전에 어머니가 채마를 솎으실 때였다. 기남이가 자고 깨서 어머니를 찾다 쫓아와 보더니만

「어머니 그건 왜 뽑우?」

하고 의심스레 묻는 것이었다.

「이렇게 쏙아줘야만 나물이 잘 큰단다…… 자리가 넓어져서…… 너두 좁은 방에서 살면 답답하지? 나물도 그심과 마찬가지야ー」

「그래서 우리두 이사했우?」

기남이는 잠깐 두눈을 깜빡이다가 문득 이런 말을 꺼낸다.

「그래 참 네 말이 맞았다.」

어머니는 기특한 듯이 기남이를 돌아보고 웃으며 상냥히 대꾸하였다.

「너두 넓은 방에서 뛰고 노니까 대단 좋지 않으냐…… 나물도 솎아주지 않으면 비좁아서 서로 싸우느라구 못 큰단다……」

하고 어머니는 다시 잠깐 쉬었던 손으로 나물을 솎아내는데!

「응 그래서……」

기남이는 그제야 의심을 풀어낸듯이 명랑한 표정을 짓는 것이었다.

우리들은 자고 깨면 학교에 갈 준비를 하기에 아침마다 바빴다.

더욱 요새같이 밤이 짧은 때에는 아침상이 들어오기 전에 세수를 하고 책보를 싸기도 미처 손이 못돌아갈 때가 있었다.

그런데 그전에 건너방에서 살 때에는 참으로 언제나 곡경을 치렀다. 저녁마다 잠자리를 볼 때는 의례 한바탕씩 복대기를 치는 것은 말고라도 식구끼리 조석을 먹기까지 비좁아서 기남이는 언제나 넓은 자리를 찾느라고 맴을 돌며 야단을 쳤다.

그러니 책상하나를 제대로 놓을 자리가 있는가. 우리 형제는 할 수 없이 한 책상에다 책을 꽂아놓고 번갈아가며 과수를 보면서 공부를 하였다. 그것은 동생들이 번차례로 책상을 뒤지고 기어오르고 하며 훼방을 치기 때문이었다.

우리들은 참으로 이―숨으지 않은 채마와 같이 비좁아서 서로 견디지 못할 경우를 날마다 되풀이 하였다. 가난한 집 부인들은 욕악담을 잘한다는 말을 듣는다. 그것은 첫째 그들의 무지와 성격의 탓일는지 모르지만 쪼들리는 그들의 생활에서 자연이 입버릇을 빚어낸 것이 아니었든가. 어머니도 그전에 우리들을 나기 전에는 안그랬었는데 서울 와서부터 욕을 배웠다고…… 어떤 때 우리들이 상스럽다고 탓할라치면 웃으시면서 변명을 하였다.

사실 어머니는 우리들 사남매를 길으시기에 온갖 고생을 겪어온 셈이었다. 우리들이 하나씩 더 생길수록 그의 고생도 더하였다. 그것은 첫째 집을 척박하게 만들었다. 식구가 느는대로 방은 비좁아졌다.

기남이 위로 두 동생을 죽이었다. 어머니는 그들을 가난해서 죽었다 한다. 사실 그들은 불쌍하게 죽었다. 그들은 신약을 변변히 써보지도 못하고 상약과 한약치료를 하다가 말았다. 그러니 입원 같은 것은 엄두를 내지도 못했던 것이 아니냐.

먼저 죽은 동생은 날 때부터 기구한 운명을 타고 났었다. 유복한 집들은 산삭이 임박하기 전에 모든 준비를 미리 해 놓고 기다리는데, 그때 우리집은 산곽 한잎의 유염이 없었다 한다. 우선 먼저 난 우리들이 그날그날의 호구를 못할지경인즉 새로 생긴 식구까지는 그야말로 염불급타였기 때문이다.

필경 어머니는 냉방에서 갓난이를 낳고 말았다. 그때 아버지는 책장에서 그의 아끼던 책 몇권을 꺼내가지고 나가셨다. 아버지는 그 책을 잡혀왔다. ……

그 다음 동생은 아버지가 안 계실 때 낳았다. 그는 날 곳이 없어서 하마터면 행길에서 해복할뻔 하였던 것이다. 그때는 ××동에서 살았는데 한 대문 안에서 두아이를 한달에 낳는 것이 아니라고 집주인이 사위를 했다. 그래 어머니는 할 수 없이 친정 일가집으로 해산을 하러가다가 까닥했으면 전차 속에서 애를 낳을뻔 하였다 한다.

어머니는 그집 문턱을 들어서자마자 일변 진통이 심해지며 바로 순산을 하셨다던가……

이와같이 가엽게 낳은 두동생은 마침내 죽고 말았다…… 한 애는 오십일 만에 단독으로…… 한 애는 두 살만에 뇌막염으로…….

아 그들이 지금까지 살았으며 얼마나 좋을 것인가. 큰동생이 살았다면 올해 열한살이다. 그는 벌써 국민학교 삼사학년이 되었을 것이다. 다음 동생도 여덟살이나 되었을 것이니 그 역시 학교에 들어갈 나이는 이미 지났다.

◇

그러나 만일 그들이 지금까지 살았다면 어찌 되었을까.

물론 식구가 번창하는 것은 좋은 일이다. 우리도 가끔 죽은 동생들을 생각하고 슬퍼한다. 하나 그대신 집이 더 옹색했을 것도 사실이다. 그것은 지금 이사한 방도 오히려 협착할 것이다. 왜? 우리들 여섯남매가 집속에서 온통 법썩을 놀테니까. ……

이렇게 피차간 고생을 면하려고 그들이 먼저 갔는지 모른다. 지금 어머니는 남새를 솎을때에 시부정잖은 놈을 뽑아내고 튼튼한 놈은 남겨 두었다. 그와 같이 우리들 남매 중에서도 그들은 솎아내게 된 것이 아니었던가? …… 그럼 그들은 누가 솎아낸 것일까.

어려서 철모를 때 나는 어머니를 보고 인제 동생은 그만 낳으란 말을 하였다한다. 과연 그들은 그래서 죽었을까. 그래서 저희들이 먼저 솎음을 받은 것일까. 물론 그렇지는 않았다하더라도 어쩐지 가엾고 애달파서 공연히 별생각이 다 든다.

그렇다면 우리는 골라세운 채마와 같지 않으냐? 하여간 우리는 빈터를 갖게 된 셈이다. 그만큼 우리는 용신할 여지(餘地)가 있었다.

과연 공간(空間)은 사람에게도 필요하였다. 아니 그것은 이 천지 만물이 모두 그렇지 않은가 한다.

사람을 인간(人間)이라 한다. 그것은 사람과 사람 사이에 사는 존재라는 말이다. 사람은 누구나 저 혼자만, 살수 없는 것이다. 이, 사람과 사람 사이란 것은 무슨 의미냐? 그것은 너와 나와 사이다. 사람을 인간이라 말 한 것이냐? 그것은 너와 나와 사이다.

우주(宇宙)는 공간으로 되었다. 하늘도 공간이요 땅도 공간이다. 아니 그것은 물체 자체가 바로 그것이란다. 이 공간속에서 천지만물은 제각기 또한 자기의 공간을 차지하고 산다는 것이 아니냐?

이 공간과 시간(時間)은 일종 생명의 형식이다. 시간과 공간이 없는 곳에 생명도 물체도 있을 수가 없다. 따라서 시간이란 것도 역시 때와 때의 사이(間)인 것이다. 즉 시간적 공간이다. 아니 공간적 시간이다.

이렇게 따져 본다면 사람이 산다는 그 궁극적 목적이 무엇이며 어디 있을까? 그것은 별것이 아닌 것 같다.

그들은 누구나 시간적으로 오래 살기를 바라고 공간적으로 넓게 살기를 바라는 것이 아닐까?

그러나 같은 공간과 시간이라도 사람과 동물이 다르다. 아니 그것은 같은 사람끼리도 제각기 다르다. 그래서 하루살이의 일생은 불과 하루 동안이요. 화분의 공간은 촌토(寸土)로도 넉넉하다. 사람도 그렇다. 이 사람은 이런 처지에서 살고 저 사람은 저런 처지에서 산다. 그들의 생활양식은 민족마다 다르고 나라마다 다르다. 야만인이 다르고 문명인이 다르다.

그러나 사람은 누구나 더 잘 살기를 소원한다. 또한 그 잘 산다는 목표에는 두가지의 계단이 따로 있다. …… 하나는 물질적 욕망이요 하나는 정신적 향상(向上)이라 할 수 있지 않을까. ……

따라서 그들은 많거나 적거나 결국 이 두가지 방면에서 어떤 쪽을 바라보고 허덕대는 것이다. 그래서 그들의 욕망을 끝까지 성공한 사람을 부자니 위인이니 영웅이니 하는 것 아닐까.

그들은 누구나 자기의 공간적 시간적 생명을 넓히고 길게 하기 위해서 부심한다. 한칸 집에서 살던 사람이 두칸으로 늘리면 그만큼 공간이 넓어진거다. 부자가 돈을 많이 모으려는 욕심도 그만큼 공간이 넓어지기 때문이다. 그것은 정신적 방면에도 같은 이치로 볼 수 있다. 중학 졸업생이 대학에 들어가면 그 역시 그만큼 넓은 공간에 들어간 셈이다. 그와같이 시간적으로도 육십을 사는 사람은 오십을 사는 사람보다는 공간이 넓은 폭이다. 왜 그러냐 하면 시간과 공간은 서로 떨어질 수가 없는 생명의 호흡(呼吸)이니까.

과연 죽은 동생들은 우리들 산 남매를 위한 것이다. 죽는 것은 어느 무엇이거나 그만한 자기희생을 당한 셈이 된다. 지금 우리들은 죽은 두 동생의 생활비까지 쓰고 사는 것이 아니냐.

이런 생각을 하면 차숙이가 우리집에서 살고 싶어하는 것은 저의 부모 대신 새로운 공간을 발견하기 때문이요, 그의 어머니가 개가를 간 것도 새 공간을 찾아간 것이 아닐까.

그러나 우주의 공간은 무궁 무제한(無制限)이라 한다. 우리는 이가운데 그중에도 조그만 별(遊星) 하나인 지구위에서, 마치 팽이같이 돌아가는 그 위에서 사는 아득한 인간이 아닌가. 이것을 대우주와 비견해 본다면 실로 현미경적 존재도 못될 것이다. 따라서 우리가 대우주와 생명을 겨루려 할진댄 모름지기 그것은 시간과 공간적 관념(觀念)을 원대하게 높여야 할 것이다.

　나는 새삼스레 이런 생각을 하며 자기를 반성하기도 하였다.

　어느날 밤중이었다. 나는 시계 치는 소리에 잠이 깨어서 눈을 떠 보았다. 밤은 새로 두시나 되었다. 창문에는 달빛이 환히 비쳤다.

　나는 웬일인지 바깥엘 나가고 싶었다. 아마 달이 밝기 때문이었는지도 모른다. 그런데 가만히 듣자니 바로 지척에서 무슨 이상한 소리가 들린다. 그것은 사람의 음성도 같았고 무슨 짐승의 소리도 같았다.

　그순간 나는 머리끝이 쭈뼛하면서 무서운 생각이 들었다. 그러면서도 그것이 무엇인지 알고 싶었다. 무서운 것은 더 보고 싶다는 말과 같이 나도 그랬었다.

　만일 그때 달만 밝지 않았어도 나는 나가기를 단념했을는지 모른다. 그리고 같이 자는 동생을 깨웠을 것이다. 그러나 나는 달이 밝기 때문에 새 용기를 낼 수 있었다.

　나는 우선 미닫이를 소리 안나게 가만히 열기 시작하였다. 머리통이 간신히 나갈만큼 연 때는 아마 십분도 넘은 뒤였을 것이다. 나는 그렇게 간신히 미닫이를 열고나서 상반신으로 소리나는 편을 내다보았다.

　무슨 기척이 있던 곧은 바로 채마전이었기 때문에……

　처음에는 아무것도 안 보인다. 나는 더욱 무서운 생각이 들었다. 그래도 나는 용기를 다하여서 이번에는 거의 전신을 방문 밖으로 내쏟으며 고개를 길게 빼서 둘러 보았다. 물론 한팔로 문설주를 단단히 붙든 것은 여차직하면 화닥닥 뛰어들 작정이었다.

그런데 자세히 보니 안집 장독대 옆으로 웬 사람이 쭈그리고 앉은 것은 확실히 아버지에 틀림없었다. 그는 채마밭을 점두룩 들여다 보고 있었다. 이 밤중에 웬일일까.

나는 그때 일변 놀라고 일변 안심하였다. 그와 동시에 나는 아버지와 말을 걸어보고 싶은 생각이 들어서 살금살금 그의 등뒤로 돌아갔다. 아버지는 그래도 모르신다. 그는 지금도 무슨 생각이 골똘하신 모양 같다.

「아버지.」

별안간 나는 이렇게 나직이 불러봤다. 아버지는 그 바람에 깜짝 놀라신다. 밤소리는 적어도 크게 들리는 것이니까. 아버지도 응당 놀랠 만 하였지만?

「넌 여태 자지 않았니?」

아버지는 나중에 웃으시며 이렇게 묻는다.

「자다가 깨었어요! 아버진 왜 여기 계세요?」

내가 이렇게 되집어 물으니까,

「나무새가 며칠내로 부쩍 자랐구나.」

아버지의 대답은 딴청이었다. 나도 그래 그 말을 따라했다.

「솎아 주어서 그렇잖아요.」

「그렇지!」

「이런 것두 공간이 있어야만 잘 크지요?」

「공간? …… 그렇지!」

아버지는 잠시 덩둘하다가 무엇을 깨달음인지 고개를 두어번 끄덕인다.

「아버지…… 그럼 아버지의 공간은?……」

나는 잠시 주저하다가 마침내 이런 말을 당돌히 물어보았다. 그것은 실상 전부터도 묻고 싶던 말이었지만.

「난…… 공간이 없다.」

한참만에 아버지는 이와 같이 대답하였다. 그는 언제와 같이 침울한 기색이다.

「왜 없어요…… 아버지도 어떤 정신적 공간을 발견하시려고 이렇게 밤중에 나와 계시잖아요.」

내가 이렇게 급소를 찔러서 물으니까, 아버지는 별안간 쓸쓸한 웃음을 지으시며

「너는 공간이란 참뜻을 알겠느냐? …… 정작 공간이란 것은 하늘 위에 있는 거란다. ……」

나는 그때 무심코 하늘을 쳐다보았다. 구름 한점 없는 창망(滄茫)한 하늘에는 일륜 명월이 뚜렷이 떠 있다.

아버지의 말씀을 나는 무슨 의미인지 몰랐다. 그러나 그것은 분명히 어떤 영원한 철학적 의미를 포함함은 물론이었다.

그것은 지상적(地上的)이 아니라, 천상적인 어떤 종교적 진리를 가리킴인지도 모른다.

나는 그때 아버지의 가슴에 덥썩 안기었다. 비로소 아버지와 어머니

의 세계가 다른 것도 알 수 있었다.

나는 이 밤의 고요한 주위와 저 넓은 하늘이 온통 아버지의 마음의 공간과 같은, 어떤 숭엄한 느낌에 감격하기를 마지 않았다.

(1943년 6월호)